AF492312

TAMBIÉN POR TINA FOLSOM

Vampiros de Scanguards

La Mortal Amada de Samson (#1)

La Revoltosa de Amaury (#2)

La Compañera de Gabriel (#3)

El Refugio de Yvette (#4)

La Redención de Zane (#5)

El Eterno Amor de Quinn (#6)

El Hambre de Oliver (#7)

La Decisión de Thomas (#8)

Mordida Silenciosa (#8 ½)

La Identidad de Cain (#9)

El Retorno de Luther (#10)

La Promesa de Blake (#11)

Reencuentro Fatídico (#11 ½)

El Anhelo de John (#12)

La Tempestad de Ryder (#13)

La Conquista de Damian (#14)

El Reto de Grayson (#15)

El Amor Prohibido de Isabelle (#16)

La Pasión de Cooper (#17)

La Valentía de Vanessa (#18)

Deseo Mortal (Storia breve)

Guardianes Invisibles

Amante Descubierto (#1)

Maestro Desencadenado (#2)

Guerrero Desentrañado (#3)

Guardián Descarriado (#4)

Inmortal Develado (#5)

Protector Inigualable (#6)

Demonio Desatado (#7)

Vampiros de Venecia

Raphael e Isabella (#1)

Dante y Viola (#2)

Lorenzo y Bianca (#3)

Nico y Oriana (#4)

Fuera del Olimpo

Un Toque Griego (#1)

Un Aroma a Griego (#2)

Un Sabor Griego (#3)

Un Silencio Griego (#4)

El Club de los Solteros

Escolta Legal (#1)

Amante Legal (#2)

Esposa Legal (#3)

Una Noche Loca (#4)

Un Largo Abrazo (#5)

Una Caricia Ardiente (#6)

LA DECISIÓN DE THOMAS

VAMPIROS DE SCANGUARDS - LIBRO 8

TINA FOLSOM

1

Eddie entró tambaleándose en el apartamento estudio, con la chica que se había presentado como Jessica en sus brazos. Se le había insinuado en el club nocturno que había patrullado antes. Detrás de él, la puerta se cerró de golpe, ayudada por la mano de Jessica. Su boca estaba caliente en sus labios, besándolo apasionadamente mientras sus manos recorrían su cuerpo, deslizándose bajo su camiseta para acariciar su pecho desnudo.

Todo el tiempo, ella presionaba su cuerpo curvilíneo contra el de él, sus generosos senos aplastados contra su pecho. El aroma de su excitación llenaba la pequeña habitación, amueblada con una cama, una cómoda y una mesita con dos sillas. Una puerta abierta llevaba a una cocina del tamaño de un timbre postal, y otra puerta indicaba que había un baño, probablemente igual de pequeño que la cocina. Su hermana, Nina, había vivido en un lugar parecido antes de conocer a su compañero.

Jessica era bonita: largos rizos rubios, labios carnosos, ojos azules de aspecto inocente. Todo lo que un chico podría desear. Además, estaba dispuesta a dar lo mejor de sí. Bastante. No hacía falta coerción, no hacía falta seducción. De hecho, estaba más que deseosa y era ella quien llevaba la batuta, así como ahora se sacaba su propia camiseta por encima de la cabeza y la arrojaba sobre la silla cercana. Por lo que él sabía, esto era habitual para ella: ligarse a un tipo en un club y llevárselo a casa para tener sexo sin restricciones. ¡Oye, no es que él se quejara!

Jessica tomó sus manos, que estaban sobre su espalda, y le hizo acariciarle los pechos cubiertos por el sostén. Tal vez *"cubiertos"* era una palabra demasiado fuerte: lo que llevaba apenas podía llamarse sostén. Era una mera colección de retazos de tela, cuerdas y una varilla para mantenerlos unidos. Ni siquiera tenía los pezones cubiertos. En cambio, sus pechos se erguían como si estuvieran en bandeja de plata. Como un festín para que él se diera el gusto.

Miró hacia abajo, donde sus manos apretaban la abundante carne de forma casi mecánica, como si no fuera él quien la estuviera tocando. Era como si estuviera viendo una película porno mediocre, explícita sin duda, pero apenas tentadora.

Ella echó la cabeza hacia atrás y cerró los ojos.

—¡Oh, sí, cariño! —gritó, colocando sus manos sobre las de él para obligarlo a apretar más fuerte.

Él obedeció, aunque solo fuera porque pensaba que era lo que debía hacer, no porque le apeteciera. Tal vez si volvía a besarla, se sentiría más a gusto. Al fin y al cabo, le faltaba práctica. De hecho, desde que se había convertido en vampiro hacía más de un año, no había estado con una mujer. Era curioso que se diera cuenta de esto apenas ahora. Bueno, eso no significaba que no hubiera encontrado gratificación sexual. Después de todo, ¿qué hombre no se masturbaba en la ducha después de despertarse? ¿O antes de irse dormir? Era como cualquier tipo que contaba con su mano amiga cuando la necesitaba.

Eddie deslizó su mano en la nuca de ella y la atrajo hacia él, apretando los labios contra la boca expectante y la besó. Su lengua se deslizó para explorarla, pero la excitación que esperaba que se disparara por sus venas no se materializó. Su corazón latía con la misma regularidad que antes, aunque a casi el doble de velocidad que un corazón humano. Pero eso era normal para un vampiro.

En un esfuerzo por poner las cosas en marcha, tiró de su sujetador y se lo quitó de un tirón, dejando que sus tetas se derramaran fuera de su inadecuada jaula. Parecían casi rígidas, lo que le hizo preguntarse si eran reales o no. ¿Una chica de su edad —y no podía tener más de veintidós años—

tendría implantes de silicona? ¿Por qué alguien se pondría algo tan extraño en el cuerpo? Los miró fijamente, contemplando aún la pregunta.

La mano de Jessica en su entrepierna, pasando los dedos por la cremallera de sus pantalones cargo, le sacudió de sus pensamientos y lo trajo de vuelta a la tarea que tenía entre manos.

—¡Oh! —El suspiro decepcionado que ella dejó escapar al apretarlo le dijo que algo no funcionaba como debía.

Nuevamente frotó la mano sobre él, pero Eddie se la arrebató, impidiendo que siguiera tocándolo.

—¿Algo está mal? —preguntó ella, haciendo pucheros.

Todo estaba mal. No estaba duro. Ya debería tener una erección furiosa. Cualquier joven de veinticinco años la tendría en las mismas circunstancias. Cuando era humano, un beso apasionado había bombeado suficiente sangre a su verga para que pudiera ponerse manos a la obra. Y ahora, con una chica semidesnuda ansiosa por complacerlo, su pito colgaba como un viejo muñeco de trapo, flácido y desinteresado. Como si fuera el apéndice de otra persona.

¿Por qué carajos no se le ponía dura? ¿Por qué tenía la verga dormida? ¿Qué carajos le pasaba?

Cerró los ojos, intentando evocar imágenes que pondrían cachondo a cualquier hombre: mujeres desnudas inclinadas sobre muebles, mujeres desnudándose, incluso mujeres haciéndolo con otras mujeres. Sin embargo, su verga permanecía inerte como si estuviera muerta, sin que un solo glóbulo sanguíneo la despertara.

De la nada, los recuerdos de unas semanas atrás lo invadieron de nuevo, recuerdos que había intentado alejar cada vez que asomaban su fea cabeza. Pero esta vez ya no podía apartarlos. Tenía que enfrentarse a ellos.

Varias semanas antes

Eddie marchaba por el pasillo en dirección a la sala de conferencias en el piso ejecutivo del cuartel general de Scanguards en La Misión. Algo grande estaba pasando, y él no pensaba perderse la acción. Le encantaba este trabajo, la camaradería con sus compañeros vampiros, la amistad con su mentor y la admiración de su hermana. Por fin Nina estaba orgullosa de él, de todo lo que había conseguido tras arriesgarse a convertirse en vampiro. Por fin todo el mundo era feliz: Nina estaba unida a Amaury, una pieza clave de Scanguards, y por lo que Eddie podía ver, él estaba totalmente loco por ella. Nunca había visto a un hombre tan enamorado de una mujer. Aquel hecho había borrado todas las dudas de Eddie sobre si una relación humano-vampiro podría funcionar a largo plazo. Nina y Amaury hacían que se viera tan fácil. Parecían hechos el uno para el otro.

Mientras caminaba por el pasillo, sus fosas nasales se dilataron de repente. En algún lugar de este piso había un humano. Y eso era una violación de seguridad.

—¿Quién más lo sabe?

Eddie reconoció la voz de Blake. Aunque Blake era nieto de Quinn, y Quinn era director de Scanguards, eso seguía sin explicar por qué se le había permitido al humano entrar en ese piso. Era su deber comprobarlo y controlar la situación.

— Thomas. Pero él tampoco está hablando. Ya lo intenté. Y desafortunadamente, tampoco te lo va a decir a *ti* —respondió Oliver, con una voz que provenía del rincón que albergaba un frigorífico y algunos estantes.

— Pero puede que le diga a Eddie.

Al oír su nombre, Eddie se detuvo en seco. ¿Qué le diría Thomas? ¿De qué secretos estaban hablando estos dos? No pudo evitar quedarse donde los dos no pudieran verlo y escuchó su conversación. Sabía que era de mala educación, pero algo olía mal y averiguaría qué era.

—¿Eddie? Dios mío, tienes razón. ¿Cómo no se me había ocurrido? Thomas le diría cualquier cosa a Eddie. Todo el mundo sabe que le gusta.

Eddie se quedó sin aire en los pulmones. Su visión se nubló y su corazón dejó de latir. No podía moverse, no podía reaccionar, aunque debió de hacer algún ruido, porque Oliver salió del rincón de repente y giró rápidamente la cabeza hacia él.

—¡Oh, mierda! —maldijo Oliver.

Blake soltó un fuerte suspiro y le lanzó una mirada de sorpresa.

—Thomas... él... —Eddie sacudió la cabeza.

¡No, no podía ser verdad! Thomas no podía sentirse atraído por él. ¡Esto no podía estar pasando! ¿Su mentor desde hacía más de un año, el hombre con el que compartía casa, quería tirársele encima? ¡No, carajo!

Por supuesto, Eddie siempre había sabido que Thomas era gay. Diablos, todo el mundo lo sabía. Nadie lo había ocultado nunca. Y todo el mundo aceptaba a Thomas tal como era: un hombre generoso, con un gran corazón y una mente brillante. Nadie lo había tratado nunca de forma diferente a los demás. Tampoco Eddie. Cuando lo conoció y le dijeron que Thomas sería su mentor para ayudarlo a acostumbrarse a su nueva condición de vampiro, se había sentido cómodo con él al instante.

—Escucha, Eddie, olvida lo que oíste —intentó calmarle Oliver.

Los tendones del cuello de Eddie se tensaron.

—¿Cómo carajos voy a olvidarlo?

Nadie podía retractarse de palabras como esas, palabras que habían destrozado la tranquila vida que compartía con Thomas. Habían vivido juntos en la mansión con vista panorámica de Thomas en Twin Peaks como los perfectos compañeros de casa, compartiendo su amor por las motos y por juguetear con aparatos electrónicos.

—Créeme, Thomas es un hombre honorable. Nunca actuará según sus sentimientos, pues sabe que no son recíprocos.

Él le lanzó a Oliver una mirada furiosa.

—Dios, ojalá nunca me hubiera enterado.

La ignorancia era una bendición; Eddie se daba cuenta ahora.

—Lo siento. —Oliver le puso una mano en el hombro.

El contacto le enfureció aún más y le apartó de un empujón. ¡No quería que lo tocara nadie, ningún hombre!

—¡No me toques!

Eddie se dio media vuelta y se marchó hacia la salida más próxima.

Siempre había admirado a Thomas, su inteligencia, su astucia callejera y su absoluta lealtad a Scanguards. Nunca había cuestionado los motivos de Thomas para acogerlo, para reorganizar su vida y enseñarle todo lo necesario a un vampiro recién convertido. Pero ahora todo era distinto. ¿Había aceptado Thomas el encargo que le había hecho Samson, el dueño de Scanguards, simplemente porque ya desde entonces había querido meterse en sus pantalones? ¿Y si sus motivos no habían sido tan altruistas como Eddie había asumido?

No pudo evitar preguntarse por todos los incidentes en los que había visto a Thomas a medio vestir. ¿Su mentor lo había hecho a propósito para incitarlo a cambiar de bando? ¿Habría intentado Thomas seducirlo y él simplemente había sido demasiado obtuso para darse cuenta?

Eddie recordaba muy bien un incidente. Había pasado el día en casa de Holly, la ex novia de Ricky, porque había salido hasta muy tarde y se había perdido el amanecer. Cuando había vuelto a casa, Thomas se había quedado en la sala de estar, vestido solo con una toalla, hablando con Gabriel, que necesitaba ayuda para proteger a la mujer que más tarde se convertiría en su compañera.

La piel de Thomas brillaba con el agua de su reciente ducha, y cuando estiró los brazos sobre la cabeza en lo que parecía un gesto casual, Eddie admiró los músculos definidos de su estómago y su torso. Y eso había despertado algo en él, algo que había descartado al instante. ¿Thomas había intentado tentarlo incluso entonces? ¿Había exhibido a propósito su magnífico cuerpo porque le excitaba que lo miraran?

¿Y qué tal las varias veces que había visto a Thomas caminar hacia el refrigerador en calzoncillos, con la bata de baño abierta por delante? ¿Thomas se había comportado así porque era su casa, o porque quería que Eddie le mirara?

¿Qué iba a hacer ahora? ¿Cómo podría seguir viviendo con Thomas, sabiendo lo que sabía? A partir de ahora, cada vez que mirara a su mentor, sería sabiendo que Thomas estaba loco por él, que Thomas quería desnudarlo, tocarlo, besarlo y hacerle el amor.

—¿Ya ves? Sabía que funcionaría. —La voz femenina lo sacó de sus pensamientos y lo trajo de vuelta al presente.

Eddie abrió los ojos y miró a Jessica. Ella había abierto su cremallera y le había sacado la verga —su verga completamente erecta— y ahora la envolvía con la mano. Estaba tan dura como una barra de hierro, pero sabía que no estaba bien, porque no se le había puesto dura por ella. Se le había puesto dura pensando en Thomas. Pensando en un hombre.

Asqueado de sí mismo, le agarró la mano y se la quitó de un tirón.

—No puedo hacerlo.

—Claro que puedes —ronroneó ella y frotó sus pechos desnudos contra él, una acción que lo dejó totalmente indiferente cuando debería haber bajado la cabeza y haberse metido en la boca aquellos duros pezones.

¿Por qué no hacía lo que ella quería que hiciera? ¿Por qué no se la cogía? Al menos así podría demostrarse a sí mismo que no le pasaba nada malo, que seguía siendo la misma persona de siempre: un hombre heterosexual que deseaba a las mujeres.

Jessica deslizó las manos sobre su trasero, atrayéndolo más cerca.

—Vamos, Eddie, sé que lo deseas.

Sí, lo deseaba, pero no con ella. Estaba más cachondo que nunca, pero sabía instintivamente que su verga se marchitaría como una flor seca si intentaba acostarse con Jessica. Y no iba a añadir ese tipo de humillación a su ya destrozada psique.

No, tenía que dejar todo eso atrás, fingir que nada de esto había ocurrido y seguir como siempre. Lo había hecho así las últimas semanas, podía seguir de la misma manera, evitando estar a solas con Thomas tanto como pudiera e intentando olvidar lo que había oído por casualidad.

Puede que Oliver y Blake estuvieran equivocados. Quizás solo estaban imaginando cosas. ¿Qué sabían ellos de Thomas? No eran ellos los que vivían con él. No pasaban tiempo con él fuera del trabajo. E incluso en el trabajo apenas lo veían, ya que Thomas rara vez hacía trabajo de campo y la mayor parte del tiempo trabajaba en proyectos informáticos, mientras que Oliver y Blake estaban fuera patrullando o protegiendo a clientes.

Eddie miró fijamente a Jessica a los ojos.

—Escucha con atención —empezó, y luego envió sus pensamientos a la mente de ella, borrando todos los recuerdos que tenía de él.

Si se volvían a encontrar, ella nunca sabría lo que había sucedido entre ellos. Nadie sabría nunca que él no había podido actuar, nadie excepto él mismo. Y siempre podría mentirse a sí mismo y fingir que todo estaba bien.

2

Thomas presionó el control remoto de la puerta de la cochera a cincuenta metros de distancia y vio cómo el portón se levantaba. Redujo ligeramente la velocidad de su motocicleta y entró, apagando el motor justo al detenerse en su amplio espacio, donde no solo albergaba varias motocicletas, sino también una enorme SUV con ventanas polarizadas. Apenas usaba el vehículo, pues prefería andar en moto. Sentir el motor de su motocicleta vibrando entre sus piernas y el viento soplando a través de su corto pelo rubio le daba una sensación de libertad, una sensación de una vida sin restricciones. Aunque sabía que todo era una ilusión, porque ni era libre ni vivía sin restricciones.

Estaba contento con lo que había conseguido, no feliz. ¿Pero quién podía estar realmente feliz con sus circunstancias? Sacudió la cabeza ante esos pensamientos y se bajó de su Ducati. Había pasado la mayor parte de la noche en su oficina en el cuartel general de Scanguards, en el distrito de La Misión, y apenas había hablado con nadie en toda la noche. Ahora esperaba con ansias una botella fría de sangre e intercambiar unas palabras con Eddie antes de acostarse y dormir.

Sus conversaciones con Eddie eran algo que siempre esperaba cada vez que volvía a casa. Pero en casa no era el único lugar donde veía a Eddie. Como seguía siendo su mentor, lo llevaba a menudo a misiones de entrenamiento. En otras ocasiones, los emparejaban como equipo y los enviaban juntos a cumplir misiones para que Eddie aplicara lo aprendido. Thomas vivía para esas misiones.

Se sentía orgulloso cada vez que Eddie demostraba lo rápido que aprendía. A Thomas le llenaba el corazón ver cómo su alumno crecía y se convertía en un guardaespaldas sobresaliente, de mente ágil y mano firme. Pero no era solo su corazón el que reaccionaba; su verga también lo hacía. Solo mirar al joven vampiro, con los hoyuelos profundos en sus mejillas cuando sonreía, era suficiente para endurecerlo al instante. Y Eddie sonreía a menudo. Era un tipo despreocupado, tranquilo y relajado.

Desde hacía más de un año, Thomas había intentado reprimir sus sentimientos en vano. Estaba irrevocable e irremediablemente enamorado de Eddie. Y no podía hacer nada para evitarlo.

Thomas subió las escaleras hasta la planta principal de la casa, dejando atrás la cochera y sus motos invaluables, muchas de ellas antigüedades restauradas. Cuando entró en el gran salón, que combinaba una cocina abierta con una amplia sala de estar, lo encontró vacío. Aguzó el oído, pero no se escuchaba ningún sonido en la casa. Eddie aún no había vuelto del trabajo.

Decepcionado, miró al reloj sobre la repisa de la chimenea. El sol saldría en menos de una hora, y los ventanales que dominaban toda una pared del gran salón mostrarían la ciudad despertando a sus pies. Ahora mismo, el horizonte de San Francisco centelleaba en la oscuridad. Solo que esas ventanas no eran reales: eran monitores que reproducían en tiempo real las imágenes de las cámaras instaladas en el perímetro de su casa. Una ilusión hermosa y realista, y la única forma que tenía de mirar al exterior durante el día sin que la luz ultravioleta penetrara en su hogar y lo redujera a cenizas.

Sin embargo, era una ilusión, que lo ayudaba a fingir que llevaba una vida normal, cuando nada en su vida era normal. Era un vampiro. Era gay. Y amaba a un hombre al que no tenía derecho a desear. Y debajo de todo eso, su poder oscuro dormitaba, amenazando con despertar en cualquier momento a menos que mantuviera a la bestia bajo control, una tarea que se hacía más difícil cada año, casi como si fuera un volcán dormido, y el poder en él fuera el magma que se acumulaba hasta que la presión se volviera tan fuerte que tenga que estallar hasta la superficie.

Thomas abrió el refrigerador y sacó una botella de sangre. Lentamente, quitó la tapa y se llevó la botella a los labios, bebiendo el frío líquido y permitiendo que cubriera su seca garganta. Cerró los ojos, dejando que su corazón evocara imágenes que le aceleraban el pulso y le hinchaban la verga. Sus colmillos se alargaron involuntariamente a medida que las imágenes se intensificaban y se difuminaban en una sola: Eddie tumbado debajo de él, con la cabeza inclinada hacia un lado, ofreciéndole su vena para que se la mordiera. Y más abajo, dos vergas palpitaban al unísono, frotándose la una contra la otra en anticipación de lo que sucedería después.

Se sacudió el pensamiento de encima: eso nunca pasaría y sería mejor que dejara de fantasear. Eso solo empeoraba el deseo. La frustración aulló en su interior.

Thomas engulló el resto de la sangre y arrojó la botella al contenedor de reciclaje, donde repiqueteó contra las otras botellas vacías, recordándole que tenía que deshacerse de ellas pronto. Luego se dirigió al gran sofá de cuero, se dejó caer sobre él y tomó el control remoto de la mesa de café. Lo apuntó hacia el televisor de pantalla plana y lo encendió cuando percibió algo blanco en su campo de visión periférica. Su cabeza se giró rápidamente hacia la puerta de entrada, la cual rara vez utilizaba, ya que casi siempre entraba en su casa por la cochera.

Su visión vampírica se centró en el objeto que sobresalía por debajo de la puerta: un sobre blanco yacía en el suelo oscuro de madera.

Se levantó con un movimiento fluido y se acercó. Se agachó junto a la puerta y olfateó, pero quienquiera que hubiera deslizado el sobre bajo la puerta ya se había ido hacía rato. No quedaba ningún rastro de su aroma. Thomas se agachó y recogió el sobre, examinándolo desde todos los ángulos. No había nada escrito en el exterior.

Intrigado, lo rasgó y sacó una hoja de papel. Solo había unas pocas palabras escritas con letra pulcra, pero anticuada: *No puedes esconderte para siempre. Un día tendrás que admitir quién eres.*

La carta no estaba firmada.

El papel cayó de sus manos temblorosas. Por fin lo habían encontrado.

Cómo, no lo sabía. Había cambiado su apellido, su identidad, incluso se había mudado a otro país, cuidando de no dejar rastro alguno. Pero ni siquiera él podía esconderse para siempre. Siempre supo que esto sucedería algún día. Pero era demasiado pronto. Aún no estaba preparado para enfrentarse a la verdad. La verdad de lo que era, de lo que siempre sería, por mucho que luchara contra ello.

Se desplomó de rodillas y dejó caer la cabeza entre sus palmas. ¿Cuánto tiempo le quedaba hasta que vinieran por él? Y cuando lo hicieran, ¿sucumbiría a ellos y al poder oscuro que llevaba dentro? ¿O le quedarían fuerzas para luchar contra ellos?

LONDRES, *Inglaterra, primavera de 1895*

Thomas estaba sentado en la galería de Old Bailey, el tribunal penal de Londres, observando atentamente el proceso que tenía lugar bajo él. Había estado asistiendo casi todos los días al juicio, no por curiosidad morbosa como la mayoría de los demás espectadores, sino porque le interesaba su resultado. Aunque no conocía personalmente al acusado, Oscar Wilde, su situación le importaba a Thomas.

Oscar Wilde, el famoso dramaturgo, era homosexual y estaba acusado de graves indecencias, y lo que sucediera con un hombre de su celebridad tendría un impacto duradero en la sociedad homosexual de Londres. Una sociedad a la que Thomas pertenecía, lo quisiera o no.

Siempre había sabido que era diferente, pero durante su primer año en Oxford, lo había confirmado: amaba a los hombres, no a las mujeres. Al principio intentó negarlo, pero por muchas mentiras con las que hubiera intentado engañarse a sí mismo, había fracasado. Era lo que era: un homosexual. Un rarito, un maricón, un hada. No un hombre de verdad, sino uno que se degradaba a sí mismo y a otros hombres al cometer actos de sodomía.

Sin embargo, no era algo que pudiera apagar a voluntad. Sus experiencias con un joven en Oxford habían abierto sus ojos a las alegrías del amor físico y le habían mostrado los placeres de la carne. Y una vez que había probado aquella fruta prohibida, no había vuelta atrás, no había forma de negar lo que deseaba: el amor de un hombre, por más prohibido que fuera.

Lo ocultaba lo mejor que podía, sin vestirse nunca tan ostentosamente como otros raritos, participando siempre en los deportes y entretenimientos más masculinos para compensar su *aflicción*. Incluso cortejaba a mujeres de los círculos aristocráticos de Inglaterra y se había convertido en uno de los solteros más codiciados, no solo por su alcurnia y posición en la sociedad, sino también por su ingenio y encanto, que no tenía reparos en desatar sobre cualquier debutante inocente. Se desmayaban por él. Si tan solo supieran que sus sonrisas coquetas, sus mejillas sonrojadas y sus abanicos agitados lo dejaban tan frío como un baño matutino en un arroyo helado en invierno.

Debajo de todo el engaño, encontraba tiempo para conocer a otros hombres de su misma afición y dar rienda suelta a sus deseos carnales. Era durante esas horas cuando se sentía más en paz consigo mismo. Y más conflictivo al mismo tiempo. Los sentimientos de culpa y vergüenza nunca estaban lejos; sin embargo, cada vez que hacía el amor con un hombre, sabía que no podía negar quién era. No tenía más opción que continuar.

—Que el acusado se ponga de pie. —La voz provenía de la sala del tribunal.

Thomas se inclinó hacia delante, ansioso por escuchar la decisión del tribunal. Como él, otros hacían lo mismo, esperando con la respiración contenida el fallo del juez. Cayó como un martillo sobre un yunque, igual de fuerte y aplastante. Wilde no había sido procesado por sodomía, pero bien podría haberlo sido.

—Oscar Wilde, has sido hallado culpable de veinticinco cargos de indecencias graves y conspiración para cometer indecencias graves.

Un clamor recorrió la multitud. Las voces de abajo y de la galería resonaron contra las paredes de la sala, amplificando los sonidos. A pesar de que el juez exigió orden en la sala, la algarabía no cesó.

—¡Qué vergüenza! —gritó un joven junto a Thomas, pero detrás de él, otros expresaron su aprobación del veredicto.

—¡Se lo merece el maricón! —proclamó un hombre y empujó al joven a un lado—. Tú también eres uno de ellos, ¿verdad?

Thomas intentó levantarse y sintió que el joven chocaba contra él. Cuando agarró los hombros del hombre para estabilizarse, unos ojos asustados lo miraron. Por un momento, Thomas no se movió. Esto era lo que les pasaría a todos ellos: la gente les llamaría la atención por ser homosexuales. Tanto él como el joven que lo miraba lo sabían.

—¡Sí, los dos! —el hombre detrás de ellos continuó su diatriba.

Para sorpresa de Thomas, otros a su lado se unieron, señalándolos con el dedo a él y al hombre a cuyos hombros seguía agarrado. Sus ojos estaban llenos de asco, sus bocas se curvaron en una mueca de desprecio.

Thomas soltó los hombros del otro hombre y lo empujó hacia atrás. Pero ya era demasiado tarde. Todos habían visto el destello de compasión que había sentido por el joven rarito que había expresado su opinión sobre el veredicto. Todos habían visto que Thomas sentía lo mismo. Porque él era igual. No era mejor que Oscar Wilde o los innumerables otros que practicaban la sodomía todas las noches. La única diferencia era que él había sido más cuidadoso con sus citas y había ocultado su verdadera naturaleza de la sociedad mejor que otros.

Thomas corrió hacia la salida, desesperado por escapar del escrutinio de la multitud. ¿Alguien lo había reconocido? Miró a su alrededor, observando los rostros desconocidos a los que pasaba corriendo. No, nadie de la aristocracia habría estado en la sala del tribunal. Consideraban desagradables esos eventos. Era su único consuelo.

Mientras salía corriendo, los gritos le seguían los talones. No podía ignorarlos.

—¡Maricón!

—¡Joto!

Sus pulmones le ardían por el esfuerzo mientras bajaba a toda prisa la amplia escalera y cruzaba el vestíbulo del palacio de justicia. Pasó a toda velocidad junto a las columnas de mármol que flanqueaban la entrada y salió. La noche ya había caído y estaba agradecido por ello. Así podría desaparecer entre la multitud que se agolpaba en la escalinata frente al edificio, esperando noticias del veredicto.

Mantuvo la cabeza agachada para no llamar más la atención. Caras desconocidas pasaron junto a él, y voces se filtraban junto a sus oídos. Pero siguió caminando sin entablar conversación, sin perder el ritmo. Fingió no preocuparse por lo que ocurría a su alrededor. Aunque no era así. El veredicto lo había cambiado todo. A partir de ahora, los homosexuales como él serían tratados con menos tolerancia que antes. La gente ya no miraría para otro lado si sospechaba que un hombre tenía una relación íntima con otro hombre. A partir de ahora tendría que ser aún más cuidadoso o acabaría como Wilde: en la cárcel.

—¡Espere! —gritó alguien detrás de él, pero Thomas siguió caminando sin darse la vuelta.

Solo unos pasos más y podría cruzar Fleet Street y desaparecer en uno de los muchos callejones oscuros de Londres. Luego podría tomar un coche de alquiler y volver a sus habitaciones en St. James's Park. Y nadie se enteraría ni sabría lo que había ocurrido hoy.

—¡Joven! —le siguió una voz extrañamente insistente.

Se sintió obligado a girar la cabeza, pero no pudo distinguir quién había hablado. Nadie lo miró directamente. Sacudió la cabeza confundido, se dio la vuelta y chocó con alguien.

Unas manos fuertes lo agarraron por los hombros. La mirada de Thomas se dirigió a la persona que lo había detenido. El pánico surgió y se manifestó en forma de jadeo. Unos penetrantes ojos marrones le miraron. El rostro bien afeitado de un hombre adquirió mayor definición al echar la cabeza hacia atrás una fracción.

—Vamos, vamos —dijo el desconocido bien vestido con una voz sorprendentemente reconfortante, una voz que se filtró en el cuerpo de Thomas como un vino exquisito o el reconfortante olor de una pipa.

La tensión de su cuerpo se alivió cuando las manos del desconocido suavizaron los hombros de Thomas, casi acariciándolo como si intentaran masajear la ansiedad de su cuerpo. Un agradable hormigueo recorrió sus brazos, esparciendo calor por su cuerpo a pesar de la fresca tarde primaveral.

—No hay por qué temer a la chusma de ahí atrás —continuó el hombre, lanzando una mirada por encima del hombro de Thomas.

Todo el tiempo, sus manos lo acariciaban, y Thomas lo permitía, aunque debería haberse apartado. Estaban en público, aunque el extraño ahora lo condujera hacia la entrada de una tienda que ya había cerrado hace tiempo. Estaban en las sombras; aun así, cualquier transeúnte podría verlos si miraba más de cerca. Sin embargo, Thomas no tenía fuerzas para resistirse al contacto del hombre. Ni a la presión de sus muslos cuando ahora se acercaban más.

—Tan bonito —lo arrulló, recorriendo con sus ojos el rostro y el cuerpo de Thomas—. Sería una pena que te encerraran por lo que eres.

A Thomas se le cortó la respiración. ¿Acaso este hombre se estaba burlando de él? ¿Era un Charley? ¿Un policía disfrazado de caballero para poder descubrir a los raritos de la sociedad? ¿Ya había comenzado la caza de brujas?

Thomas se enderezó, intentando apartarse de las manos del hombre.

—Señor, debo pedirle que me suelte. Me ha confundido.

El rostro del hombre se acercó, sus ojos le atrajeron.

—No hay error. —Sus labios se separaron y el aroma de pura masculinidad sopló contra el rostro de Thomas, debilitando sus piernas.

Se le apretaron las tripas y, más al sur, su verga se sacudió de anticipación. El desconocido confirmó con una sonrisa cómplice que era plenamente consciente de la creciente excitación de Thomas.

—Sí, no hay error en absoluto. —Una mano se separó de su hombro y, laboriosamente despacio, se deslizó por el torso de Thomas.

Sabía demasiado bien hacia dónde se dirigía la mano del desconocido, pero no podía detenerlo. No, no era que *no podía*: no quería. Por alguna perversa razón, Thomas ansiaba su contacto. Necesitaba afirmar lo que era, un hombre que amaba a los hombres, y que eso se sentía bien, pensara lo que pensara la turba frente al juzgado.

Cuando una palma caliente se deslizó sobre su verga, ahora completamente erecta, Thomas gimió y se apretó contra ella.

—¡Cristo!

El hombre rió suavemente.

—No es mi nombre, pero lo aceptaré cualquier día. —Luego apretó con más fuerza.

El corazón de Thomas se aceleró, su pecho se esforzó por llevar el aire que tanto necesitaba a su cuerpo y sus manos se aferraron a las solapas del abrigo del desconocido, acercándolo más. Con cada embestida, jadeaba más incontrolablemente. Y a cada segundo, su control se desvanecía aún más.

—Pero si aún no he empezado.

Como si quisiera demostrar sus palabras, el desconocido desabrochó la solapa del pantalón de Thomas, apartó la ropa interior y tomó el miembro en su mano. El firme agarre, el contacto de la carne con la carne, estuvo a punto de deshacerlo. Su cabeza cayó contra la pared detrás de él. Cerró los ojos y se rindió a la seductora caricia, sabiendo que ahora era imposible luchar contra su propio deseo.

Palabras tiernas llegaron a sus oídos, dándole la ilusión de flotar. Nunca había sentido nada parecido, ni siquiera durante sus orgasmos más potentes. Pero la forma en que aquel desconocido le acariciaba la verga y le susurraba dulces palabras al oído mientras besaba el cuello de Thomas, lo hizo tirar la precaución por la ventana.

Olvidó el hecho de que cualquiera que pasara por allí podría verlos cometer ese acto indecente, un acto que podría llevarlos a ambos a la cárcel. Olvidó el hecho de que ni siquiera sabía el nombre del hombre. Nada importaba. Nada más que el placer inmediato que ese hombre prometía sin pedir nada a cambio.

—Más —suplicó Thomas—. ¡Más fuerte!

Su compañero obedeció sin protestar, acariciándole con más firmeza, apretándolo más fuerte y más deprisa, acercándolo cada vez más al final.

—Sí, sí, eso es todo.

Los labios lamieron el pliegue de su cuello, los dientes rasparon suavemente contra la piel caliente de Thomas. Desde algún lugar penetró una voz.

—Sí, ven, mi joven amigo. Gástate por mí. Entrégate.

Entregarse. Sí, era todo lo que deseaba. Entregarse al contacto de aquel hombre, entregarse al placer, bañarse en la lujuria del momento. Sin pensar, sin remordimientos. Simplemente sentir.

Sus bolas se tensaron y su verga se sacudió. Luego sintió el torrente de su semen, que recorrió su cuerpo como disparado por una pistola. Olas de placer lo inundaron y lo elevaron como si flotara. Al mismo tiempo, un dolor punzante atravesó el cuello. Fue fugaz, demasiado fugaz para ser real. Debió haber estado alucinando, porque el placer que le proporcionaba aquel desconocido lo estaba embriagando: embriagando de lujuria, de deseo, de sexo. Embriagando con la sensación de los labios de aquel hombre posados en su cuello, besándolo de una forma que se sentía surrealista.

Como si el beso fuera una mordida.

3

Thomas abrió los ojos y miró a su alrededor. Sorprendido, se sentó en un diván. Ya no estaba en el callejón. En cambio, se encontraba en un salón opulentamente amueblado. Y no estaba solo. Todo lo contrario.

Intentó asimilar lo que veía, pero su mente tardó unos segundos en procesar la escena que tenía ante sus ojos. Había cerca de una docena de personas en la habitación: gente parcialmente vestida, en su mayoría hombres, pero también había varias mujeres entre ellos. Si fuera mojigato, toda la escena le habría parecido escandalosa, pero no lograba conjurar tal sentimiento. En lugar de eso, miró a su alrededor con interés. Un hombre tenía los pantalones bajados hasta las rodillas, su trasero desnudo al descubierto mientras agarraba las caderas de otro hombre, embistiéndolo hacia delante y hacia atrás. Thomas no tuvo que acercarse más para darse cuenta de que estaba sodomizando al otro hombre.

Nadie parecía prestarles atención, claramente estaban demasiado ocupados realizando actos carnales similares. La mirada de Thomas se fijó en un joven que yacía sobre varias almohadas esparcidas por el suelo frente a la chimenea. Tenía la camisa abierta y un hombre mayor le besaba el pecho y le pellizcaba los pezones mientras frotaba sus entrañas contra las del hombre más joven. Mientras Thomas seguía mirando, sintió que su propia verga se alzaba ante la erótica vista. Se puso aún más dura cuando vio al joven abrirse los pantalones y bajárselos por encima de las caderas, dejando que sobresaliera su dura verga. El hombre que tenía encima gimió y bajó la cabeza hacia la verga del joven para chuparla en su boca.

Involuntariamente, la mano de Thomas se dirigió al bulto que se había formado bajo sus pantalones.

—Ah, estás despierto.

Al oír la voz, Thomas giró la cabeza hacia un lado. Solo tardó una fracción de segundo en encontrar al hombre que evidentemente lo había traído aquí: el desconocido que le había acariciado la verga con tal habilidad que Thomas debió desmayarse cuando alcanzó el clímax.

Con los ojos muy abiertos, Thomas se quedó mirándolo. Estaba sentado en un gran sillón, con la camisa abierta, exponiendo su fuerte pecho y su cabello oscuro, y sin pantalones. Entre sus piernas se arrodillaba una mujer semidesnuda, con la cabeza balanceándose arriba y abajo en su regazo, chupándosela.

Él le puso la mano en la nuca, tirándola del cabello, y le dio una orden entre dientes apretados.

—¡Hazlo con más ganas! —Luego volvió a mirar a Thomas y le hizo un gesto para que se acercara.

Hipnotizado, Thomas se levantó y cruzó para reunirse con él.

—Soy Kasper —se presentó el hombre.

—Thomas. —Miró fijamente a la mujer. ¿Por qué había supuesto que Kasper era rarito como él? Estaba claro que a aquel hombre le gustaban las mujeres.

Quizás la expresión en su rostro lo había delatado, porque Kasper soltó una risita.

—¿Ah, eso? —Señaló a la mujer que le estaba haciendo trabajar duro —. No discrimino, ni juzgo. Lo que me dé placer. —Hizo una pausa y bajó la mirada hacia la entrepierna de Thomas—. Antes me diste placer, mi joven amigo. Puedo llamarte amigo, ¿no?

Thomas asintió automáticamente.

—Y también me da placer observar a los demás. —Hizo un gesto con la mano para señalar a las otras parejas que participaban en actos similares.

Hombres retozando con hombres, incluso dos mujeres tocándose, deslizando sus cuerpos desnudos el uno contra el otro.

—¿Quién eres tú? —preguntó Thomas—. ¿Y dónde estamos?

Nunca había estado en un lugar así, donde la gente se comportaba sin inhibiciones, sin miedo a ser detectada. Parecía un oasis. Como el paraíso.

—A salvo —dijo Kasper—. Nadie nos encontrará aquí. Podemos hacer lo que queramos. Hacer realidad nuestras fantasías más salvajes. ¿No es eso lo que quieres? ¿Lo que siempre has soñado?

La mirada penetrante de Kasper lo cautivó. Thomas se sintió prisionero de sus ojos, como si fueran grilletes que lo encadenaran a una cerca desde la que se veía obligado a observar lo que ocurría a su alrededor.

Le recorrió la sospecha.

—¿Cómo lo sabes?

—Puedo verlo en tus ojos. Todos pueden verlo, si tan solo se molestaran en mirar. Llevo unos días observándote. Hay algo en ti que me fascina. Tanta pasión, tanto dolor enterrado en tu interior, queriendo estallar a la superficie. Tal como lo hizo esta noche.

Kasper gimió y metió su verga más profundamente en la boca de la mujer.

—Cuando te tuve en mis manos pude sentir tu necesidad. Tan pura, tan virgen. —Lanzó una mirada alrededor de la habitación—. No como los hombres de aquí. Ellos perdieron esa inocencia hace mucho tiempo. Pero tú aún la conservas. Es muy entrañable. —Empujó las caderas hacia arriba, embistiendo con más fuerza—. Y más que solo un poco excitante. ¿Qué hombre no querría probar eso?

Su mirada sugerente hizo que un rayo de deseo recorriera el cuerpo de Thomas. Su desconfianza inicial se desvaneció. Tuvo que admitir que se sentía halagado. Además de excitado, no solo por su entorno, sino también por las palabras de Kasper. Ser deseado por un hombre con su evidente poder y posición era excitante. Se lamió los labios, ansioso por probar lo que aquel hombre prometía.

—Hay mucho que puedo darte, si tú lo quieres —se ofreció Kasper y bajó la mirada a su propia entrepierna—. Puedo darte un poco ahora mismo. —No había duda de lo que quería decir con eso.

Y diablos, si Thomas no quería exactamente eso. Sin dudarlo, puso la mano en el hombro de la mujer y la apartó hacia atrás.

—Tómate un descanso. Yo me ocuparé de esto.

Kasper le sonrió mientras la mujer se alejaba y Thomas ocupaba su lugar.

—No voy a chupártela como esa mujer. Será mucho mejor que eso —prometió Thomas, pasando las manos desde las rodillas de Kasper hasta el vértice de sus muslos, donde se erguía una magnífica verga, reluciente de humedad. Se estremeció como si reconociera las palabras.

—Oh, no lo dudo.

Thomas se inclinó sobre la ingle de Kasper y lamió la cabeza de su erección. Un escalofrío recorrió a su compañero y sonrió para sí mismo. Reduciría a este hombre a masilla en sus manos. Lo sacudió una sensación parecida al poder. Era algo nuevo para él, pero le gustaba la sensación de saber que podía poner a aquel hombre de rodillas. Era un desafío que no eludiría.

—Pero mientras yo hago esto, tú harás algo por mí. Me contarás sobre ti. Y con cada bocadillo de información que me des, te la chuparé más fuerte. —Thomas rodeó con los labios la cabeza del miembro de Kasper y se deslizó sobre él, metiéndoselo hasta la raíz.

Kasper tembló debajo de él, antes de que Thomas se retirara.

—Empieza ahora —le exigió, y le tocó las bolas, acariciando con una uña la apretada bolsa, sintiendo un escalofrío cuando Kasper se estremeció y una gota de humedad se derramó de su verga.

Kasper jadeó con fuerza.

—Soy el líder de un grupo de hombres que tienen ciertas... inclinaciones.

Thomas volvió a hundir la boca en la carne hinchada y cerró los labios en torno a ella, succionándola profundamente.

Kasper gimió y empujó las caderas hacia arriba.

—Tenemos nuestros escondites, lugares seguros donde nos reunimos. Donde nos entregamos a nuestras fantasías.

Thomas rodeó la base con la mano y volvió a chupar, dejando que la erección de Kasper se deslizara fuera de su boca, para volver a capturarla una fracción de segundo después, aumentando su ritmo. Apretó su mano alrededor de ella mientras con la otra jugaba suavemente con sus bolas. Aún no había conocido a ningún hombre que pudiera resistirse a su tacto íntimo, un tacto que sabía que era más tentador que el de una mujer. Porque él sabía mejor que ninguna mujer lo que un hombre quería.

—Nadie puede tocarnos. Somos fuertes. Nunca nos atraparán. — Kasper jadeaba con fuerza y sus caderas trabajaban frenéticamente para aumentar la fricción, bombeando más y más rápido dentro y fuera de la boca de Thomas—. ¡Carajo, eres bueno!

El pecho de Thomas se hinchó de orgullo. Para eso vivía: para buscar placer y devolverlo.

—Y un día, ya no tendremos que escondernos. Un día, nos aceptarán.

Thomas oyó las palabras y quiso creerlas, pero no pudo. Nadie aceptaría nunca a los desviados como él. Siempre tendría que esconderse. Pero, al menos si el escondite era así, una guarida privada de perdición, donde el pecado siempre estaba en el menú y la perversión era la norma, podría vivir con ello.

Entregado a su tarea, lamió y chupó hasta que Kasper acabó rindiéndose y se estremeció. Pasaron largos segundos antes de que se calmara por completo, su cabeza cayera hacia atrás contra el sillón y su cuerpo casi se desplomara.

Thomas levantó la cabeza y le miró. Lo que vio lo hizo caer de espaldas, aterrizando sobre su trasero mientras intentaba retroceder, horrorizado. Pero no tuvo oportunidad. Al quedar tendido boca arriba, Kasper saltó sobre él con las piernas abiertas, inmovilizándolo. Unas manos duras como el hierro rodearon las muñecas de Thomas, clavándolas en el suelo junto a su cabeza.

Kasper le mostró sus colmillos blancos y brillantes, gruñendo como una bestia.

—Ahora, querido, escúchame. Tu pequeño intento de controlarme estuvo muy bien, pero no te equivoques: permití que me controlaras para mi propio placer. Porque a veces, a todos nos gusta que nos dominen. A veces disfrutamos que nos controlen y jueguen con nosotros. Pero yo decido cuándo, dónde y cómo. ¿Lo entiendes?

Entumecido, Thomas asintió con la cabeza, incapaz de hablar, porque todo el aire se le había escapado de los pulmones. ¿Qué era Kasper? ¿Qué clase de criatura era ese hombre? No, no era un hombre. No podía ser un hombre. Era una bestia.

—Me pareces interesante. —Balanceó su verga, aún semi erecta, contra la ingle de Thomas—. Y absolutamente sexy. Pero no me dejo controlar por mis instintos más básicos. Yo soy el amo. Yo decido lo que pasa, cuándo pasa y cómo pasa. Y resulta que he decidido convertirte en mi compañero. —Dejó que una sonrisa se dibujara en sus labios—. Y no solo porque chupes la verga con tanta maestría.

Thomas se estremeció involuntariamente. A pesar del miedo que sintió al mirar los afilados dientes que sobresalían de la boca de Kasper, le fascinaba la idea de que ese hombre poderoso lo deseara. Era lo bastante maduro para admitirlo a sí mismo: ser controlado por otro hombre lo emocionaba. Lo excitaba y se la ponía dura.

Kasper se frotó contra él nuevamente, y Thomas sintió que la verga se le hinchaba como resultado. Cerró los ojos, tragándose la vergüenza. Porque debería avergonzarse de lo que deseaba: ser dominado por ese hombre.

—Lo sabes, ¿verdad? Cuánto placer se puede obtener del dolor, de la vergüenza, incluso del miedo. Por eso eres tan perfecto. Tan perfecto para lo que necesito.

Kasper soltó una muñeca y acarició el cuello de Thomas con los nudillos, provocándole escalofríos.

La vena de su cuello empezó a palpitar.

—Oh, sí, sabes lo que soy, ¿verdad?

Thomas sacudió la cabeza, intentando negar lo que su mente ya había deducido. No era posible. Las criaturas como él no existían. Ni en la vida real, ni en Londres, ni en ningún lugar de Inglaterra.

—Dilo, amante, di lo que soy. —Un largo dedo recorrió la vena palpitante de Thomas.

—Vampiro.

Una vez que pronunció la palabra, Thomas soltó un suspiro y sintió que la presión sobre su pecho se aliviaba. Kasper se despegó de él y tiró de él para que se sentara, sujetándole la nuca con una mano.

—¿Ves? No fue tan duro, ¿verdad? —Presionó un breve beso en los labios de Thomas. Luego puso la mano sobre la erección de Thomas—. Aunque otras cosas se pongan duras de nuevo.

Sobresaltado, Thomas se echó hacia atrás, pero no llegó lejos. La mano de Kasper en su nuca lo mantuvo cerca.

—No irás a ninguna parte, ¿no entiendes? Todo lo que necesitas está aquí. Conmigo. Puedo protegerte. —Señaló hacia una de las ventanas, de la que colgaban pesadas cortinas de terciopelo—. Ahí afuera, un hombre como tú siempre estará en peligro. Pero yo puedo ayudarte. Y juntos esperaremos a que llegue el momento en que no haya más persecuciones contra los de nuestra especie. Tenemos el tiempo de nuestro lado.

Instintivamente, Thomas supo lo que Kasper le proponía.

—Puedo darte la vida eterna. ¿No quieres vivir en una época en la que los raritos como nosotros seamos aceptados? ¿En la que a nadie le importe con quiénes cojamos? ¿En la que besar a un hombre en público no te lleve a la cárcel?

Por fin Thomas volvió a encontrar la voz.

—¡No sabes si llegará ese momento! ¡Siempre nos mirarán con repugnancia!

Kasper negó con la cabeza, sonriendo.

—Qué equivocado estás, amigo mío. Mi dulce Thomas. Si tan solo pudieras creer que el futuro será brillante.

—¿Cómo puedo creerlo cuando todo lo que veo es dolor? ¿Cuando tengo que ocultarle a todo el mundo quién soy? ¿Cuando incluso mis hermanas se alejarían de mí si se enteraran?

Kasper acarició el cuello de Thomas. El contacto lo tranquilizó más de lo que le gustaba admitir. Tal vez su amante realmente podría ayudarlo. Aunque solo fuera para olvidar sus problemas.

—Todo lo que pido es un poco de confianza. Y paciencia. Nuestro momento llegará. Nos levantaremos juntos. Y mientras tanto, exprimiremos hasta la última gota de placer el uno del otro.

—¿Por qué yo? —Thomas buscó una respuesta en los ojos de su amante.

—Porque tienes potencial. Serás fuerte. Tan fuerte como yo. Y poderoso. Juntos podremos reinar. Pero tendrás que llegar a ser como yo.

Thomas miró fijamente a Kasper a los ojos, cuya oscuridad lo atraía como si lo hipnotizaran.

—¿Quieres decir convertirme en vampiro?

—Sí, te drenaré la sangre y te daré la mía. Serás parte de mí. Fuerte, poderoso, invencible. Todo lo que tienes que hacer es decir que *sí*.

Incapaz de apartar la mirada de los ojos de Kasper, Thomas acercó la cabeza, sus labios ahora flotando a solo unos centímetros de los de su amante.

—¿De verdad crees que llegará un momento en que podamos ser libres de expresar nuestros sentimientos sin miedo al castigo?

—Sí. Pronto llegará ese momento.

—Sí. —Con un suspiro, hundió los labios en los de Kasper y lo besó, envolviéndolo con los brazos y dejándose caer de nuevo en el suelo con Kasper encima—. Hazlo mientras me haces el amor para que no lo vea venir.

—Lo que desees, mi dulce amante.

4

————

Hoy Thomas estacionó su moto frente a Al's Motorcycle Parts y apagó el motor. Lo único bueno de tener que ir de compras por la noche era que casi siempre encontraba un sitio cercano para estacionarse. El área al sur de Market Street estaba prácticamente desierta a esas horas de la noche, y solo quedaban los fiesteros, la mayoría de los cuales no se tomaban la molestia de conducir, sino que iban en taxi o a pie a los clubes de la zona.

El negocio de Al siempre estaba abierto hasta tarde. De hecho, solo abría sus puertas al caer el sol, aunque Al fácilmente podría haber trabajado durante el día. Al fin y al cabo, la tienda no tenía ventanas y él estaría seguro ahí adentro incluso de día. Pero como muchos vampiros, Al se ajustaba al horario de los suyos y evitaba la luz del día.

Llevaba muchos años acudiendo al taller de Al, casi siempre que necesitaba encontrar una pieza rara para alguna de sus motos. Recientemente, había terminado de restaurar una BMW de la Segunda Guerra Mundial, y Al había sido de gran ayuda para conseguir algunas de las piezas que necesitaba reemplazar. No había un lugar como el de Al si quería conseguir piezas auténticas para sus motos antiguas. Thomas no sabía de dónde sacaba esos repuestos genuinos, y desde luego Al nunca había revelado sus fuentes. No importaba. Thomas estaba dispuesto a pagar más con tal de poder seguir con su afición.

Thomas empujó la puerta del gran edificio y entró, acompañado por el tintineo de la campanilla sobre la entrada. El interior estaba bien iluminado, los interminables estantes bien surtidos, y los olores eran familiares: aceite, solventes y pinturas. Levantó la mirada hacia el mostrador, esperando el saludo habitual de Al, pero en su lugar se encontró con un muro de silencio.

El hombre detrás de la caja cubierta de linóleo desgastado no era Al, ni tampoco uno de sus empleados. Era un vampiro, sin duda, pero Thomas no lo conocía. ¿Al había contratado a alguien nuevo? No era propio de él. A Al no le gustaban los cambios y hacía años que no contrataba a ningún empleado nuevo. La mayor parte del tiempo trabajaba solo.

El vampiro asintió con la cabeza.

—¿Te ayudo? —preguntó bruscamente.

Thomas cruzó la distancia que lo separaba del mostrador, sin que nada en su andar delatara su curiosidad.

—Sí. ¿Al está por aquí?

El vampiro negó con la cabeza.

—No.

—¿Volverá pronto?

—No.

Ante la segunda respuesta monosilábica, Thomas rechinó los dientes y tuvo que relajar la mandíbula para no sonar hostil.

—¿Cuándo, entonces?

—No volverá.

—¿Por qué?

—Vendió el local.

La noticia lo sorprendió. Al nunca había mencionado que tuviera intención de vender la tienda. Vender significaba cambiar, y no había nada que Al odiara más que el cambio, salvo una estaca en el corazón o el sol naciente pisándole los talones.

Thomas examinó al otro vampiro con más detenimiento. No había nada extraordinario en él. No parecía ni muy poderoso ni muy inteligente. De hecho, su forma de hablar y su postura le hacían parecer más bien un primo torpe de alguna zona remota del bosque. Basura vampira, si alguien le preguntara. El tipo de hombre que nunca llegaría a nada.

—¿Cuándo lo vendió?

Se encogió de hombros.

—La semana pasada.

—¿A quién?

El vampiro hinchó el pecho.

—A mí.

Thomas se mordió la lengua para que no se le escaparan las siguientes palabras. No había forma en el infierno de que Al le hubiera vendido el negocio al tipo detrás del mostrador. Algo no cuadraba. Pero era lo suficientemente inteligente como para saber que cualquier pregunta adicional solo aumentaría la hostilidad del sujeto. Tal vez, una vez que hiciera algo de negocio con él, podría averiguar más.

—Bueno, en ese caso, será mejor tratar contigo. —Sacó un trozo de papel de su chamarra de cuero y lo desplegó, extendiendo ante el hombre la fotocopia de una vieja revista que había encontrado. Señaló con el dedo un punto del dibujo—. Necesito esta pieza de aquí para el cilindro maestro delantero. Es un modelo de 1956. Fabricado en Alemania.

El vampiro apenas echó un vistazo al papel antes de hacer un gesto hacia los pasillos.

—Si la tenemos, estará en uno de los estantes. Lo sabes tanto como yo. —Su mirada aburrida lo decía todo.

Thomas negó con la cabeza.

—No estará en los estantes. Es un modelo de 1956. Nadie las tiene en inventario.

—Pues entonces no la tenemos.

Thomas soltó un resoplido de fastidio.

—Ya me lo imaginaba. Lo que te pido es que me consigas una.

—¿Cómo quieres que lo haga? ¿Me la saco de las uñas?

—Se llama pedido especial. Debes tener contactos con proveedores que hagan pedidos especiales.

El nuevo propietario de Al's Motorcycle Parts cruzó los brazos sobre el pecho.

—No hacemos pedidos especiales. Si no lo encuentras aquí, busca en otro lado.

Thomas entrecerró los ojos y se inclinó sobre el mostrador.

—¡Es tu puto trabajo!

El otro vampiro se acercó más.

—Yo digo cuál es mi trabajo. Y no es buscar pendejadas para tipos como tú. No soy el mandadero de nadie. ¿Entendido? —Mostró los colmillos.

Apretando los dientes, Thomas recogió su hoja y la dobló con movimientos lentos y deliberados, intentando contener su ira. Sería tan fácil aplastar al tipo con una sola ráfaga de control mental, tan sencillo, pero tan satisfactorio. En su interior, sus dos lados luchaban entre sí, cada uno por la supremacía, ambos casi igual de fuertes. Su pecho se agitaba por el esfuerzo que le costaba no dejar traslucir su lucha interna. No podía delatarse.

—Mis disculpas —dijo con esfuerzo—. Supongo que tendré que llevar mis asuntos a otra parte.

Luego giró sobre sus talones y salió de la tienda tan rápido como si lo persiguiera una horda de homófobos con estacas en los puños. Se subió a la moto y puso en marcha el motor. Cuando este aulló, salió disparado hacia la carretera y avanzó por la calle de un solo sentido como una bala desbocada.

Tenía que alejarse de la tentación de darle una lección de modales... y también de negocios. Últimamente le ocurría cada vez más: las cosas más insignificantes lo sacaban de quicio y hacían que el poder oscuro se agolpara en su interior, ansioso por salir a la superficie. Desde que había matado a Kasper, su creador —o Keegan, como se hacía llamar después—, había comenzado a sentir que la sed de poder emergía con más frecuencia. Y cada vez, la lucha por reprimir el mal se volvía más violenta.

5

El V Lounge de la sede de Scanguards estaba lleno de actividad cuando llegó Thomas. Todos se estaban preparando para dar la bienvenida a Scanguards a Haven, el compañero de Yvette. Después de varios meses arreglando asuntos de su antigua vida como cazador de vampiros, por fin había tomado una decisión y había aceptado el puesto que le había ofrecido Samson. Esta noche sería oficialmente su primer día, y los chicos habían decidido organizarle una pequeña fiesta en el salón.

Thomas miró a su alrededor. El amplio lounge parecía la recepción de un hotel de cinco diamantes, con cómodas áreas de descanso, una chimenea, y un bar con *bartender*. Solo que no había botellas en la pared del fondo de la barra, ni tampoco espejos que la decoraran. Las bebidas que salían de las llaves de acero inoxidable no eran alcohólicas; los barriles que había debajo contenían varios tipos de sangre que la atractiva camarera servía en copas de cristal.

Que Thomas fuera gay no significaba que no pudiera reconocer que la mujer que trabajaba tras la barra era lo que un hetero llamaría *una bomba sexual con patas*. Además, se fijó en la forma en que la miraban los demás vampiros: como si quisieran beber directamente de ella en lugar de las copas que les entregaba. Como perros en celo, revoloteaban alrededor de la barra, intentando ligar con ella y casi babeando. ¿A poco así se veía Thomas cuando miraba a Eddie? Esperaba que no. Ya era bastante patético que estuviera enamorado de un hombre heterosexual.

La princesa de hielo, como algunos de los chicos habían empezado a llamarla a sus espaldas, mantenía su exterior frío y educado a pesar de los comentarios sugerentes y las proposiciones obvias, sin delatar lo que ocurría en su interior. Con un suspiro, Thomas se acercó y le sonrió.

—Roxanne —llamó su atención.

Ella se volvió hacia él y le dedicó una sonrisa genuina, con el cuerpo más visiblemente relajado.

—Thomas, ¿qué te sirvo, amor?

Su acento británico seguía siendo pronunciado, y le hizo pensar en su hogar y en las dos hermanas que había dejado atrás. Se arrepintió de haberlas dejado. Pero no podía volver atrás. Era inútil pensar en eso ahora.

—AB positivo, por favor.

Roxanne sacó una copa de debajo de la barra y accionó una de las llaves.

—¿Postre antes de la cena?

Él sonrió. El AB positivo se consideraba el grupo sanguíneo más dulce. Le guiñó un ojo.

—Si tú no dices nada, yo tampoco.

Mientras ella soltaba una cálida carcajada, Thomas escuchó los susurros de los otros vampiros que estaban a su lado.

—¿Qué tiene él que no tengamos nosotros? —refunfuñó uno de ellos.

La cabeza de Roxanne se dirigió hacia el hombre que había hablado. Lo fulminó con la mirada.

—Clase. Eso es lo que tiene. Así que rúmbenle.

Los ahuyentó con un gesto y, para sorpresa de Thomas, los hombres obedecieron.

—No tienes que librar mis batallas por mí, Roxanne.

Ella le dedicó una suave sonrisa.

—Tú siempre libras las mías. Solo devuelvo el favor, amor.

Thomas señaló con el pulgar a los vampiros que se congregaban junto a la chimenea.

—Si les sonrieras como me sonríes a mí, tus propinas serían mejores.

—Solo sonrío cuando me nace hacerlo.

Le puso la copa de sangre en frente.

Una mano pesada se deslizó sobre su hombro, haciéndolo voltear.

—¿Otra vez Roxanne te está consintiendo con sangre? —preguntó Samson, sonriendo.

Thomas se rio.

—¡Si tan solo funcionara! —bromeó, sabiendo que, si fuera heterosexual, Roxanne probablemente intentaría algo con él. Sin embargo, ella respetaba lo que él era y, a pesar de que se sentía atraída por él, lo trataba como a un hermano. Eso era algo que a él le gustaba de ella.

Intercambió una larga mirada con ella.

—Al menos Thomas no se me quiere tirar encima. Eso es algo que no puedo decir de ese grupillo de allá. —Ladeó la cabeza en dirección a la chimenea.

Samson retiró su brazo de los hombros de Thomas y se inclinó sobre la barra.

—Si te están acosando, tienes que decírmelo. Me encargaré de ellos.

Ella hizo un gesto despreocupado con la mano.

—¿Y empeorar las cosas delatándolos? Yo puedo encargarme de ellos.

—Como prefieras.

—Te ofrecería algo de beber, pero dado que estás unido por la sangre, supongo que no puedo hacer nada por ti.

Samson negó con la cabeza, sonriendo.

—Nada de nada. —Luego le guiñó un ojo—. Aunque no estoy ciego, y puedo entender por qué los chicos siguen intentándolo. —Después se volvió hacia Thomas—. Ya casi estamos listos. Haven e Yvette llegarán en cualquier momento.

Se alejaron juntos de la barra.

—¿Eddie vino contigo? —preguntó Samson.

—No, tuve que pasar por el taller de Al por una pieza, así que salí antes. —Dejó que su mirada recorriera la habitación, pero no pudo ver a Eddie.

—Seguro que llega a tiempo. ¿Cómo está Al?

Thomas se frotó la nuca, y la inquietud volvió a recorrerle la espalda.

—En realidad, no lo sé.

—Pero pensé que dijiste que...

Interrumpió a su jefe.

—Ya no está ahí. Alguien le compró el local.

Samson frunció el ceño.

—No había oído nada de eso. ¿Cuándo pasó?

—Al parecer, la semana pasada.

—Lo mismo escuché yo. Pero eso no es todo.

Thomas se volvió hacia la voz que venía de detrás de ellos y miró a Zane.

—¿Qué más has oído? —preguntó Thomas.

Zane se metió una mano en el bolsillo del pantalón.

—Que lo vendió horriblemente rápido. Alguien vio a un par de tipos trajeados entrar a su oficina y, media hora después, Al empezó a hacer las maletas. No tiene buena pinta, en mi opinión.

Thomas no pudo estar más de acuerdo.

—El tipo nuevo que dice haberlo comprado tampoco parece la herramienta más afilada del taller. Tengo la sensación de que es una marioneta. No tiene ni idea del negocio, y no puedo evitar pensar que es la tapadera de alguien. Quizá deberíamos investigarlo. —Miró a Samson.

Zane lo interrumpió.

—Ya me adelanté. Hice algunas averiguaciones y descubrí que vendió el lugar por casi nada.

Samson gruñó.

—No me gusta. ¿Crees que lo obligaron?

—Eso parece —confirmó Zane—. Y definitivamente dejó la ciudad. Fui a revisar su departamento. Parece que se fue a toda prisa, y solo se llevó algunas cosas personales. Sus muebles siguen allí.

Thomas se rascó la cabeza, pues no le gustaba nada lo que oía.

—Al no es de los que toman decisiones apresuradas. Además, odia los cambios. No se mudaría de la noche a la mañana nada más porque sí. No es algo propio de él.

Zane se balanceó sobre los talones.

—A mí me parece que estaba cagado de miedo por algo.

—¿Pero por qué? —preguntó Thomas.

—Zane, ¿por qué no pones a un par de hombres a investigar qué está pasando? —sugirió Samson—. Avísanos de lo que encuentren.

—Claro, lo haré. —Luego señaló hacia la puerta—.Nuestro invitado de honor acaba de llegar.

Thomas miró hacia la puerta del salón y vio entrar a Haven con Yvette a su lado. El brujo convertido en vampiro era un hombre imponente, de hombros anchos y figura robusta. Incluso como humano había sabido defenderse, pero ahora, como vampiro, estaba entre los más fuertes de ellos. Yvette era a la vez su pareja y su creadora, una combinación que reforzaba aún más su vínculo, si es que eso era posible. Aunque siempre había llevado el cabello corto, después de conocer a Haven había dejado de cortárselo y, durante su sueño restaurador, le había vuelto a crecer hasta alcanzar la longitud que tenía cuando la convirtieron. Ahora tenía un aspecto mucho más femenino, y esa dureza que siempre había marcado su personalidad también parecía haberse suavizado. Haven le hacía bien.

Haven había tenido sus reservas a la hora de unirse a Scanguards después de haber sido cazador de vampiros durante la mayor parte de su vida. Por suerte, su amor por Yvette le había ayudado a darse cuenta de que su visión de los vampiros, influenciada por una tragedia de su pasado, era demasiado estrecha. Ahora que había conocido a este particular grupo de vampiros, por fin había aceptado que incluso los vampiros podían ser buenos.

Thomas se dirigió hacia Haven e Yvette para saludarlos, y Samson y Zane lo siguieron. Pero antes de llegar, la puerta se abrió de nuevo y entró Eddie. Al instante, su corazón empezó a latir más deprisa y le picaron los colmillos, deseando descender.

Eddie lucía tan fresco e inocente como siempre. Llevaba una sudadera con capucha sobre los pantalones de mezclilla e inmediatamente se la pasó por encima de la cabeza para quitársela, ya que en el lounge hacía demasiado calor. Al hacerlo, la camiseta que llevaba debajo se subió con ella, dejando al descubierto unos abdominales tonificados y un pecho sin vello.

Claro, ya había visto antes a Eddie sin camiseta, pero por mucho que viera su cuerpo perfecto, siempre le provocaba la misma reacción visceral: se le secaba la boca, le sudaban las palmas de las manos, el corazón le latía en la garganta y tenía que luchar contra su lado vampírico para evitar que saliera a la superficie, tirara a Eddie al suelo, lo desnudara y le clavara su adolorida verga mientras le hundía los colmillos en el cuello y bebía de él.

Eddie tiró la sudadera a una silla cercana y se volvió a poner la camiseta por encima de los jeans, privando a Thomas de la vista.

Quizás era mejor así. Quizás simplemente debía alejarse de la tentación. Aun así, eso no acabaría con sus ensoñaciones, ni con las fantasías que tenía sobre Eddie y él: cómo se ducharían juntos, acariciándose; cómo compartirían cama, haciendo el amor; cómo se deleitarían mutuamente, compartiendo su sangre.

Tantas fantasías, pero ni una sola se convertiría en realidad.

6

Eddie observó cómo Haven e Yvette ya estaban asediados por sus colegas, quienes estrechaban la mano de Haven y lo felicitaban por su nuevo puesto: guardaespaldas en Scanguards. Eddie recordó lo orgulloso que se había sentido cuando se unió a Scanguards hacía más de año y medio. Entonces todavía era humano y no tenía ni idea de los vampiros que dirigían Scanguards. Desde entonces habían sucedido muchas cosas. Cosas buenas y cosas malas.

Pasó entre la multitud y se dio cuenta de que Thomas también estrechaba la mano de Haven. Sabía que encontraría a Thomas aquí. Sin embargo, su corazón empezó a latir más deprisa, y el nerviosismo le subió por la columna vertebral, extendiéndose por todo su cuerpo. Ya no sabía cómo comportarse con su mentor. Desde que había oído a Oliver y Blake, se sentía incómodo cuando hablaba con Thomas. Y siempre estaba tenso, como si tuviera que medir cada palabra que pronunciaba, con cuidado de no decir nada que pudiera dar a Thomas la impresión de que Eddie estaba interesado en él, porque no lo estaba.

Dispuesto a calmarse, se dirigió a la barra y pidió una copa.

—Hola, Roxanne. O negativo, por favor.

—¿Vienes por la fiesta? —Ella empezó a servirle su bebida.

—Claro, nunca me pierdo una fiesta, ¿o sí?

—Solo no te pases de la raya. El jefe me encargó que los vigile a todos ustedes. Si alguien se excede, estoy autorizada a negarle el servicio. —Sonrió con satisfacción.

Él le devolvió la sonrisa.

—¡Aguafiestas!

Ella le puso la copa de sangre en frente y le revolvió el cabello.

—Ahora vete a jugar con los demás.

Eddie le lanzó una mirada de indignación fingida.

—Nos tratas como si fuéramos niños.

Roxanne soltó una risita y se inclinó sobre la barra, con su generoso escote peligrosamente cerca. La miró brevemente, pero nada se agitó en su ingle.

—Es porque lo *son*.

Él puso los ojos en blanco.

—¡Tengo veinticinco años!

—¡Bebé! —canturreó ella como si le hablara a un recién nacido.

Él agarró la copa y se bebió el contenido de un trago. La rica sangre cubrió su garganta, calmando su hambre. Al instante se sintió mejor, más tranquilo. Tal vez solo tenía mucha hambre y por eso se sentía tan aprensivo al estar cerca de Thomas. El hambre podía hacerle muchas cosas raras a un vampiro. Lo descubrió por las malas cuando lo convirtieron. Nunca había estado tan hambriento en toda su vida. Ni tan violento.

Una mano tocó su hombro. Eddie volteó y soltó un suspiro tembloroso al darse cuenta de que no era la mano de Thomas la que lo había tocado.

Contrólate, se reprendió a sí mismo.

—Hey, Cain.

—Vaya, estás nervioso. ¿Qué pasa? —El vampiro de pelo oscuro, barba permanente y penetrantes ojos oscuros, lo miró de arriba abajo.

—Nada. ¿Por qué iba a pasar algo? Solo estoy tomando mi primera copa.

Cain asintió en dirección a la barra.

—Tomaré lo mismo que él.

Roxanne sonrió.

—Enseguida.

Mientras ella se volvía hacia las llaves, Eddie captó la mirada lujuriosa con la que Cain paseó por su cuerpo, deteniéndose en sus pechos antes de descender a su torneado trasero. Podía ver claramente lo que su compañero estaba pensando. Curiosamente, cuando Eddie dejó que su mirada recorriera las curvas de Roxanne, no sintió nada. La mujer era extraordinariamente hermosa, pero Eddie no sintió que aumentara en él el deseo, ni que la sangre fluyera hacia su verga. Tocarla y besarla no le atraía, cuando debería sentir las mismas ansias que la mitad de los vampiros del salón sentían por aquel extraordinario espécimen femenino con acento inglés de la alta burguesía.

Quizá algo andaba mal con él. Quizá un desequilibrio hormonal. Quizá debería ir a ver a Maya para que le hiciera un chequeo y comprobara si sus niveles de testosterona estaban bajos. Maya, la compañera de Gabriel, era la única médica vampira en San Francisco, aparte del psiquiatra Dr. Drake. Cuando era doctora humana, su especialidad había sido la urología. Si alguien conocía el cuerpo masculino, era Maya. Quizá, después de la fiesta, hablaría con ella en privado un momento y agendaría una consulta con ella.

—¿Has escuchado algo de eso? —la voz de Cain se dirigió hacia él.

Eddie buscó a tientas una respuesta. No había oído de qué hablaba Cain.

—Perdón, ¿puedes repetirlo?

Cain entrecerró los ojos y lo criticó con la mirada.

—¿Me quieres decir qué te pasa? Primero estás nervioso y ahora andas distraído. —Su colega se inclinó más hacia él.

Eddie contuvo el aliento. ¿Acaso Cain sospechaba la verdadera razón de su falta de atención?

—¡Más vale que te compongas, chamaco! Tengo el presentimiento de que pronto se va a armar la gorda. Acabo de oír a Gabriel decirle a Samson que va a convocar una reunión del personal más tarde esta noche. Vas a necesitar todas tus canicas. Así que, sea cual sea la vieja buenona que te traiga así, sácatela de la cabeza.

Eddie suspiró para sus adentros. Si tan solo fuera una vieja buenona la que ocupaba sus pensamientos, no tendría nada de qué preocuparse. Nunca se había distraído con una mujer. Claro que se había tirado a algunas, pero ahora que lo pensaba, nunca había estado tan interesado en ellas como para olvidarse del resto de su vida. Incluso cuando era adolescente, prefería salir con sus amigos que escabullirse a un callejón oscuro con una chica para tener algo de acción. De hecho, sus amigos se burlaban de él por ser un chico demasiado bueno. Y los chicos buenos no se acostaban con nadie. No era de extrañar que tuviera casi veinte años cuando perdió la virginidad.

No había sacudido su mundo. Quizá simplemente él no era un tipo muy sexual. Negó con la cabeza. No, eso tampoco podía ser cierto. Al fin y al cabo, se masturbaba a diario. ¿No era prueba de que su libido estuviera vivita y coleando? Quizá simplemente no había conocido a la mujer adecuada. Eso tenía que ser. Roxanne solo no era su tipo, por eso no sentía ninguna chispa en la entrepierna cuando la miraba.

—¿Qué tanto están murmurando?

Eddie sintió cómo el calor subía a sus mejillas al escuchar la voz de Thomas detrás de él. Respiró hondo y se volvió lentamente, tratando de mantener su rostro como una máscara ilegible.

—Cain estaba diciendo que parece que hay reunión de personal esta noche—repitió Eddie las palabras de Cain.

Thomas se encogió de hombros.

—No había oído nada. Debe ser algo de última hora.

Cain señaló hacia la multitud que rodeaba a Haven e Yvette.

—Debería ir a saludarlos.

Pero Cain no tuvo oportunidad, porque en ese mismo momento Samson pidió silencio en la sala.

—¡Gracias! Y gracias a todos por venir esta noche —empezó Samson—. Me complace dar la bienvenida a nuestro miembro más reciente de Scanguards.

A su lado, Haven sonreía, con el brazo alrededor de Yvette, quien lo miraba con orgullo reflejado en sus ojos. Él se inclinó hacia su oído y le susurró algo que hizo que sus ojos se abrieran de par en par. Eddie solo podía adivinar que había sido algo muy privado, algo muy erótico.

Thomas le dio un golpecito en el brazo, provocándole un escalofrío, y luego se inclinó más hacia él para susurrarle.

—Nunca pensé que vería a Yvette así.

Eddie se obligó a mantener la calma.

—¿Así como?

—Tan femenina y suave. No la conoces desde hace tanto como yo, pero era una chica dura.

—Se ve feliz. Haven es un gran tipo.

Samson continuó:

—Haven nos ha ayudado en muchas situaciones difíciles. Por eso me complace anunciar que por fin ha aceptado mi oferta de unirse a Scanguards. Haven, ¿te gustaría decir unas palabras?

Haven asintió rápidamente.

—Sí, bueno, no soy hombre de muchas palabras. Solo quiero decir: Espero con ansias este nuevo desafío. Ahora, ¡que comience la fiesta!

Hizo un gesto con la mano hacia una esquina del salón, donde se había instalado una banda.

La música llenaba la habitación. Eddie vio cómo Haven llevaba a Yvette a la zona frente a la banda, donde habían retirado parte del mobiliario para crear una pequeña pista de baile. Cuando Haven e Yvette empezaron a bailar y pronto se les unieron Zane y su esposa híbrida Portia, Eddie se apartó de la vista. Su hermana Nina no estaba allí, ni tampoco Delilah. No se admitían humanos en el lounge. Era una regla estricta que ni siquiera Samson rompía.

Sin embargo, la sala no estaba completamente desprovista de mujeres. Además de Yvette y Portia, también estaban presentes Maya y Rose, ambas vampiras. Se mezclaban con los vampiros masculinos, pero sus compañeros nunca estaban lejos: tanto Gabriel como Quinn vigilaban a los demás empleados de Scanguards, dispuestos a interferir si otro varón se atrevía a tocar a sus esposas de manera inapropiada.

Junto a Eddie, Cain y Thomas soltaron una carcajada. Eddie giró la cabeza para ver qué les hacía tanta gracia.

—¿No parecen perros cuidando sus huesos? —preguntó Thomas, señalando a Gabriel y Quinn.

Eddie puso los ojos en blanco y esbozó una sonrisa.

—¡Patético!

—¡Brindemos por eso! —Thomas estuvo de acuerdo y se volvió hacia la barra—. Tres de... —Se volvió con una mirada interrogante—. ¿Qué van a tomar?

—*O Neg* —dijo Eddie.

—Lo mismo —fue la respuesta de Cain.

—¿Y tú? —preguntó Roxanne.

—Que sean tres *O Negs*.

—Ustedes son fáciles.

Cain hizo una mueca.

—¿Nos acaba de insultar?

Un lado de la boca de Thomas se inclinó hacia arriba.

—Parece que sí.

—¿Qué vamos a hacer al respecto? —preguntó Eddie, sonriendo, contento de que tanto Cain como Thomas concentraran su atención en la camarera. Le quitaba la atención de encima y por fin podía empezar a relajarse.

—Creo que merece un castigo —sugirió Cain.

Roxanne les lanzó una mirada de soslayo y siguió llenando los vasos de sangre.

—No creo que te crea —se burló Eddie.

Thomas se echó a reír.

—Probablemente porque sabe que nunca la castigaríamos. —Le guiñó un ojo—. Después de todo, ella tiene el control de la fuente. —Señaló las llaves—. Y nunca muerdes la mano que te da de comer. Literal y figuradamente.

Roxanne terminó de servir las tres copas. Luego tomó una y la sostuvo sobre el lavabo, inclinándola ligeramente.

—Entonces, ¿quieren sus bebidas o no?

Eddie, Thomas y Cain intercambiaron rápidas miradas.

—Sería un placer, Roxanne —dijo Thomas, con voz más suave que antes.

La mirada de Roxanne se suavizó y Eddie pudo ver claramente cómo la voz de Thomas la apaciguaba y la hacía derretirse. La razón por la que lo sabía era porque él también podía sentirlo: cómo la profunda voz de Thomas penetraba su cuerpo y se hundía profundamente en él. Le dieron ganas de tumbarse en uno de los grandes sofás, estirarse y acomodarse para recibir un masaje relajante. Fuertes manos masculinas sobre su piel desnuda. Suaves y largas caricias. Fuego en su cuerpo. Electricidad corriendo por sus venas.

Los colmillos de Eddie se alargaron.

—Mejor dale una a Eddie primero —comentó Thomas—. Parece que tiene hambre.

Eddie quiso retraer los colmillos.

¡Mierda!

Debería tener más control sobre sí mismo. Después de todo, ya no era un vampiro recién nacido. Ya tenía más de un año, y había superado los peores antojos, los momentos más difíciles. Pero siempre que estaba cerca de Thomas, sus reacciones eran impredecibles.

7

n año antes

Flanqueado por Ricky, Eddie entró en el despacho de Samson. No podía evitar de moverse inquieto. Después de que el mausoleo ardiera en llamas y Luther fuera detenido y llevado ante el consejo vampírico para ser sentenciado, Eddie y Kent, otro ex-guardaespaldas de Scanguards, habían permanecido bajo arresto domiciliario en casa de Ricky, el director de operaciones de Scanguards.

Luther, el hombre que le había prometido a Eddie la vida eterna como vampiro, le había mentido y engañado para que se uniera a su malvado plan de vengarse de Samson matando a su mujer, un plan que, afortunadamente, había fracasado. Le había dicho a Eddie que Samson y Amaury habían matado a la esposa de Luther, cuando en realidad ella había rechazado la oferta de Samson y Amaury de convertirla en vampiro para salvarle la vida mientras agonizaba al dar a luz.

Eddie había elegido el bando equivocado sin saberlo y casi pagó por ello con su vida.

Por fin, esa noche, Eddie recibió la noticia de que su destino había sido decidido. Miró a Samson, que estaba sentado detrás de su enorme escritorio, en el que descansaban dos grandes monitores de computadora. Alzó la vista y señaló la silla frente al escritorio.

—Siéntate. —Levantó la cabeza para mirar a Ricky—. Yo me encargo a partir de aquí.

Ricky asintió y salió del cuarto en silencio.

Eddie se movía nervioso en la silla. Su pie golpeaba la alfombra que tenía debajo, y apoyó las manos en las rodillas para evitar que le temblaran. Ya sabía que no lo matarían; su nuevo cuñado, Amaury, se lo había prometido. Al fin y al cabo, Amaury tenía un vínculo de sangre con su hermana Nina y no haría nada que la hiciera infeliz. Y eso significaba que no le haría daño a su hermano.

Pero aun así le castigarían. Al fin y al cabo, había cometido un crimen bajo la influencia de Luther y había ayudado a planear el intento de asesinato de la compañera de Samson.

—Relájate —dijo Samson—. No te pedí que vinieras para arrancarte la cabeza.

Eddie intentó sonreír, pero fracasó estrepitosamente.

—Lo siento. Digo… no sabía lo que hacía.

Samson levantó una mano.

—Alto ahí.

Eddie se hundió más en su silla. Mierda, esto no iba bien. Sonaba como un niño arrastrado a la oficina del director de la escuela y no como el vampiro recién ascendido que era. Carajo, no debería tener esas preocupaciones ni esos miedos ahora. ¿No se suponía que los vampiros eran invencibles? Al menos su señor, Luther, había parecido serlo. Claro, ahora que estaba sentado en una celda en alguna parte, ya no era tan poderoso.

—Te llamé porque necesitas ser reentrenado. Luther es tu creador, y eso nunca podré quitártelo, pero las cosas que te enseñó no son las reglas bajo las que vivimos. No matamos indiscriminadamente; protegemos a los inocentes. Como hermano de Nina, eres parte de nuestra familia, y no podemos ignorar ese hecho. Luther los usó a ti y a los demás para sus propios fines oscuros, y la culpa recae sobre él. Pero es nuestro deber asegurarnos de que esto no vuelva a ocurrir.

Eddie asintió.

—No volveré a cometer ningún delito.

—No puedes prometer algo así de manera honesta, porque aún no eres dueño de ti mismo. Muchas tentaciones se cruzarán en tu camino. Muchas veces querrás usar tus nuevos poderes para tu propio beneficio. Solo cuando hayas vencido esos impulsos serás verdaderamente capaz de hacer tales promesas. Mientras tanto, quiero que conozcas a tu nuevo mentor.

Samson señaló un punto detrás de él.

Eddie se giró en su silla y se levantó de un salto al mismo tiempo. Detrás de él había un hombre alto y rubio vestido con ropa de cuero: pantalones negros de cuero, una camiseta blanca, y una chamarra negra de cuero.

—Él es Thomas. Seguirás todas sus órdenes. Comerás cuando él te diga que comas, dormirás cuando él te diga que duermas. Te enseñará todo lo que necesitas saber.

Eddie miró al vampiro. Lo había visto brevemente durante la pelea en el mausoleo, pero no se lo habían presentado formalmente. Ahora el motociclista le tendió la mano y Eddie la estrechó de inmediato. Su apretón era fuerte y firme, su mano sorprendentemente cálida. La palma de su mano era suave, y el aroma que Thomas emanaba lo envolvió por completo.

Cuando habló por primera vez, el timbre de la voz de Thomas caló hondo en el pecho de Eddie.

—Encantado de conocerte, Eddie. Estoy seguro de que nos llevaremos bien.

Curiosamente, Eddie solo pudo repetir esas palabras. Había algo en Thomas que lo hizo relajarse al instante. Como si lo conociera de toda la vida. Como a un hermano. Un hermano mayor, mucho más sabio.

—Ya puedes soltarme la mano —dijo Thomas, sonriendo.

Eddie se sintió acalorado y soltó la mano de Thomas. Jesús, ¿qué carajos le pasaba? ¿No podía actuar con normalidad? Tenía que causar una buena impresión en su nuevo mentor. Al fin y al cabo, Scanguards le estaba dando una segunda oportunidad y no había forma de que la cagara. Haría que se sintieran orgullosos de él y haría lo que fuera necesario. Igual que siempre había querido que Nina estuviera orgullosa de él. De hecho, aún lo quería.

Volviéndose hacia Samson, le dijo:

—Gracias, Samson, no te arrepentirás.

Samson asintió.

—Thomas te avisará cuando estés listo para retomar tus funciones en Scanguards. Mientras tanto, te pagaremos tu sueldo completo.

La generosidad de Samson lo dejó atónito. No se lo esperaba y ya se había preguntado cómo iba a sobrevivir una vez que estuviera por su cuenta y ya no se quedara en casa de Ricky.

—No sé cómo agradecerte.

—No hace falta. Prácticamente no tenía opción. Amaury es un hombre muy persuasivo.

Thomas se rió entre dientes.

—Que no tiene defensas cuando se trata de su compañera.

Samson se echó a reír.

—Bueno, por suerte, ni tú ni yo tenemos que vivir con Nina.

Eddie sintió la necesidad de defender a su hermana, aunque él mismo sabía muy bien que ella podía ser como una espinilla en la cola. Terca como una mula. Y muy argumentativa.

—¿Qué estás diciendo?

—Solo que tu hermana tiene a Amaury firmemente envuelto en su dedo meñique. —Thomas sacó unos guantes del bolsillo de la chamarra—. Vamos, entonces. ¿Sabes andar en moto?

—Un poco.

—Bueno, ya aprenderás.

— ¿A dónde vamos? —preguntó Eddie, curioso y emocionado al mismo tiempo. Tenía la sensación de que pasar el tiempo con Thomas sería muy divertido. Parecía diferente de los otros vampiros que había conocido. No tan intenso. Más relajado.

—A casa.

—¿A casa?

—Sí, te mudas conmigo. Hará las cosas más fáciles. ¿Alguna objeción?

Eddie negó con la cabeza. Planeaba cumplir con todo lo que su mentor le pidiera. No solo para complacer a Samson y a Nina, sino porque también quería que Thomas estuviera orgulloso de él.

—Espero no interrumpir tu estilo. Digo, si tienes una chica de visita y necesitas algo de intimidad, no tengo problema en hacerme a un lado.

Thomas se detuvo en seco.

—¿Una chica? —Luego volvió a mirar a Samson—. ¿No le dijiste que soy gay?

¿Gay? ¿Thomas era gay? Eddie lo observó de arriba abajo. No parecía gay en absoluto. Parecía... alguien masculino, y nada afeminado. Un hombre de hombres.

—¿Es un problema? —preguntó Thomas con un tono tenso que no había usado antes.

Por un instante, el corazón de Eddie se detuvo. Negó con la cabeza, no quería incomodar a Thomas.

—No, no hay ningún problema.

No le importaba para qué equipo bateaba Thomas. Lo único que importaba era que su mentor se sintiera cómodo en su compañía. No dejaría que la orientación sexual de Thomas interfiriera con su relación profesional. Después de todo, ambos eran adultos.

—No puedo esperar a ver tu cantón —añadió, prestándole un tono más alegre a su voz para disipar la incomodidad que había surgido por un momento—. ¿Qué tipo de moto manejas? ¿Una Harley?

Thomas le sonrió.

—No del todo. Tengo otras más. Te las mostraré. Si quieres, podemos dar una vuelta más tarde.

8

———————

Hoy Thomas miró a Eddie de reojo mientras observaba a los bailarines, y de vez en cuando daba sorbos a su copa. Eddie parecía perdido en sus pensamientos. Últimamente lo había visto así con mucha frecuencia, casi como si algo lo preocupara. Pero Thomas no era de los que se metían en los asuntos personales de los demás. Si Eddie necesitaba consejo sobre algo, acudiría a él cuando estuviera listo. Desde el principio, cuando empezó a tutelar al joven vampiro, se había propuesto no sobreprotegerlo. Nadie crece ni se convierte en un hombre si se le trata con guantes de seda. Y él quería que Eddie se convirtiera en un hombre fuerte e independiente, con valores firmes. Según todos los indicios, Eddie iba por buen camino.

—Hacen una gran pareja, ¿verdad? —dijo una voz familiar cerca de él, mientras señalaba con una mano a Yvette y Haven.

Thomas giró la cabeza y sonrió al ver a Maya.

—Claro que sí. Igual que tú y Gabriel.

—¡Qué halago! —ella bromeó y caminó hasta ponerse a su lado—. Escucha, Thomas, quería pedirte un consejo.

Él arqueó una ceja inquisitiva y dejó que ella lo alejara unos pasos de Eddie y Cain.

—¿Sobre qué?

—Creo que algunos de nosotros fuimos demasiado duros con Oliver cuando pasó todo el tema de Ursula y el burdel de sangre.

Thomas recordaba muy bien cómo todos habían intentado salvar a Oliver de sí mismo. Solo más tarde se habían dado cuenta de que era más fuerte de lo que todos habían asumido y que estaba manejando bastante bien por su cuenta la tentación que representaba la sangre de Ursula.

—Ni me lo recuerdes. Pero sabes tan bien como yo que teníamos que ser estrictos con él. Su historial...

Ella levantó la mano para interrumpirlo.

—No hace falta que me lo digas. Todos teníamos nuestras razones. Pero ahora que las cosas han salido bien y él ha vencido su sed de sangre, creo que deberíamos celebrarlo.

Thomas esbozó una sonrisa.

—Tengo la sensación de que lo celebra todos los días en privado con Ursula.

Miró a la multitud y vio a Oliver hablando con su señor, Quinn. Oliver parecía relajado y feliz.

Maya le dio un codazo en las costillas.

—¡No estoy hablando de eso!

—Lo sé. Solo me salió decirlo.

Ella puso los ojos en blanco.

—Hablo de una fiesta con más de dos personas.

—¿Los sospechosos comunes?

Maya asintió.

—Solo necesito encontrar un pretexto para esta fiesta. No quiero que Oliver sepa qué estamos planeando, pero quiero asegurarme de que él y Ursula estén allí. Y no sé muy bien qué decirle en la fiesta. "¿Perdón por no ser amables contigo?"

Thomas contempló sus palabras.

—Hmm... no estoy seguro. ¿Ya hablaste con Zane sobre esto? Por lo que recuerdo, él fue el mismo mamón de siempre. Quizás tenga alguna idea.

Maya hizo una mueca.

—Si se lo menciono, se va a poner como loco. Ya sabes lo que piensa de disculparse con cualquiera. No creo que ni siquiera sepa cómo se hace.

—No es su punto fuerte, tienes razón. —Se pasó la mano por el pelo—. ¿Por qué tiene que ser una fiesta? ¿No podemos simplemente enviarle un regalo?

—¿Un regalo?

—Sí, quizá un viaje con todos los gastos pagados para él y Ursula a algún lugar bonito. No sé, Venecia, Londres. Tú dime. Seguro que prefiere irse con Ursula que pasar el rato con estos viejos.

Maya frunció la frente mientras asimilaba sus sugerencias.

—Hmm... lo pensaré.

—Sabes que, de todos modos, tendrá que pensar en algo para su luna de miel. ¿Por qué no ahorrarle el trabajo?

—¿Luna de miel? —repitió Maya.

—¡Shh! —Thomas echó un vistazo a su alrededor para asegurarse de que nadie había oído a Maya—. Sí, luna de miel. Se lo pedirá tarde o temprano. Cualquier idiota que los vea lo puede notar. Apostaría a que tendremos otro vínculo de sangre antes de que termine el año.

—¿Tú crees?

—Por supuesto. De hecho, me sorprende un poco que no haya ocurrido todavía. Míralo ahora. —Thomas señaló a Oliver, que seguía conversando con Quinn y Rose—. ¿Ves cómo no para de moverse? No soporta estar lejos de Ursula. Te apuesto diez dólares a que será el primero en irse de la fiesta. Y otros veinte a que le pedirá matrimonio antes de que acabe la semana.

Maya sonrió.

—Le entro.

—¿A qué le entras? —preguntó Cain, acercándose.

Detrás de él, Eddie también los miraba con curiosidad.

—A nada —respondió Maya.

—¿Y si le quiero entrar? —preguntó Cain.

—Está bien —cedió Thomas, riéndose para sus adentros—. Estamos apostando sobre cuándo Oliver le pedirá matrimonio a Úrsula. Yo digo que será dentro de la próxima semana.

—No me jodas. Solo lleva con ella ¿cuánto? ¿Un mes? ¿Y él cuántos años tiene? ¿Doce? —preguntó Cain.

Thomas se encogió de hombros.

—¿Doce? Creo recordar que cumplió veinticinco hace poco. Además, cosas más raras han pasado.

Vio que Eddie se unía a ellos, metiéndose las manos en los bolsillos, pero sin decir nada.

—¡Es demasiado pronto! ¡Esos dos son unos niños! —insistió Cain.

—¿Quieres poner tu dinero donde está tu boca? —lo retó Thomas, cada vez más divertido—.

Cien duros a que pierdes.

—Trato hecho.

Selló el trato estrechando la mano de Cain.

—Y ahora, para celebrar que voy a ganar dinero fácil, ¿qué tal si bailamos? —Cain se dirigió a Maya—. ¿O tu pareja me mata?

Maya tomó su brazo.

—Solo si pones las manos donde no debes.

Mientras se dirigían a la pista de baile para unirse a Zane, que bailaba con Portia, y a Quinn, que ahora giraba con su mujer Rose en brazos, Eddie lo miró.

—¿Cómo estás tan seguro de que Oliver se lo va a pedir a Ursula tan pronto?

Thomas le guiñó un ojo y se inclinó más hacia él para que nadie pudiera oírlos. Cuando acercó los labios a la oreja de Eddie, aspiró su aroma masculino. Inmediatamente se le aceleró el corazón y le galopó el pulso. Le costaba recordar lo que quería decirle a Eddie.

—Porque vi a Oliver comprar un anillo la otra noche.

Se apartó y dio un paso para alejarse de Eddie, poniendo distancia entre ellos para que no se sintiera abrumado por el deseo que sentía por el joven vampiro y cometiera alguna estupidez.

Eddie se quedó con la boca abierta.

—¡Eres un perro! ¡Le acabas de robar cien duros a Cain!

A pesar de sus indignadas palabras, sus ojos centelleaban y sus labios se curvaron en una sonrisa. Aparecieron hoyuelos en sus mejillas y, por un momento, se veía exactamente como el chico inocente que Thomas había tomado bajo su protección un año antes. Se le encogió el corazón. La vida le había repartido una carta que no sabía cómo jugar: nunca había querido a nadie como quería a Eddie. Y nunca se había sentido tan impotente en el proceso.

No eres impotente, dijo una voz en lo más profundo de su ser. Sabía muy bien de dónde procedía esa voz: del poder oscuro que llevaba dentro. Un poder tan fuerte que podría imponer su voluntad a cualquiera, especialmente a un joven vampiro como Eddie. Si quisiera, podía usar el control mental para hacer creer a Eddie que se sentía atraído por él. Podría hacer que Eddie le deseara. Pero no sería lo correcto. Sería una victoria vacía, porque nunca conseguiría realmente el amor de Eddie. Todo sería una farsa. Violaría la mente de Eddie. Igual que violaría el cuerpo de Eddie. Y eso no podía hacerlo. Se odiaría a sí mismo por ello.

De pronto sintió que una mano le apretaba el hombro y parpadeó, mirando los ojos marrones de Eddie.

—Oye, no lo dije en serio. Cain ya está grandecito. Él debería saber mejor cuándo apostar contra alguien.

Thomas forzó una carcajada.

—No te preocupes. Solo mantenlo en secreto. No quiero que la noticia del anillo llegue a oídos de Ursula antes de que Oliver tenga la oportunidad de arrodillarse.

Eddie se echó a reír.

—¿Arrodillarse? No pensarás de verdad que se va a poner de rodillas. Eso es bastante anticuado.

—No tiene nada de malo ser anticuado. Si encontrara a la persona adecuada, yo también me pondría de rodillas.

Se pondría de rodillas ante Eddie si eso cambiara las cosas. Pero sabía que no lo haría. Por mucho que se arrastrara, no conseguiría el amor del joven vampiro que no podía desterrar de su corazón.

Eddie bajó los párpados y desvió la mirada.

—Oh, mira eso. —Señaló a los bailarines—. No sabía que Quinn bailara tan bien.

Thomas percibió la incomodidad en el gesto de Eddie, así como en su voz. ¿Se avergonzaba de que Thomas hubiera hablado sobre encontrar a la persona adecuada? Tal vez sería mejor no mencionar más el tema.

—Estoy seguro de que Quinn practicó bastante en los salones de baile en Londres. Créeme, puede ser una tortura para cualquier tipo.

Eddie lo miró de reojo.

—¿Bailabas mucho cuando vivías en Londres?

—Lo hacía, hasta que aprendí a fingir una lesión en la pierna y tuve una excusa válida para mejor sentarme en las mesas de juego. ¡Eso sí era divertido!

—Sí, yo tampoco soy mucho de bailar —admitió Eddie—. Nina trató de enseñarme cuando éramos más jóvenes, pero se dio por vencida. Le decepcionaba bastante que fuera tan torpe. Odio decepcionarla. —Miró al suelo y se rió para sí—. Dice que tengo dos pies izquierdos. Probablemente tenga razón.

—Nunca es tarde para intentarlo.

—Bueno, de todos modos, nos faltan chicas. —Eddie señaló a las pocas vampiras presentes.

—En retrospectiva, probablemente fue una mala idea celebrar la fiesta de Haven en el lounge, considerando que ninguno de los humanos podría venir.

Samson solo había planeado un pequeño evento de bienvenida. Cómo llegó una banda ahí, Thomas no lo tenía claro.

—Y me temo que será una fiesta corta —añadió Gabriel, acercándose a ellos—. Voy a convocar una reunión de personal. Arriba. En quince minutos.

Su jefe iba despreocupado con su camiseta y pantalones negros, el cabello recogido como siempre en una coleta. La cicatriz que iba desde su oreja hasta el mentón destacaba contra su piel oliva. Había sido guapo una vez, muy guapo. Pero la cicatriz que desfiguraba un lado de su rostro había puesto fin a eso. Sin embargo, había encontrado el amor. Eso demostraba que la cáscara exterior no importaba.

Thomas asintió y señaló el vaso de Eddie.

—Tómatela. Hora de trabajar.

Thomas agradeció la interrupción. ¿Cuánto tiempo más podría haber soportado ahí hablando de cosas triviales con Eddie, cuando lo único que realmente deseaba era preguntarle si había una mínima posibilidad de que Eddie le correspondiera algún día? Por supuesto, era una pregunta que nunca se haría, porque sabía que la respuesta solo le decepcionaría aún más. ¿Por qué se torturaba así? ¿Por qué no podía ir a uno de los muchos bares del Castro, el distrito gay de San Francisco, ligarse a un tipo dispuesto que quizás se pareciera un poco a Eddie, y cogérselo hasta que se lo sacara de su sistema? ¿Por qué no podía simplemente tirarse a cualquier tipo que lo quisiera, cerrar los ojos y fingir que era Eddie?

9
___

La reunión del personal se llevó a cabo en una gran sala de conferencias en el segundo piso, con capacidad para más de cien personas si era necesario. No tenía ventanas. Esta noche, solo había reunidos unos cincuenta vampiros, que esperaban pacientemente a que Gabriel empezara. Samson no solía presidir ninguna de estas reuniones, a pesar de ser el dueño de la empresa. Desde que se unió a Delilah y se convirtió en padre menos de un año después, había delegado la mayor parte del manejo diario del negocio a Gabriel.

Eddie se sentó junto a Zane y se inclinó hacia él.

—¿Sabes de qué va esto?

—Sí.

—¿Y?

—¿Y qué?

—¿De qué se trata? —aclaró Eddie.

—Lo sabrás en un minuto.

—Gracias por la información —replicó con sarcasmo.

—Cuando quieras.

Al otro lado de Eddie se sentó Oliver. No era precisamente la persona que quería ver en ese momento. Después de todo, era culpa de Oliver que Eddie supiera lo que Thomas sentía por él. Sentimientos que lo incomodaban y que habían hecho que su amistad con Thomas se sintiera incómoda.

—¡Hey! —empezó Oliver.

—¡Hey! —Eddie seguía mirando al frente, como si esperara con la respiración contenida a que Gabriel empezara la reunión. Cualquier cosa, con tal de no tener que hablar con Oliver.

— ¿Cómo van las cosas?

—Bien. —Sonaba igual que Zane. Tal vez debería reaccionar así de ahora en adelante: como si no le importara lo que pensaran los demás. A Zane parecía funcionarle, y nadie parecía culpar al vampiro calvo por ello, sabiendo que no podrían cambiarlo de todos modos.

Si él de verdad fuera Zane, Oliver probablemente se habría callado al instante, pero Eddie no tenía esa suerte.

—¿Seguro? Me siento fatal por lo que pasó. Tal vez me equivoqué y simplemente le di demasiada importan...

Eddie giró la cabeza hacia él y lo fulminó con la mirada.

—Dije que estoy bien. ¡Así que déjame en paz de una jodida vez! —Sintió cómo apretaba la mandíbula y sus dientes rechinaban unos contra otros. Se le hincharon los músculos del cuello y sus manos se cerraron en puños. Si no hubiera tantos testigos, sabría exactamente qué hacer con esos puños.

—Lo siento, hombre —se apresuró a decir Oliver y desvió la mirada hacia el frente de la sala, donde Gabriel se disponía a dirigirse a los empleados.

Gabriel se aclaró la garganta y golpeó la mesa de madera para llamar la atención de todos. Los murmullos de la sala se calmaron y todo quedó en silencio.

—Gracias por venir con tan poco aviso. Los convoqué para alertarlos sobre un posible problema del que hemos sido informados. En la última semana, más o menos, hemos tenido una afluencia inusual de nuevos vampiros a San Francisco. Nadie conoce a estos recién llegados y no sabemos muy bien qué pensar de ellos. Es solo una corazonada de algunos de nosotros, pero todos estos recién llegados parecen estar conectados, como un clan.

Eddie escuchó atentamente. ¿Un gran clan descendía sobre San Francisco? La última vez que un grupo de extraños vampiros había llegado a la ciudad, habían traído putas con sangre que drogaba a los vampiros. Aquello había terminado en una carnicería.

—Aunque podrían ser totalmente inofensivos, quiero que estemos preparados. Un grupo numeroso de vampiros que llega a nuestra ciudad y no se integra en nuestro modo de vida puede acarrear todo tipo de problemas. No queremos repetir lo que ocurrió con las prostitutas de sangre. Por lo tanto, voy a tener que aumentar su carga de trabajo.

Los gruñidos se extendieron entre los reunidos.

Gabriel alzó la mano para detenerlos.

—Sé que están exhaustos porque han estado haciendo turnos extra en las últimas cuatro semanas, patrullando para acorralar a todos los vampiros adictos a la sangre de las putas de sangre. Pero gracias a su dedicación, creemos que la tarea se ha cumplido. Ojalá pudiera darles un descanso, pero me temo que tendrán que continuar con las patrullas.

Eddie miró a su alrededor, y aunque había algunos vampiros que murmuraban quejas para sí mismos, la mayoría parecía dispuesta a aceptar sus nuevas misiones. A Eddie no le importaban los nuevos encargos. Como de momento no estaba asignado a ningún cliente en particular, se alegraba de tener algo que hacer. De lo contrario, Thomas solo habría añadido entrenamiento extra para él. Y como Thomas siempre lo entrenaba personalmente, eso habría significado pasar más tiempo con su mentor.

—Teniendo en cuenta las preocupaciones que estamos teniendo al respecto —continuó Gabriel—, he asignado a las patrullas a todos los que no estén protegiendo a un cliente, incluida la dirección. Todos patrullarán en parejas. No quiero que ninguno de ustedes vayan por ahí solo. Es una orden estricta. Si no la cumplen, más les vale empezar a empacar sus cosas. ¿Entendido?

Todos asintieron.

—Informen inmediatamente de cualquier cosa sospechosa. Y asegúrense de que los recién llegados no sepan que están siendo vigilados. No tenemos idea de cómo van a reaccionar. He colocado un horario de patrullas en el tablero del pasillo. Ahí encontrarán el nombre de su pareja asignada. ¿Alguna pregunta?

Gabriel echó un vistazo a los empleados, pero nadie habló.

—Pueden retirarse.

Eddie se levantó de la silla cuando el público empezó a abandonar la sala. Se dirigió al tablero, ansioso por saber con quién lo había emparejado Gabriel. Esperaba que no fuera Oliver. Aunque normalmente le caía bien, de momento no soportaba estar con él, porque la presencia de Oliver le recordaba constantemente lo que había oído por casualidad.

Eddie se escurrió entre los vampiros que se agolpaban alrededor del tablero y buscó su nombre en las dos hojas de papel.

Por favor, que no sea Oliver, rezó en silencio. Incluso Zane sería mejor que Oliver. Al menos Zane no hablaba mucho. De hecho, era de lo más taciturno. Y eso le venía muy bien ahora mismo.

Sus ojos recorrieron la lista de nombres hasta que por fin encontró el suyo. Entonces desplazó ligeramente la mirada, leyendo el nombre de su compañero junto a él: Thomas.

—¡Eso es genial! —refunfuñó para sí, sin molestarse en ocultar su disgusto, y se dio la vuelta solo para tropezar con Thomas.

Su mentor lo miró, sobresaltado, luego lo dejó pasar y se acercó al tablero, escudriñando él mismo la lista de nombres. Cuando se volvió unos segundos después, tenía una expresión extraña en el rostro. Volvió a mirar a Eddie, que seguía allí de pie como congelado en el suelo. Sus miradas se cruzaron.

Eddie supo entonces que había lastimado a Thomas. Y se sintió como una mierda por eso. Thomas nunca había hecho nada malo, nunca lo había tratado mal. No se merecía que Eddie le tratara así. Eso era exactamente lo que temía desde que oyó a Oliver y a Blake: que reaccionara de forma exagerada y, al hacerlo, hiriera los sentimientos de Thomas. No quería que su relación cambiara. Le gustaba tener a Thomas como amigo, pero ¿cómo podía seguir como antes, sabiendo lo que sabía?

Se pasó una mano por el cabello. ¿Cómo iba a compensarlo con Thomas? Tenía que disculparse de alguna manera, pero no sabía cómo.

10

Eddie y él tenían programada su primera patrulla para la noche siguiente. Thomas se calzó las botas y se las ató mientras estaba sentado en su cama. Su mente volvió a la noche anterior, cuando se asignaron los turnos. A Eddie no le había hecho ninguna gracia que lo emparejaran con él. No solo no le había gustado, sino que se veía realmente encabronado.

Thomas buscó en su memoria si había dicho o hecho algo para insultar a Eddie, pero no pudo encontrar nada. Todo estaba como siempre. No habían tenido confrontaciones ni desacuerdos. De hecho, rara vez discrepaban en algo. A los dos les gustaban las mismas cosas: andar en moto y trabajar en sus computadoras. Eddie era un gran estudiante en todo lo relacionado con software. En particular, le fascinaba hackear sistemas, y Thomas disfrutaba enseñarle.

Thomas se levantó de la cama y sacó su chamarra de cuero del armario. No entendía por qué de repente había tensión entre él y Eddie, cuando durante el último año habían vivido juntos como los compañeros de piso más agradables. Sacudiendo la cabeza, salió de su habitación y tocó a la puerta de Eddie.

—¿Estás listo?

La puerta se abrió de inmediato. Eddie apareció vestido con pantalones de cuero, una camiseta negra y una cazadora de cuero. Involuntariamente, Thomas tuvo que sonreír. Sus colegas solían bromear que parecían gemelos por su forma de vestir. Solo que hoy Thomas llevaba una camiseta blanca en vez de negra.

—Rock n' roll — dijo Eddie y pasó rozándole, sin apenas mirarle.

Thomas asintió y lo siguió.

—Nos asignaron el Castro, así que no tiene caso llevar las motos. Vamos a pie.

El Castro estaba justo al pie de la colina de Twin Peaks. No tardarían mucho en llegar caminando. Y una vez allí, sería más fácil patrullar, sin tener que preocuparse por dónde dejar las motos.

—Me parece bien.

En silencio, salieron de la casa y bajaron la colina hasta entrar al Castro. Aún era temprano y todo estaba relativamente tranquilo. Los bares estaban medio vacíos y las tiendas acababan de cerrar.

Thomas había patrullado a menudo con Eddie en agradable silencio; sin embargo, esta noche ese silencio parecía lleno de tensión. La respiración de Eddie era irregular, y Thomas podía oír los latidos erráticos de su corazón. Como si algo lo preocupara. Thomas intentó ignorar esa sensación de inquietud y se concentró en su tarea: observar a la gente que le rodeaba.

Sus sentidos estaban tan alertas y agudos como siempre. Durante varias horas, deambularon por el Castro, primero por la zona comercial, luego por la residencial, y después de vuelta a la zona llena de bares, tiendas y restaurantes. Las tiendas ya habían cerrado, pero los bares estaban a reventar.

—Es un fracaso —dijo Eddie a su lado.

—A veces no encontrar nada es bueno.

Eddie se encogió de hombros, pero no contestó.

Thomas siguió observando el área y dobló por una calle lateral, que era un callejón sin salida. Había una tienda cubierta con tablones a media cuadra, un restaurante a un lado, y junto a este, al final de la cuadra, una obra en construcción: ya se había levantado la estructura del edificio de apartamentos de tres pisos. Había un baño portátil frente a la obra y, junto a este, un cobertizo para herramientas. Un muro de contención de unos cuatro metros de altura delimitaba el otro lado de la calle. Thomas echó un vistazo a la calle sin salida y estaba a punto de dar media vuelta, cuando vio un movimiento en las sombras.

Puso la mano en el antebrazo de Eddie y se volvió hacia él, indicándole con un gesto que guardara silencio, y luego tiró de él hacia la entrada. Desde su escondite, Thomas se asomó al lugar donde había visto el movimiento. ¿Lo había imaginado o había alguien allí?

Contuvo la respiración y esperó, con Eddie a su lado.

Unos segundos después, otra sombra se movió, y esta vez Thomas pudo ver claramente a la persona. Su aura lo identificaba como un vampiro, y la luz de un farol confirmaba que no era nadie que Thomas conociera. Podría ser uno de los recién llegados que Gabriel había mencionado.

Junto al vampiro desconocido, apareció otro. Miraron a su alrededor y se dirigieron hacia el edificio desocupado, cuando otros dos se unieron a ellos. El primer vampiro arrancó una de las tablas de una ventana que daba al sitio en construcción y se deslizó adentro. Los otros tres lo siguieron.

Thomas miró a Eddie.

—¿Has visto a esos tipos antes?

—No.

—Vamos a echar un vistazo.

Avanzaron con cautela hacia el edificio. Thomas revisó su bota, donde ocultaba una daga de plata en una funda protectora. Luego metió la mano en el bolsillo interior de su chamarra, comprobando que la estaca de madera estaba donde debía.

Hizo una seña a Eddie para que lo siguiera, y se dirigió al otro lado de la casa tapiada en la que habían entrado los cuatro vampiros. Sin hacer ruido, la rodeó, con Eddie pisándole los talones. Todas las ventanas estaban clavadas con láminas de madera, pero al llegar a la parte trasera de la casa, que daba a un pequeño jardín lleno de materiales de construcción, notó una puerta abierta.

Se acercó a ella con precaución, luego se presionó a la pared de al lado y se asomó al interior. Oyó voces.

—...sin la aprobación del jefe.

—Pero este lugar es perfecto para tomarlo —dijo otra voz, tensa.

—Se lo informaré. Si encaja en nuestro plan, lo tomaremos.

Thomas aguzó el oído para captar sus murmullos y sintió una extraña agitación en su interior. El poder oscuro que había en él parecía despertarse sin provocación alguna, atraído por el aura de los cuatro extraños vampiros. Cerró los ojos por un momento para intentar contenerlo.

—Eso no importa. Tomaremos todo lo que podamos. Cuanto más consigamos, más fuertes seremos cuando llegue el momento —respondió la segunda voz.

Un ruido detrás de él resonó en la noche. Volteó la cabeza de inmediato. Una tabla del montón de materiales de construcción por el que Thomas y Eddie habían pasado de cerca momentos antes se había movido y había provocado el ruido. Su mirada chocó con la de Eddie, que señaló la puerta abierta.

Desde el interior, las voces cesaron de repente. Los cuatro extraños vampiros también habían oído el ruido.

Agarrando a Eddie por la manga de la chamarra, Thomas se lo llevó arrastrando, saltando la cerca baja hacia la propiedad contigua. Ahora estaban detrás del sitio de construcción, frente a otro muro de contención.

—Mierda —murmuró entre dientes. No había salida por detrás. Tendrían que abrirse paso a través del edificio en construcción, donde serían vistos por los demás vampiros.

Al escuchar pasos, Thomas giró la cabeza hacia un lado. Los cuatro vampiros ya se estaban acercando, aunque él aún no podía verlos. Lo que significaba que ellos tampoco podían verlos a Eddie y a él.

Una cosa estaba clara: los vampiros sospecharían que los habían escuchado. Y no los verían con buenos ojos.

—Hay que luchar contra ellos —le susurró a Eddie.

Su joven compañero negó con la cabeza casi de inmediato, empujándolo más hacia el rincón donde estaban atrapados, más lejos de los vampiros que se acercaban. Thomas lo fulminó con la mirada.

—¡Son demasiados! —susurró Eddie de vuelta.

—Usaré el control mental —sugirió Thomas. Eso igualaría el campo de juego. Cuatro contra dos no eran grandes posibilidades, pero si podía luchar contra ellos con el control mental, Eddie y él tendrían una oportunidad de ganar el enfrentamiento, si llegaba a haber pelea.

—¡No lo harás! Demasiado peligroso. Sígueme la corriente.

Antes de que Thomas pudiera protestar, Eddie lo empujó contra la pared, luego apretó su cuerpo contra el de Thomas y lo besó. Thomas se quedó paralizado. ¡Esto no podía estar sucediendo! Tenía que estar soñando, alucinando. Pero todo se sentía tan real: los labios calientes de Eddie en su boca, su lengua presionando contra la comisura de sus labios, exigiendo entrar, una mano en su nuca, sosteniéndolo cerca, mientras la otra mano de Eddie rodeaba la cintura de Thomas para atraerlo hacia su cuerpo.

Con un gemido, Thomas separó los labios e invitó a Eddie a entrar. Cuando sus lenguas se encontraron, todo su cuerpo estalló en llamas. La sangre se disparó hacia su verga en cuestión de segundos, poniéndola en posición de firmes antes de que pudiera pronunciar una sola palabra.

Este era su sueño hecho realidad.

11

Eddie se dio cuenta de que estaba haciendo una locura, pero no había visto otra salida. No permitiría que Thomas luchara contra los cuatro vampiros con control mental. La última vez que Thomas había entablado una pelea de control mental con Keegan, su creador, había estado a punto de morir. Y luchar contra cuatro vampiros con medios convencionales también era un suicidio. No, le debía una.

Y el engaño podría funcionar: al fin y al cabo, estaban en el Castro, donde los gays se comportaban con algo menos de moderación que en el resto de la ciudad. Lo que estaban haciendo aquí no parecería fuera de lo común. Con un poco de suerte, podrían engañar a los cuatro desconocidos haciéndoles creer que solo eran unos homosexuales cachondos que no veían la hora de meterse en los pantalones del otro.

Siempre que lo hicieran parecer realista.

Eddie inclinó la cabeza para sumergirse más en la boca de Thomas. Para su sorpresa, besar a un hombre no le disgustaba. Al contrario, le encantaba el sabor masculino de Thomas, el firme roce de su lengua contra la suya y la correspondiente y dura presión de sus caderas. Sus labios eran cálidos y acogedores, su aliento caliente y excitante. La lujuria se disparó a través de él, el deseo brotó. Todo era por una buena causa, se dijo a sí mismo. Tenía que parecer real, o los vampiros nunca lo creerían.

Permitiendo que un gemido saliera de sus labios, él soltó la cintura de Thomas y se llevó la mano a sus propios pantalones de cuero, desabrochándose el botón. Si tenía que mostrar su trasero desnudo a los cuatro recién llegados para hacerles creer que Thomas y él eran amantes, lo haría.

Sin perder un minuto más, se bajó la cremallera y tiró de sus pantalones. Las manos de Thomas lo detuvieron. Eddie quería protestar y hacerle entender por qué necesitaba hacer esto, cuando sintió la mano de Thomas deslizarse sobre su trasero, tirando de sus pantalones.

Por delante, sus pantalones de cuero se engancharon en algo. A Eddie se le cortó la respiración cuando se dio cuenta al instante de lo que había pasado: sus pantalones se habían enganchado en su erección, que había creado un enorme bulto bajo sus calzoncillos Calvin Klein.

¡Carajo! ¿Tenía una erección? ¿Cómo carajos había pasado esto? Pero antes de que pudiera seguir ese proceso de pensamiento en particular, sintió que las manos de Thomas se movían hacia su ingle, agarrando la parte delantera de sus pantalones y empujándolos hacia abajo. Cuando una mano le rozó el bulto, Eddie siseó:

—¡Carajo! —y soltó los labios de Thomas por un momento.

Inhaló bruscamente, pero los labios de Thomas volvieron a su lugar, su lengua volvió a introducirse en su boca, explorándolo, luchando con él. Dios, nunca lo habían besado así, con tanta pasión, tanta fuerza, tanta determinación. Ninguna mujer lo había hecho nunca. ¿Así besaban los hombres? ¿Era así como se sentía?

Antes de que supiera lo que estaba haciendo, unas palabras que no tenía ni idea de que iba a decir aparecieron en sus labios.

—¡Tócame!

Tras su gemido, la mano de Thomas se introdujo en sus calzoncillos, empujándolos hacia abajo. El aire frío sopló contra su verga una fracción de segundo, antes de que su cálida palma lo envolviera y apretara. Un rayo de electricidad lo atravesó. Sus colmillos descendieron sin previo aviso y agarró la nuca de Thomas con más fuerza, acercándolo más para un beso más profundo.

La segunda mano de Thomas le bajó por completo los calzoncillos y le palmeó el trasero. ¡Carajo! Debería hacer que se detuviera, decirle que no estaba programado de esa manera, que no podía hacer esto. ¡Él no era gay!

Todo esto era solo para engañar a esos vampiros. Pero no podía evitar que su cuerpo reaccionara al contacto y al beso de Thomas. Un beso que él mismo, Eddie, había iniciado.

Por voluntad propia, su verga bombeó en la mano de Thomas, empujando como si la estuviera metiendo dentro de él, mientras acariciaba con firmeza la lengua de Thomas, chupándola, como si estuviera chupando la verga de Thomas en su lugar. Aquel pensamiento lo estremeció. No, no podía pensar en algo así. ¡Él no chupaba vergas! ¡Él comía coños! ¡Por supuesto! Solo que ahora no recordaba cuándo había visto un coño por última vez.

La mano de Thomas lo trabajaba a la perfección. Como si supiera exactamente lo que Eddie necesitaba. La presión y la firmeza adecuadas, el ritmo y la velocidad perfectos.

Un entusiasmado "¡Sí!" salió de sus labios al tomar aire, para volver a besar a Thomas un instante después. Al intensificar el beso, Eddie sintió de pronto que la lengua de Thomas se deslizaba por un colmillo. Sintió un calor abrasador en las bolas. Entonces Thomas repitió la acción.

—¡Maricones! —oyó de pronto una voz en algún lugar a lo lejos.

—¡Qué vergüenza para un vampiro! —añadió otra voz.

Los pasos se alejaron. La amenaza había terminado, pero Eddie era incapaz de zafarse de los brazos de Thomas.

—¡Ven! —oyó gruñir a Thomas mientras apretaba la verga de Eddie con más fuerza y rapidez, mientras seguía lamiéndole los colmillos.

Eddie sabía que los colmillos eran la zona más erógena de un vampiro, pero nunca lo había experimentado. Ahora que lo sentía, se daba cuenta de que no tenía defensas contra la embestida sensual de las caricias de Thomas. Se sentía impotente para detenerlo, porque todo lo que su cuerpo deseaba era más: más besos de Thomas y más caricias suyas.

Sus caderas se movían frenéticamente, empujando su erección hacia la mano dispuesta de Thomas. Le dolía, ansiaba liberarse, y había llegado a un punto en el que no le importaba quién lo hiciera, si un hombre o una mujer. Solo necesitaba un orgasmo, o todo su cuerpo ardería en llamas.

Estaba justo al borde, casi, pero no del todo. La frustración aulló en su interior y echó la cabeza hacia atrás, gimiendo.

—¡Carajo!

Thomas pareció entender lo que necesitaba y llevó su segunda mano a las bolas de Eddie, acunándolas. Empezó a apretarlas al mismo tiempo que estiraba la verga de Eddie. El tacto era suave, pero firme al mismo tiempo.

—¡Bésame! —exigió Thomas, y sin pensarlo, Eddie siguió su orden, hundiendo de nuevo sus labios en los de él, metiendo la lengua en la boca de Thomas justo cuando éste le metía la verga en la mano.

Su cabeza se llenó de visiones de ellos haciendo el amor, tumbados juntos en la cama, desnudos, con sus extremidades enredadas y sus vergas hinchadas de sangre. Sintió que sus manos se unían, frotando sus vergas, moviéndolas arriba y abajo en sincronía. Podía sentir con firmeza la verga de Thomas frotándose contra la suya, al igual que podía sentir cómo aumentaba la excitación a medida que se conducían mutuamente hacia el orgasmo. Pero cuando faltaba poco, Thomas rodó de repente sobre su estómago y se puso de rodillas, ofreciéndose.

Eddie gimió en voz alta mientras la visión de su mente se desdibujaba, separando su boca de la de Thomas. Sintió que su semilla se disparaba a través de su miembro y brotaba en la punta. Su cuerpo tembló bajo la intensidad de su clímax, y sus rodillas amenazaron con doblarse. El calor y la humedad lo envolvieron mientras Thomas seguía acariciándole la verga hasta que disminuyó su orgasmo.

Respirando agitadamente, trató de recuperar la cordura. ¿Por qué estaba aquí? ¿Por qué había pasado esto?

Recordó a los cuatro extraños vampiros que habían seguido y su plan para engañarlos. Había funcionado; se habían marchado pensando que Thomas y Eddie eran amantes homosexuales y no habían escuchado su conversación. Sin embargo, el plan había salido mal. ¡Thomas le había hecho una chaqueta! Y se había venido tan fuerte que había visto las estrellas.

La vergüenza lo invadió. El pánico no se quedó atrás. ¿Thomas ahora pensaría que Eddie era gay? ¡Oh, Dios! ¿Asumiría que Eddie quería ser su amante? ¿Le había dado a Thomas carta blanca para que se le insinuara? ¿Para seducirlo de nuevo en cuanto estuvieran solos en casa? ¿Significaría eso que Thomas entraría en su habitación, en su cama, con ganas de repetir lo que acababan de hacer? ¿Y no solo repetir, sino también hacer otras cosas, cosas incluso más íntimas?

Eddie sintió un escalofrío recorrer su cuerpo, y esta vez no era una réplica de su orgasmo. Tan rápido como pudo, se subió los calzoncillos y metió ahora flácida verga en ellos, se subió los pantalones y se cerró la cremallera. Por el rabillo del ojo, vio que Thomas se limpiaba la mano en su camiseta.

—Sobre lo que acaba de pasar... —dijo Thomas.

Eddie se dio la vuelta.

—Funcionó. Se fueron. Se lo creyeron.

Sintió la mano de Thomas en el hombro, haciéndolo retroceder.

—Eddie, por favor...

—Está bien.

—Podría haberlos derrotado con control mental. Así que lo que acabamos de hacer...

Eddie entrecerró los ojos.

—¡Casi mueres cuando peleaste con Keegan!

THOMAS NOTÓ la mirada desafiante en los ojos de Eddie y dudó un instante. ¿Eddie estaba preocupado por él? ¿Era por eso que había tomado una medida tan drástica y lo había besado? ¿Para engañar a los otros vampiros y hacerlos pensar que eran amantes? ¿O había algo más detrás de las acciones de Eddie? ¿Podría ser que Eddie sintiera un pequeño destello de atracción por él? Porque lo que habían hecho había ido más allá de lo necesario: un beso y un poco de manoseo habrían bastado para engañar a los otros vampiros. No había sido necesario que Eddie se bajara los pantalones y Thomas lo masturbara. Desde luego, eso no, sobre todo porque en aquel momento los vampiros ya se habían marchado. No había necesidad de hacer que Eddie llegara al clímax en su mano. Pero Thomas había sido incapaz de detenerse y Eddie lo había incitado, si no con palabras, al menos con sus gemidos y el implacable empuje de sus caderas. Eddie lo había deseado, quería que Thomas lo hiciera venirse. Y Thomas había ansiado sentir a Eddie rendido entre sus brazos.

Por un momento, habían sido amantes. Thomas nunca había tenido una sesión de besos tan satisfactoria con nadie. Aunque Eddie apenas lo había tocado, y no había pasado ni una sola vez la mano por la verga de Thomas para sentir lo dura que la tenía, su beso había sido apasionado y absorbente. Y por un rato, Eddie había estado completamente bajo su hechizo y se había entregado al placer que Thomas podía brindarle. Había sido el momento más dulce de todos sentir a Eddie venirse en su mano, sentir sus bolas contraerse y su cálida semilla dispararse en su palma. En ese momento, no había deseado nada más que darle la vuelta a Eddie, hundir su verga en su culo virgen y cabalgarlo hasta el punto del colapso.

Thomas seguía excitado, y sabía que solo necesitaría unas cuantas embestidas para venirse tan violentamente como Eddie se había venido en su mano. Pero al mirar a Eddie en ese momento, sabía que eso no sucedería, al menos no de la mano de Eddie.

Leyó arrepentimiento en el rostro de Eddie. Decepcionado, Thomas bajó los párpados. Por un instante había tenido la esperanza de que Eddie intentara decirle algo, de que le demostrara que sentía lo mismo que Thomas. Pero se había equivocado. Lo único que Eddie quería era engañar a los cuatro vampiros.

Aun así, sus labios formaron palabras que no debía decir.

—Pero me dejaste tocarte...

—Olvida lo que pasó —respondió Eddie bruscamente—. No significó nada.

¿No significó nada? No, para Thomas significaba todo. Aspiró una bocanada de aire.

—¿Olvidar? ¿Cómo carajo esperas que lo olvide? Me dejaste tocarte así. Deberías haberme detenido.

Porque Thomas, con toda seguridad, no había tenido la fuerza para detenerse.

Eddie apretó los labios en una delgada línea.

—¡Lo hice para evitar que hicieras una estupidez! ¡No podrías haber luchado con control mental contra esos cuatro! Eso te habría matado.

—Oh, ¿crees que soy débil? —Thomas no sabía de dónde habían salido esas palabras, pero las pronunció de todas formas.

—¡Yo no he dicho eso!

—Lo hiciste. —Agarró a Eddie por la camisa y tiró de él para acercarlo—. Soy mayor que tú y soy más fuerte. Así que no juegues conmigo, o te arrepentirás. La próxima vez que se te ocurra una idea estúpida como besarme, prepárate para llegar hasta el final. Provócame una vez más y aceptaré lo que me ofreces. Y la próxima vez no me detendré con una chaqueta. Te lo prometo.

Sorprendido, Eddie se echó hacia atrás.

A Thomas se le agitó el pecho. ¿De verdad acababa de amenazar a Eddie con cogérselo si volvía a ponerle las manos encima?

¡Deberías castigarlo ahora! le sugirió una voz desde lo más profundo de su ser. *Se lo merece por haberte sacado de quicio.*

Thomas luchó contra la voz, empujándola de vuelta a los oscuros recovecos de su corazón, donde pertenecía. No permitiría que aquella ira pasajera se apoderara de él. Una vez que se calmara, solo lamentaría haber cedido a su lado malvado.

Eddie empujó con ambas manos el pecho de Thomas, estampándolo contra la pared que tenía detrás.

—¡Si vuelves a tocarme así, eres hombre muerto! —Respiró con fuerza—. Yo no soy de ese bando, ¿lo entiendes? ¡Te estaba haciendo un puto favor! Supongo que a partir de ahora debería dejarte salir de tus propios apuros y no mover un dedo.

Thomas sintió que la furia surgía de sus entrañas y viajaba hacia su pecho. Su mandíbula se tensó.

—La última vez que lo comprobé, estabas en el mismo apuro que yo. ¿Qué ibas a hacer sin mí? ¿Correr con tu hermana mayor y...?

Sus siguientes palabras le fueron devueltas a la garganta cuando el puño de Eddie aterrizó en su boca.

¡Carajo! Una llama de rabia le atravesó el corazón.

En lugar de devolverle el golpe, Thomas se enderezó y lo miró fijamente, con el poder oscuro que había en él ansioso por salir a la superficie, exigiendo represalias. Su cuerpo se endureció, preparándose para una pelea, una pelea consigo mismo.

—¿Así te sientes mejor?

Eddie no dio respuesta, simplemente se quedó allí, mirando fijamente a Thomas.

—Aunque así fuera, no cambiaría el hecho de que disfrutaste que un gay te la jalara.

O que Thomas reproduciría esa imagen la próxima vez que estuviera en la ducha y se acariciara la verga hasta venirse.

Eddie giró sobre sus talones y huyó.

Thomas apoyó las manos en sus muslos y luchó contra la sensación de náusea. La batalla invisible en su interior ya estaba en pleno apogeo. Sus dos lados, el bueno y el malo, se enfrentaban entre sí. Thomas intentó calmar su mente y devolver la paz a su corazón, pero unas chispas brillantes empezaron a bailar en sus manos. Su visión ahora se teñía de rojo y se dio cuenta de que sus ojos brillaban con ese mismo rojo. Unas garras afiladas surgieron de las puntas de sus dedos y se clavaron en sus pantalones mientras se aferraba a la vida. El siguiente ataque lo hizo caer de rodillas, y chispas blancas saltaron a su alrededor.

El poder que llevaba dentro amenazaba con escapar. Atraería a otros vampiros si no podía contenerlo. Con lo que le quedaba de fuerza de voluntad, se golpeó el abdomen con la garra derecha, cortando profundamente su propia carne. El dolor lo hizo gritar, pero consiguió lo que buscaba: detener el poder oscuro y hacer que retrocediera hacia un lugar seguro, en lo más profundo de su ser. Las chispas de luz se extinguieron y la oscuridad lo calmó. Lo había vencido una vez más. Pero cada vez que el poder oscuro hacía acto de presencia, parecía ser más fuerte, y más difícil de vencer. Había llegado el momento de someterlo de nuevo. Literalmente. Y ahora sabía exactamente dónde conseguir lo que necesitaba.

12

Después de correr a casa como si el diablo lo persiguiera con una estaca, Eddie saltó en su motocicleta y rugió colina abajo hacia la ciudad. Sentir el viento soplar alrededor de su acalorado cuerpo lo hizo sentir un poco mejor. Sin embargo, no hizo nada para borrar la vergüenza que sentía: había dejado que Thomas lo tocara íntimamente. ¡Diablos, lo había alentado, lo había incitado! ¿Qué carajos le había pasado? ¡Locura temporal, probablemente! No había otra explicación. ¡Porque él no era gay! Nunca se había sentido atraído por un hombre. Entonces, ¿por qué carajos había disfrutado de las manos de Thomas sobre él? ¿Por qué se había rendido a su beso y se lo había devuelto con tanta pasión? ¿Qué le estaba pasando?

Sin pensar conscientemente hacia dónde se dirigía, se abrió paso entre el tráfico del centro y finalmente se encontró frente al edificio de Nina. Levantó la cabeza y miró hacia el último piso. Había luz. Había alguien en casa. Suspiró. Quizás necesitaba pasar un rato con su hermana para distraerse. Ella le distraería de algún modo.

Se estacionó y se bajó de la motocicleta frente a la entrada. Mientras se quitaba el casco y lo aseguraba en la parte trasera de la moto, la recorrió con una larga mirada. Thomas se la había regalado. En aquel momento había dicho que era una de sus motos más viejas y que ya no la utilizaba.

Cuando Eddie quiso pagarle por ella, Thomas se negó a aceptar dinero. Igual que Thomas se negaba a cobrarle renta por el cuarto que Eddie llamaba suyo. De pronto, le cayó el veinte: vivía la vida de un mantenido. Thomas lo colmaba de regalos y pagaba sus gastos de la misma forma que un hombre trataría a su amante.

Eddie intentó sacudirse ese pensamiento, no quería seguir por ese camino, pero era difícil no conectar los puntos ahora. Desde el momento en que se convirtió en vampiro, su vida había cambiado. Al principio, cuando fue manipulado por su señor, Luther, ni siquiera pensaba en mujeres debido a la sed de sangre que lo había atrapado con violencia. ¿Había pasado algo durante su transformación que matara su deseo de las mujeres? ¿Había salido algo mal para que ahora le gustaran los hombres?

Apartando estos pensamientos a un segundo plano, se dirigió a la puerta de entrada, cuando esta se abría y uno de los inquilinos salía. Ya había visto al tipo muchas veces antes y lo saludó.

—Hey.

—Hey.

El inquilino sostuvo la puerta y lo dejó entrar.

—¡Gracias, nos vemos!

Lentamente, Eddie subió al piso superior. Al llegar al rellano, caminó hacia la única puerta de ese nivel y tocó el timbre. Escuchó una maldición desde adentro y reconoció la voz de Amaury. Parecía que estaba interrumpiendo a su cuñado. Tal vez no había sido una buena idea pasar sin avisar después de todo. ¿Realmente quería estar en presencia de estos dos tortolitos?

Eddie dio un paso atrás, medio dándose la vuelta, cuando la puerta se abrió. El enorme cuerpo de Amaury ocupaba todo el marco de la puerta. Su camisa estaba desarreglada y su cabello estaba alborotado. Sí, sin duda había interrumpido algo.

—Hola Eddie.

—Amaury, lo siento, no quería molestar. ¿Por qué no vengo en otro momento? —Se dio la vuelta, pero la mano de Amaury en su hombro lo hizo retroceder.

—Ya estás aquí. Será mejor que entres.

—¿Eddie? —La voz de Nina llegó desde el salón—. ¿Todo bien?

Eddie entró y vio a su hermana levantarse del sofá, arreglándose la camiseta con las manos. Ella le disparó una mirada preocupada. Detrás de él, Amaury cerró la puerta.

—Sí, claro, estoy bien. ¿Por qué no iba a estarlo? Solo estaba por el barrio y quería saludar. ¿No puedo saludar a mi hermana?

—Por supuesto que puedes. —Ella se acercó a él y lo envolvió entre sus brazos, apretándolo.

Él le devolvió el abrazo, sosteniéndola por más tiempo de lo habitual, hasta que oyó a Amaury gruñir detrás de él. Puso los ojos en blanco y la soltó.

—No tengo ni idea de cómo puedes aguantar a ese hombre día tras día.

Nina le dio un puñetazo en el brazo y lo amonestó:

—¡Eddie!

—¿Así que viniste a insultarme? —preguntó Amaury y apoyó las manos en las caderas.

Eddie sonrió.

—No lo había planeado, pero siempre sacas lo mejor de mí.

Amaury se rio.

—Cortado de la misma tela que tu hermana. —Dirigió una mirada cariñosa a su compañera.

Cuando sus ojos se cruzaron con los de Nina, Eddie sintió surgir en su interior un anhelo nunca conocido. Quería lo que ellos tenían: un amor tan fuerte que nada pudiera desgarrarlo.

—Debería irme. Ustedes tienen mejores cosas que hacer que entretenerme.

Amaury apartó la mirada de Nina y señaló el sofá.

—No, quédate. Te ofrecería algo de sangre, pero no tengo aquí.

Eddie se lo había imaginado. Como Amaury solo bebía la sangre de Nina, no tenía reservas de sangre embotellada a la mano.

—No importa. No tengo sed. —Se dejó caer en el sofá, y Nina y Amaury se unieron a él.

—¿Has salido a patrullar? —preguntó Amaury.

Eddie asintió.

—Sí. ¿No estás tú también de servicio? Me pareció ver tu nombre en la lista.

Su cuñado se encogió de hombros.

—Cambié turno con uno de los chicos.

Eddie lanzó una mirada de reojo a Nina.

—¿Idea de Nina?

Amaury se rio.

—Estoy aquí, chicos, así que no finjan que no los oigo —interrumpió Nina. Luego puso una mano sobre el brazo de Amaury—. Cariño, ¿por qué no me traes un litro de helado de chocolate de la tienda?

—¿Ahora?

—Sí, ahora. Te estaría muy agradecida si lo hicieras—. Ella pestañeó.

—¿Qué tan agradecida? —susurró Amaury, con la voz más suave que antes.

—Muy agradecida.

Eddie gruñó para sus adentros. ¿De verdad tenían que darse tanto bombo? ¡Era nauseabundo!

Amaury se levantó y se dirigió a la puerta.

—Vuelvo enseguida.

En cuanto la puerta se cerró detrás de Amaury, Nina se volvió hacia él, con el rostro serio.

—Ahora dime qué está pasando.

—¿Qué quieres decir?

Ella le tendió la mano.

—¿Puedo presentarme? Soy Nina, tu hermana. Y te conozco de toda la vida. Así que no me vengas con mamadas. Nunca pasas por aquí sin avisar. De hecho, rara vez te veo a menos que haya una fiesta.

—Nunca te has quejado antes. Además, no quiero entrometerme en tu nidito de amor.

Nina ladeó la cabeza.

—Y ahora tampoco me quejo. Solo estoy afirmando un hecho. —Hizo una pausa y suspiró—. Eddie, conozco esa mirada. Algo te está molestando.

No debería haber venido aquí. Su hermana tenía una habilidad para sacarle información que él no quería compartir. ¿Cómo podría comenzar una conversación sobre lo que había sucedido entre él y Thomas? No, nadie podría enterarse.

—Nada me está molestando. Solo quería pasar un rato contigo.

—Hmm...

—¿Qué?

Nina se acomodó las piernas debajo de ella.

—Siempre fuiste muy mal mentiroso, incluso de niño.

—¿Y eso qué tiene que ver?

— Suéltalo.

Él suspiró.

—Bien. Vine a pedirte consejo. Estaba pensando en buscar mi propio espacio —mintió.

Ella enarcó las cejas.

—¿Te refieres a mudarte de la casa de Thomas?

—Sí. Digo, ya tengo todo bajo control. Aprendí a manejar mis habilidades de vampiro. Ya no necesito que sea mi mentor.

—Bueno, ha pasado más de un año. No has tenido ningún episodio de sed de sangre, ¿verdad?

Él negó con la cabeza.

—No, claro que no. Lo embotellado está perfecto. Entonces, ¿qué te parece?

—¿Qué me parece qué?

—Que me mude. Conseguir mi propio espacio. Tengo el dinero.

Era verdad. Sin duda podía permitirse rentar un lugar decente por su cuenta. Lo que había empezado como una mentira para apaciguar a su hermana podría ser la solución a su problema. Ya no tendría que estar a solas con Thomas. Solo se verían en el trabajo. E incluso allí, podría no verlo todo el tiempo. No siempre estarían juntos. Especialmente si Thomas ya no era su mentor. Tal vez, si se distanciaran un poco, podrían conservar su amistad..

—¿Quieres que eche un vistazo por ti para ver qué hay por ahí? —ofreció con una sonrisa.

—Sería estupendo, hermanita.

—¿Tienes en mente algún barrio en particular?

Él se encogió de hombros.

—Solo algo céntrico. No quiero vivir en la cola del mundo. Algo en la ciudad, nada demasiado residencial. Y tampoco en *la Central de Carriolas*.

Nina frunció las cejas.

—¿Central de Carriolas?

—Sí, Noe Valley. No me digas que nunca has oído ese apodo.

Nina se echó a reír.

—No, no lo había oído. Pero ahora que lo dices, es muy apropiado, con todas las parejas con niños pequeños corriendo por ahí. De acuerdo, te buscaré algo. Seguro que podemos encontrarte algo bonito y asequible.

—¿Encontrarle qué? —La voz de Amaury llegó desde la puerta.

—Un depa. Eddie quiere mudarse y vivir solo.

La mirada de Eddie chocó con la de Amaury.

—Oh. Thomas no ha dicho nada sobre tu mudanza.

Eddie tragó saliva.

—Todavía no le digo.

Y no tenía ni idea de cómo ni cuándo decírselo. No era una conversación que esperara con ansias, aunque sabía que debía tenerla, y pronto, antes de que las cosas se le fueran de las manos. Al final, sería lo mejor. Podrían ser simplemente colegas y amigos, con un límite claro entre ellos que ninguno volvería a cruzar.

13

Thomas entró en la habitación sin ventanas y la examinó detenidamente. Nada había cambiado. Estaba escasamente amueblada, con un par de bancos, un perchero con varias cuerdas y cadenas, y varios látigos, bastones y otras herramientas utilizadas para la flagelación. Él poseía la mayoría de ellas y las guardaba en su sótano, en una habitación que usaba para juegos sexuales con sus diversas parejas. El bondage suave y la autoflagelación solían ser parte de su rutina habitual, pero desde que Eddie se había mudado con él, apenas había usado la habitación. Desde luego, no para juegos sexuales con otros hombres. Solo la había usado en ocasiones para autoflagelarse cada vez que sentía surgir su poder oscuro. Lo devolvía a la sumisión con un látigo de espadaña, generalmente hecho de cuerdas anudadas, el mismo tipo de herramienta que los miembros del Opus Dei usaban para rezar en privado. Solo que él no estaba rezando.

Y esta noche, necesitaba algo más que la leve flagelación que podía propinarse a sí mismo. Necesitaba una mano más firme que pudiera someter a su poder oscuro.

Thomas se dirigió al lavabo de un rincón y se quitó la chamarra, dejándola caer sobre la silla que había al lado. Cuando se quitó la camiseta por la cabeza, pudo ver claramente los profundos cortes que sus garras le habían dejado en el estómago. Aún no se habían curado y solo lo harían cuando hubiera tenido unas horas de sueño reparador y suficiente sangre humana fresca.

Abrió el botón de sus pantalones de cuero y bajó la cremallera. Se quitó las botas y los calcetines y finalmente se desnudó. Su verga estaba semi erecta, una reacción al olor del semen de Eddie que aún se le pegaba en las manos. No se lo había lavado, sino que simplemente se lo había limpiado en la camiseta, aunque había corrido a casa por su moto y habría tenido ocasión de limpiarse si hubiera querido.

Thomas se quedó mirando el lavabo. Podía lavarse las manos ahora y hacerlo más fácil para él, sin que le recordaran constantemente lo que no podía tener. Pero nunca había sido de los que tomaban el camino fácil cuando había uno más difícil que podía elegir en su lugar. ¿Eso lo convertía en masoquista?

El espejo agrietado no le dio ninguna respuesta: no había reflejo en él.

Lentamente se dio la vuelta y caminó hacia el perchero. Era una construcción sencilla, con varias barras ancladas en el suelo y que llegaban hasta el techo. De un travesaño colgaban varias correas de cuero. Thomas levantó las manos y las introdujo en los lazos, tirando de ellos hacia abajo para que le apretaran las muñecas. Si bien su fuerza de vampiro le permitía liberarse de las ataduras, le gustaba la ilusión de estar atado y sentirse impotente.

Todo ello lo ayudó a engañar al poder oscuro para volver a someterlo. El poder oscuro sentía todo lo que su cuerpo sentía. Si Thomas sufría y se sentía a merced de su torturador, lo mismo le ocurriría al poder oscuro que llevaba dentro. Creería que no era tan poderoso como era y se retiraría, con temor a ser destruido. Mientras pudiera fingir que no tenía poder, tenía una oportunidad de derrotar al mal que llevaba dentro. Era la razón por la que le gustaba jugar al compañero sumiso, aunque no fuera nada de eso. Siempre que emergía su lado dominante, su poder oscuro aparecía con él y atravesaba la superficie, igual que antes.

Su verdadera naturaleza era ser dominante y fuerte. Kasper lo había visto en él. Por eso lo había elegido y le había dado su sangre. Sangre que era malvada hasta la médula. Sangre que lo hacía querer hacer cosas terribles. Luchaba contra ella todos los días de su vida, desde que dejó a Kasper.

En aquel entonces, había pensado que una vez que se retirara de la influencia de Kasper, la sed de poder disminuiría, pero se había equivocado. Seguía ahí, corriendo por su cuerpo como una corriente subterránea, como una peligrosa contracorriente que nadie percibía hasta que era demasiado tarde.

Thomas abrió las piernas y concentró su mirada en la pared frente a él. Respiró hondo, preparándose para lo que estaba por venir. Su ritmo cardíaco se hizo más lento. Cuando la puerta se abrió, unos minutos más tarde, estaba completamente tranquilo y preparado.

Se acercaban pasos. No se volvió, pues no quería ver quién era el hombre que le daría su castigo. Cuando terminara, le borraría la memoria para que nadie supiera nunca lo que había ocurrido aquí. Ya lo había hecho muchas veces, y esta noche no sería la última.

—El gato de cuero —instruyó Thomas con sencillez. Era un látigo con nueve largas tiras de cuero. Se había utilizado el cuero más duro para fabricarlo. Era lo que necesitaba esta noche.

El hombre no respondió, pero Thomas lo escuchó tomar una de las herramientas de la pared y acercarse.

Las palmas de Thomas se apretaron alrededor de las correas. Simultáneamente, apretó los dientes, preparándose.

Sin previo aviso, el primer latigazo azotó su espalda desnuda. El dolor irradiaba por todo su cuerpo, haciéndolo gritar involuntariamente. Inhaló rápidamente, pero no hubo alivio a la vista: el segundo azote siguió al instante. Luego un tercero y un cuarto. Su piel se rompió y olió la sangre que comenzó a supurar de las heridas abiertas. Se mezcló con el olor del humano que lo azotaba con precisión infalible.

Sintió que el poder oscuro de su interior quería luchar contra su castigador. Thomas apretó los dientes.

—¡Más fuerte! —ordenó al desconocido.

El hombre obedeció sin decir palabra, azotando ahora la espalda de Thomas con mayor ferocidad.

—¡Sí! —gritó. Vencería al poder oscuro. ¡Ganaría esta batalla! Tenía que hacerlo. Perder no era una opción. Perder significaría la destrucción.

A medida que el dolor se hacía más agudo e intenso, Thomas intentó separar la mente del cuerpo. Se concentró en la pared frente a él como si quisiera perforarla. Cada latigazo intentaba tirarlo hacia atrás y le hacía perder la concentración. Cada rayo de dolor abrasador que recorría todo su cuerpo le producía picor en las encías. Sus colmillos suplicaban ser liberados, ansiando una mordida despiadada. Querían clavarse en el hombre que lo azotaba, castigarlo, destruirlo. Pero luchó contra el impulso de hacerle daño.

En lugar de eso, volvió a concentrarse en la pared, en su vacío. Inhaló, pero el aroma que percibió era el de Eddie. Seguía allí, atormentándolo. Cerró los ojos y, de repente, cada azote del látigo se sintió como una caricia de las manos de Eddie. Como si Eddie le acariciara la espalda.

—¡Más abajo! —ordenó. Y su mente dio otra orden al hombre. *¡Más suave!*

El látigo bajó, las tiras de cuero azotaron su trasero. Esta vez no sintió el dolor. Sintió un contacto firme, el contacto de las manos de Eddie sobre él. Sus dedos extendiéndose sobre su trasero, deslizándose hacia abajo, acariciándolo.

—¡Sí! —gritó Thomas.

Cada tira de cuero se sentía como un dedo deslizándose suavemente sobre su trasero. Cuando una se atascó en su raja, Thomas gimió de placer. Su verga se endureció, curvándose contra su estómago, anhelando liberarse.

—Más —suplicó—. ¡Más!

Una y otra vez, el látigo tocó su trasero y su mente evocaba la sensación de las manos de Eddie acariciándolo con más pasión, con más determinación. Volvió a sentir la presión entre sus nalgas. Y volvió a gritar. Se inclinó hacia delante todo lo que le permitieron las ataduras de las muñecas y ofreció su trasero para que lo azotaran más a fondo.

En el siguiente golpe, sus colmillos se extendieron y un rayo de lujuria lo atravesó. El látigo lo azotó de nuevo, y esta vez no solo golpeó toda la longitud de su raja, sino que también tocó sus bolas, enviando una descarga de electricidad directamente a su verga. Sus bolas se tensaron.

Abrió los ojos de golpe. ¡Carajo! Se iba a venir.

El azotador cambió de ángulo, haciendo chasquear el látigo ahora no desde arriba, sino desde abajo, golpeando sus bolas de nuevo. Se le nubló la vista. Sin pensarlo, Thomas se soltó la mano derecha de las ataduras y se agarró la verga. Con la misma mano con la que había complacido a Eddie, tiró ahora de su propia verga, sacudiéndola arriba y abajo a la velocidad de un vampiro, mientras continuaban los azotes.

Cerró los ojos, imaginando una vez más que las tiras de cuero que le acuchillaban el culo y se deslizaban por su raja eran los dedos de Eddie que lo acariciaban y penetraban para explorarlo.

Con un gemido, explotó, disparando su semilla contra su estómago, dejando que lloviera sobre su mano. No lo había planeado. Iba a ser una simple sesión de azotes. Que se hubiera excitado tanto que no hubiera podido contenerse, masturbándose frente al desconocido que lo azotaba, no había sido parte del plan. Solo podía culpar a su creciente necesidad de Eddie. Tenía que hacer algo para aplastarla.

14

Thomas cerró la puerta tras de sí y salió a la calle. Había borrado la memoria del tipo y se había vestido a toda prisa. La sangre había empezado a formar costras sobre sus heridas, pero el dolor aún estaba fresco. El trasero le dolía como el infierno, pero había valido la pena. Nunca se había venido tan fuerte y rápido. Solo había necesitado unas cuantas embestidas con su propia mano antes de llegar al clímax. Eddie era la fantasía más poderosa que jamás había tenido.

Estos días no hacía falta mucho para excitarlo. Solo bastaba pensar en Eddie para ponerse duro como una palanca. Cada noche, al levantarse, lo primero que hacía era meterse en la ducha y masturbarse con fantasías de Eddie y él haciendo el amor. Y cada día, cuando se iba a dormir, se tumbaba en la cama, con la mano alrededor de su erección, imaginándose a Eddie desnudo frente a él, observándolo. Y luego se imaginaba a Eddie bajando a la cama y enterrando la cabeza entre las piernas abiertas de Thomas, chupando su verga en la boca. Todos los días se dormía con esa imagen.

Ahora tenía más detalles que añadir a sus fantasías: sabía cómo se sentía la verga de Eddie y cómo se movía su cuerpo, cómo se había introducido en su mano con tanta pasión, como si lo hubiera hecho en serio. Y ahora sabía cómo besaba Eddie. Lo suaves que eran sus labios, el sabor de su lengua. Había sentido a Eddie estremecerse entre sus brazos cuando le había lamido los colmillos. Había sido la más dulce de las victorias. Pero no había durado.

Thomas se frotó la barbilla. Aún podía sentir el puño de Eddie golpeándole la cara, la rabia descarnada que salía disparada de sus ojos cuando recuperó el sentido. No era gay, confesó Eddie. Y solo lo había hecho para engañar a los cuatro vampiros que perseguían.

¡Mamadas!

Había algo más. Ningún hombre heterosexual a otro hombre de esa manera ni respondería a una chaqueta con tanto entusiasmo como Eddie si no hubiera algo más en juego. ¡Tenía que haber algo más! Él no *quería* creer que Eddie solo había montado un espectáculo. Quería tener la esperanza de que hubiera algo más entre ellos.

Thomas llegó a su moto estacionada y sacó la llave del bolsillo.

—¿Te sirvió de algo? —preguntó un hombre detrás de él.

Thomas giró sobre sus talones y miró fijamente a la figura oscura que salía de la sombra del edificio contiguo. El hombre vestía ropas oscuras que, aunque casual, parecía costosa. Su cabello estaba cortado al ras, su rostro era uniforme y algo pálido. No había duda de que el hombre era un vampiro, uno que nunca había visto. Un poder oscuro se arremolinaba a su alrededor, mezclándose con su aura. Era débil, pero estaba ahí de todos modos. Reconoció su esencia de inmediato.

Pero Thomas no tenía intención de conversar con el vampiro que llevaba la sangre de Kasper.

—No sé de qué hablas.

Una sonrisa indiferente se dibujó en los labios del desconocido.

—Oh, todos lo hemos intentado, y al final nos rendimos. No funciona. Al menos no por mucho tiempo. El poder es más fuerte. Se abrirá paso cuando menos te lo esperes.

—¿Qué quieres? —ladró Thomas.

—¿No quedó claro en mi carta? Perdón, olvidé firmarla. Soy Xander.

Que la carta viniera de él no era ninguna sorpresa. Solo uno de los discípulos de Kasper podía haberla escrito. Porque solo ellos conocían el poder oscuro que la sangre de Kasper les había aportado a todos.

Thomas apretó los dientes.

—¿Intentas amenazarme?

—Al contrario. Me han enviado para pedirte que te unas a nosotros. Eres uno de nosotros, no puedes negarlo.

—¡Jamás seré uno de ustedes! — gritó, sintiendo que sus colmillos se alargaban.

—Lo dices ahora, pero cuando sientas que el poder se hace más fuerte, no podrás resistirte. Su sangre es fuerte en ti, más fuerte que en el resto de nosotros. Fuiste uno de los primeros.

—Destruí ese poder. Igual que destruí a Kasper.

Técnicamente no era del todo cierto: Rose había disparado a Kasper, o Keegan, como se hacía llamar entonces, aunque Thomas lo habría matado si Wesley no hubiera interferido en la pelea y roto su concentración con un hechizo. Pero eso no venía al caso. Había provocado la muerte de Kasper.

—¿Destruiste a Kasper? —preguntó Xander, con una expresión de confusión en su rostro—. Poco probable.

—Sí, y te destruiré a ti también si no sales de mi vida.

Los ojos de Xander no mostraron temor alguno ante la amenaza de Thomas.

—Somos muchos. Él creó un ejército. Cada día llegan más. Colectivamente, somos fuertes. Pronto lo sentirás. Eres casi tan fuerte como él. Ya puedes sentirnos, ¿verdad?

Thomas negó con la cabeza, intentando refutar la afirmación de Xander, aunque sabía que era cierta. Podía sentir el poder que emanaba de Xander. Y ahora se daba cuenta de que también había percibido un rastro débil de ese poder en los cuatro vampiros que había encontrado más temprano esa noche.

—Soy más fuerte que Kasper. Porque puedo resistir el mal que hay en mí. Él no pudo.

—No todo poder es malvado.

Thomas se rió con sarcasmo. Kasper no había hecho ni una sola cosa en su vida que no pudiera considerarse malvada. Estaba podrido hasta la médula.

—¡Podrías haberme engañado! Si crees eso, es evidente que no viste las atrocidades que Kasper hizo con su poder. No viste el dolor que infligía solo porque podía. No me confundas con Kasper. No soy nada como él.

El desconocido dio un paso adelante.

—No importa lo que creas que eres, ni las mentiras que te digas a ti mismo. Con el tiempo, su sangre se apoderará de ti. Te convertirá en lo que estás destinado a ser. Aceptarás el poder oscuro que llevas dentro y regresarás al trono que él construyó.

Las palabras de Xander fueron pronunciadas con tal determinación que un escalofrío recorrió la espina dorsal de Thomas. Luchó contra la sensación de pavor que intentaba envolver su cuerpo.

—¿Trono? —Thomas soltó una amarga carcajada—. No quiero ningún trono que se construya sobre la muerte y la destrucción, y las lágrimas de mujeres y niños. No quiero formar parte de él.

—¡No es tu decisión!

Thomas agarró a Xander por el cuello y lo estampó contra la pared del edificio que tenía detrás con tanta rapidez que el desconocido ni siquiera pudo parpadear.

—Sí es mi decisión. Tengo libre albedrío. Y lo estoy ejerciendo. ¿Me oyes? Tomé mi decisión el día que dejé a Kasper. Él lo sabía, simplemente no pudo aceptarlo. —Soltó al hombre y dio un paso atrás—. Ahora vete. No quiero volver a verlos en mi territorio. A ninguno de ustedes. Salgan de esta ciudad, o iré tras ustedes.

Thomas giró a la velocidad de un vampiro y se subió a su moto de un salto, alejándose a toda velocidad sin mirar atrás. Nunca haría las cosas que Kasper había hecho. Cosas malvadas...

LONDRES, Inglaterra, 1897

Thomas dejó que la puerta de entrada a la mansión que compartía con Kasper y algunos otros de su clase se cerrara detrás de él, impidiendo el paso del gélido aire nocturno. Jeeves, el mayordomo, un hombre flacucho con la nariz torcida, quitó la capa de sus hombros mientras Thomas se despojaba de los guantes y los arrojaba sobre la mesa del vestíbulo.

Había salido por su cuenta para alimentarse, ya que Kasper había dicho que tenía que atender algunos asuntos.

—Cuando vuelva el maestro Kasper, prepare un baño en nuestras habitaciones.

El mayordomo dobló la capa sobre su antebrazo e hizo una reverencia.

—Pero, señor, el maestro Kasper ya está en casa.

—¡Imposible! Iba en camino a Whitechapel cuando lo dejé. Debe estar equivocado.

Jeeves enderezó los hombros.

—El maestro Kasper a menudo nos sorprende apareciendo de improviso. Quizás simplemente haya cambiado de planes.

Thomas arrugó la frente. El mayordomo tenía razón. Kasper tenía la costumbre de aparecer cuando y donde menos se lo esperaba. Parecía omnipresente. A veces esto era irritante y perturbador.

—¿Dónde está ahora? —preguntó Thomas.

—Abajo. Pero pidió que no lo molestaran.

A Thomas se le pusieron los pelos de punta. ¿Estaba Kasper teniendo una cita con otro hombre? Aunque Thomas era plenamente consciente de que Kasper se tiraba a quien le daba la gana, ya fuera hombre o mujer, la idea de que estos encuentros tuvieran lugar bajo el techo que compartían era algo que Thomas no podía digerir. Habían acordado que cualquier fornicación que se produjera fuera de su relación tendría lugar fuera de su casa.

Los colmillos de Thomas se alargaron y un gruñido grave brotó de sus labios. Jeeves retrocedió un paso. El humano era consciente de que trabajaba para vampiros y, de hecho, llevaba muchos años al servicio de Kasper, fácilmente controlable mediante el control mental y un salario generoso. Era leal a Kasper.

—¿Quién está con él?

Jeeves bajó los párpados a medias.

—Nadie, señor.

—Mientes peor que yo, Jeeves —replicó y se dirigió hacia la puerta que daba al sótano del edificio.

—Señor, por favor, el maestro... —él gritó, pero Thomas lo ignoró, dando dos pasos a la vez para descender al sótano.

Olía a humedad y moho. Habían instalado luces eléctricas que bordeaban el largo pasillo. Era una mejora en comparación con las viejas luces de gas que recordaba de la casa de campo de su padre. Kasper se mantenía al día con la tecnología y siempre que se daba a conocer un nuevo invento, Kasper era uno de los primeros en probarlo.

Se oía un ruido procedente de una de las habitaciones del fondo del pasillo, y sus pies lo llevaron más cerca, con el pecho apretado, las manos apretadas en puños, y los celos corriendo por sus venas.

Thomas abrió la puerta de golpe y sin avisar. Olió al humano al instante, pero Kasper no se estaba alimentando de un humano, ni se estaba tirando a uno. Todo el cuerpo de Thomas se revolvió ante lo que sus ojos percibieron en una fracción de segundo.

Una mujer estaba atada a un perchero en la pared, y su vientre de embarazada sobresalía prominentemente. Rara vez había visto mujeres embarazadas en sociedad, ya que eran confinadas en sus casas una vez que aumentaban, pero por una amiga de la familia que había visto durante su confinamiento, se dio cuenta, a juzgar por el tamaño del vientre de la mujer, de que estaba a pocas semanas, si no días, de dar a luz.

Sin embargo, al instante se dio cuenta de que el bebé que llevaba en el vientre nunca vería la luz del día, ni ella volvería a ver el sol brillar sobre su rostro.

Un vampiro estaba frente a ella, con un cuchillo en sus manos. Y a su lado, los ojos de Kasper estaban fijos en los dos.

—¡No puedes tener a los dos! Solo puedes salvar a uno de ellos. ¡Elige! ¡A tu pareja o a tu hijo!

Thomas entró corriendo en la habitación.

—¿Qué estás haciendo?

Kasper giró la cabeza hacia él.

—¡No te metas en esto, Thomas! —gruñó. Entonces entrecerró los ojos y se concentró en el vampiro que estaba en su presencia.

Thomas vio cómo destellos de luz se descargaban del cuerpo de Kasper y salían disparados hacia el vampiro.

—¡No! —gritó Thomas, dándose cuenta de que Kasper estaba usando su mente para controlar al vampiro y ejecutar su sucio acto.

—¡Hay que castigarlo! —gritó Kasper, con el rostro distorsionado en una horrible mueca.

Menos de una hora antes, Kasper había estado de muy buen humor, pero ahora nada de ese buen humor era evidente. Casi como si tuviera una doble personalidad. Thomas había comenzado a notarlo cada vez más a menudo. Pero esta era la primera vez que Thomas veía verdadera fealdad en Kasper y se alejaba de él.

—¿Qué ha hecho?

—¡Ha desafiado mis órdenes! ¡Ahora lo pagará!

Kasper se abalanzó hacia el vampiro y le disparó un rayo de luz cegador. El vampiro gritó, pero su mano que sostenía el cuchillo se levantó y sus pies dieron un paso hacia su compañero humano, cuyos ojos estaban muy abiertos por el miedo.

—No —gritó ella—. ¡Por favor, no lo hagas, George! ¡No dejes que te haga esto! Tú eres más fuerte.

Pero su compañero vampiro avanzó, con el rostro distorsionado por el dolor, mientras intentaba luchar contra el control que Kasper ejercía sobre su cuerpo. Estaba claro que no podía.

El cuchillo se clavó en el vientre de la mujer, y sus gritos de dolor resonaron contra las paredes de piedra. A Thomas se le revolvió el estómago y saltó hacia el vampiro, intentando quitarle el cuchillo de las manos a patadas. Kasper lo pateó en el torso y lo detuvo en seco.

—¡No te metas! —ordenó.

Thomas fulminó a su amante con la mirada.

—¡Detén esto ahora!

Pero Kasper no le hizo caso. En cambio, volvió a dirigir la mirada hacia el vampiro bajo su control y le envió otra ráfaga de poder mental. De nuevo, el vampiro cortó el vientre de su compañera, haciendo ahora una incisión más larga. Más sangre se derramó por el suelo y la mujer ya solo colgaba del potro, con las piernas colapsadas.

Sus gritos ensordecieron los oídos de Thomas, que intentó de nuevo ayudarla a ella y a su bebé. Un rayo de poder lo golpeó de lleno en el pecho, e instintivamente se defendió, concentrando su mente en Kasper.

—¡Por fin! —Kasper le sonrió—. Creí que nunca encontrarías el poder dentro de ti. ¿No es maravilloso? Lo sientes, ¿verdad?

Sí, Thomas había sentido la fuerza dormida en él desde que Kasper lo había convertido y le había dicho que lo ayudaría a aprovecharla. Aprovechar el poder oscuro que Kasper le había dado con su sangre. Lo había reprimido, porque no lo quería. Pero ahora, al ver la injusticia hacia un inocente, emergía.

Kasper se rió y le empujó con su poder mental, tirándolo al suelo.

—Tal vez ahora me dejes entrenarte. ¡Mira cómo se hace! —Kasper volvió a mirar al vampiro que seguía controlando—. Así que has decidido salvar a tu hijo. Bueno... —Kasper señaló el vientre sangrante de su compañera—. ¡Entonces sácalo de su cuerpo!

El vampiro siguió la orden de Kasper y Thomas contempló horrorizado cómo introducía las manos en el vientre de la mujer y sacaba al niño. Estaba cubierto de sangre, con el cordón umbilical aún unido, pero estaba vivo.

—¡Ahora mátalo! —ordenó Kasper mientras un rayo de luz blanca salía disparado de sus dedos y golpeaba la cabeza del vampiro.

Como una marioneta, el vampiro tomó su cuchillo y lo apuntó al niño. Su lucha era evidente en su rostro distorsionado, en la forma en que apretaba los dientes y en el temblor de su brazo al intentar retirarlo mientras una mano invisible lo acercaba cada vez más a la garganta del bebé.

El llanto del bebé se cortó una fracción de segundo después de haber comenzado. Entonces, su pequeña cabeza cayó al suelo con un ruido sordo, acompañada por los lamentos de su madre moribunda.

Thomas sintió un escalofrío tan frío como el hielo que le recorría la espalda y se extendía por todo su cuerpo. Se puso de pie y miró fijamente a Kasper.

—Eres malvado, Kasper. Realmente malvado. ¡No quiero tener nada más que ver contigo!

Kasper soltó una carcajada amarga.

—¡No es tu decisión! ¡Yo te hice! ¡Eres igual que yo! Tienes el mismo poder corriendo por tus venas.

—¡No quiero ese poder! ¡Nunca lo pedí!

—No importa. Lo tienes y no puedes devolverlo.

Thomas negó con la cabeza.

—¡No lo voy a usar! —Se dio la vuelta y salió corriendo de la habitación, con la voz de Kasper persiguiéndolo.

—¡Volverás! ¡El poder es más fuerte que tú! No podrás resistirte a usarlo.

Mientras Thomas subía corriendo las escaleras y entraba en su habitación para meter unas cuantas pertenencias en su maleta, el horror de lo que había visto le heló la sangre. No, él nunca sería como Kasper. Preferiría morir.

15

Thomas colocó la lata con el aceite usado que había drenado de la Ducati en el borde del banco de trabajo en su garaje y se agachó para recoger el destornillador, cuando la tierra bajo sus pies comenzó a temblar. Instintivamente, se agarró de algo para estabilizarse y resistir el terremoto. Las herramientas y varios recipientes repiquetearon en los estantes metálicos que bordeaban la pared del garaje, y la casa gimió al moverse con las ondas del sismo.

Las herramientas comenzaron a caer de los estantes abiertos, y Thomas se agachó para evitar que cayera una llave inglesa, golpeándose la espalda contra la pata del banco de trabajo. La lata con aceite que había colocado allí momentos antes se volcó. Thomas se apartó de un salto, pero no fue lo suficientemente rápido, y el contenido se derramó sobre su camiseta y el frente de sus jeans.

—¡Carajo! —siseó al sentir que el aceite empapaba su camiseta.

De repente, el temblor cesó y todo volvió a quedar en silencio. Thomas inspeccionó el garaje. No había daños mayores, gracias a que todas las estanterías estaban atornilladas a la pared y al suelo. Se miró a sí mismo. Sin daños, excepto por la ropa manchada. ¡Carajo, cómo apestaba! Se incorporó y enseguida se quitó la camiseta, cuidando que el aceite no le tocara la cabeza.

Tiró la camiseta al fregadero de ropa sucia y abrió la llave mientras se abría el botón de los pantalones, bajaba la cremallera y se deshacía de ellos. Un momento después, los jeans se unieron a la camiseta en el fregadero. Al menos el aceite aún no había empapado sus bóxers.

Thomas colocó las manos bajo el chorro de agua. El viejo grifo chisporroteó, y el agua salpicó su torso, arrastrando las gotas de aceite que se habían filtrado a través de su camiseta. Un ruido procedente de las escaleras lo hizo voltear la cabeza bruscamente.

Unas largas piernas forradas de mezclilla asomaron por los escalones.

—¿Todo bien? ¡Carajo, ese estuvo fuerte! ¿Habías pasado antes por uno así de grande?

Eddie apareció justo cuando Thomas sintió que el agua le corría por el pecho y empapaba sus calzoncillos. Era demasiado tarde para agarrar una toalla: en cuestión de segundos la suave tela blanca estaba empapada y prácticamente transparente.

Eddie se quedó inmóvil al pie de las escaleras, sus ojos recorriendo el cuerpo prácticamente desnudo de Thomas, y eso fue todo lo que se necesitó para que Thomas se pusiera duro. Eddie se quedó con la boca abierta, pero seguía mirando la ingle de Thomas. Su manzana de Adán se movió. Un suspiro entrecortado rodó por los labios de Eddie.

Thomas sintió que le llegaba más sangre a la verga, que ahora estiraba la tela más lejos de su cuerpo, tensando sus calzoncillos. Por el rabillo del ojo vio la toalla que colgaba junto al lavabo, pero no podía alcanzarla para envolverla alrededor de la parte inferior de su cuerpo.

Mientras Eddie lo miraba sin pronunciar una palabra, se sentía congelado, como una estatua incapaz de moverse. No quería romper el hechizo, porque los ojos de Eddie absorbiéndolo hacían que su corazón latiera a un ritmo frenético. Quería prolongar esa sensación, aunque no estaba seguro de qué se trataba: ¿Eddie solo se escandalizó al verlo semidesnudo en el garaje? ¿O esa visión lo excitaba?

Solo un día antes, había amenazado a Eddie con tomar lo que quisiera si Eddie volvía a tocarlo. Quizás debería haberle advertido que, si alguna vez lo miraba así, se aplicaría la misma amenaza. Porque en ese momento, Thomas estaba dispuesto a abalanzarse sobre él, arrastrarlo al suelo y arrancarle la ropa antes de enterrarse profundamente en el cuerpo de Eddie y cabalgarlo hasta que ambos alcanzaran el clímax.

Fue Eddie quien por fin rompió el silencio.

—Veo que no hay daños. —Se volvió hacia las escaleras—. Me voy a dormir entonces.

Thomas tomó la toalla.

—Puede que haya réplicas. Mantén una linterna al lado de tu cama, por si acaso viene una más grande.

Eddie asintió.

—Seguro.

Desapareció de la vista, y unos segundos después se cerró la puerta del piso superior. Thomas volvió a quedarse solo.

Le dolía la verga. Quería sentir el cuerpo de Eddie, sus manos, su boca, su trasero. De todas las formas posibles.

***

EDDIE CORRIÓ a su habitación y cerró la puerta tras de sí, respirando agitadamente. Carajo, ¡nunca debería haber bajado al garaje! Pero cuando se produjo el terremoto, un terremoto de 5 grados seguramente, la preocupación por Thomas lo hizo correr hasta allí, sabiendo que estaba trabajando en una de sus motos. ¿Y si una de las pesadas máquinas le hubiera caído encima? O, Dios no lo quisiera, ¿si la camioneta se hubiera desplazado de algún modo y lo hubiera aplastado contra una pared?

Se esperaba lo peor cuando entró corriendo en el garaje, pero no esperaba ver a Thomas en ropa interior. En ropa interior casi transparente. Contemplar su torso mojado ya había sido bastante malo: su mentor tenía un pecho marcado y sin vello, con músculos hermosamente definidos, esculpidos con tal perfección que ni siquiera el David de Miguel Ángel podía competir con él.

Pero el paquete que llevaba entre las piernas había atraído a Eddie a mirar más de lo debido. Había podido ver claramente su verga erecta a través de la tela empapada. De hecho, la había visto endurecerse ante sus ojos. La cabeza de Thomas había tardado solo unos segundos en llenarse de sangre y curvarse hacia arriba. Siempre había adivinado que Thomas la tenía grande, incluso cuando lo miraba casualmente cuando estaba vestido, Eddie lo había notado. Pero ver su verga larga y gruesa a través de la tela húmeda había confirmado su suposición. Eddie podía adivinar fácilmente qué había provocado la excitación de Thomas: le había gustado que Eddie lo sorprendiera y lo mirara fijamente.

Por un instante, un destello de orgullo brilló en su interior. *Él* se la había puesto dura a Thomas. Maldita sea, ¡no debería sentirse orgulloso por eso! Debería sentir repulsión. ¡Ningún heterosexual debería alegrarse de que un gay se excitara con él!

Enfadado consigo mismo, Eddie fue al baño y se preparó para irse a la cama, intentando eliminar cualquier pensamiento sobre Thomas y concentrarse en otras cosas. El terremoto. Debía comprobar si todos los demás estaban bien. Dependiendo de dónde estuviera el epicentro, podría haber habido daños en otras partes de la ciudad. Al fin y al cabo, la casa de Thomas estaba sobre un lecho de roca, por lo que las sacudidas habrían sido menos intensas aquí que en el centro.

Eddie se sentó en la cama, vestido solo con el pantalón de pijama, y tomó el teléfono, marcando rápidamente.

Tardó tres timbres en contestar una voz femenina.

—Eddie, ¿pasa algo?

—Hey, hermanita. Perdón por molestar, pero quería asegurarme de que están bien.

—¿Eh? ¿Por qué no íbamos a estar bien?

—El terremoto. Estuvo grande. ¿Hubo daños en tu casa?

De fondo oyó la voz de Amaury.

—¿*Terremoto*?

—Oh, ¿eso fue un terremoto? —rió Nina.

Amaury emitió un profundo rugido y Nina soltó una risita.

Eddie puso los ojos en blanco. Aquellos dos ni siquiera habían sentido el terremoto porque habían estado haciendo acrobacias horizontales.

—¡Chicos! ¿Es que nunca te da un descanso?

—¿Quién dice que quiere un descanso? —La voz de Amaury sonó fuerte y clara, como si le hubiera quitado el teléfono de las manos a Nina.

—Olvida que te llamé. Obvio que mis preocupaciones no son bienvenidas.

—Duerme bien, Eddie —dijo Nina desde lejos. Luego la línea se desconectó.

Eddie colgó el auricular. Así aprendería a no llamar a su hermana durante el día, cuando Amaury estaba en casa. Tampoco es que su posesivo compañero estuviera siempre fuera durante la noche. Parecía que Amaury pasaba cada vez más tiempo en casa con Nina, y cada vez menos tiempo en Scanguards. ¿No se hartaban esos dos de acompañarse?

Eddie se deslizó bajo las sábanas y sacudió la cabeza. Alcanzó la lámpara de noche y encendió el interruptor. La oscuridad lo rodeó mientras se hundía de nuevo en la almohada y cerraba los ojos. Recibió visiones burlonas, aparentemente eternas, del cuerpo semidesnudo de Thomas. Sintió que su verga se endurecía, y chasqueó un dedo furioso contra la cabeza para que se desinflara. No se masturbaría con imágenes de Thomas. No podía permitir que esta locura aumentara. Ya era bastante malo que el beso, y ahora verlo prácticamente desnudo, lo hicieran cuestionar su sexualidad. En lugar de eso, tendría que luchar contra esos sentimientos. No estaban bien. Probablemente estaba confundido. Pasarían si los ignoraba el tiempo suficiente.

Cansado de la lucha mental que se libraba en su interior, se dejó arrullar por el crujido de la casa que respondía a las réplicas del terremoto. Se acurrucó más profundo en las almohadas, y las sábanas suaves acariciaron su piel. Un aroma llegó hasta él: seductor, excitante, tentador. Tan familiar, y tan prohibido: el aroma de Thomas. Una sombra se acercó a la cama.

Luego sopló aire fresco contra su cuerpo mientras unas manos levantaban la sábana de su cuerpo y lo dejaban al desnudo. El colchón se hundió y una boca cálida le estampó suaves besos en el pecho mientras unas manos suaves lo acariciaban. Con cada caricia, bajaban más, hasta que llegaron a la parte superior del pantalón de su pijama. Los dedos alcanzaron las cuerdas y deshicieron el nudo, luego tiraron de la tela, empujándola hacia abajo por sus caderas.

Sin pensarlo, Eddie levantó el trasero para ayudarle a quitarse la prenda del cuerpo. Esta hizo un suave silbido al caer al suelo de madera. Las manos de Thomas estaban sobre sus muslos, y los separaron para poder deslizarse entre ellos, acomodando allí su cuerpo. Su cuerpo desnudo.

En silencio, la cabeza de Thomas bajó hasta la ingle de Eddie. Sabía lo que su mentor encontraría allí: una verga más dura que nunca. Estaba tan ansioso por sentir los labios de Thomas a su alrededor como nadie podría estarlo jamás. La anticipación hizo que su pulso se acelerara y pequeñas perlas de sudor se acumularan en su frente y cuello. Su pecho se agitó cuando la lujuria que había estado tratando de contener finalmente estalló a la superficie.

Como si Thomas lo hubiera esperado, sus labios envolvieron por fin la punta de la verga de Eddie y, lentamente, se deslizó hasta la base. Eddie se encontró envuelto en un calor húmedo que amenazaba con consumirlo. Un gemido salió de sus labios mientras empujaba hacia arriba y más profundamente en la boca de Thomas. Nunca había sentido nada tan bueno. Tan intenso. Tan caliente.

Unas manos lo instaron a subir las piernas por encima de los hombros de su amante. Lo abrió más, dejando al descubierto sus bolas sensibles. Unas cálidas palmas ahuecaron su saco, apretándolo suavemente, mientras la cabeza de su amante se balanceaba arriba y abajo, chupándole la verga a un ritmo constante.

No pudo evitar imitar los movimientos de Thomas y embestirse contra él, follando su boca como si su vida dependiera de ello. Al amparo de la oscuridad, podía entregarse al tacto de su amante, a sus labios y a su boca. Entregarse simplemente al placer que Thomas le concedía. No debería sentir ese placer. Sin embargo, lo sentía.

La tentadora lengua de Thomas lo lamía, y su boca lo succionaba con una presión tan perfecta, que no pudo resistir el impulso de incitarlo, de alabarlo al dejarlo escuchar los gemidos y suspiros que ya no podía contener.

—¡Sí, carajo, sí! —gritó.

Su verga empujó más profundo en la cálida boca de Thomas, cada vez más fuerte y rápido. Eddie puso sus manos en la nuca, sujetándolo para que no pudiera escapar. Sus caderas se movían frenéticamente, arriba y abajo. Mientras tanto, una mano firme le apretaba las bolas al mismo ritmo. Entonces sintió que un dedo se deslizaba por la hendidura de su trasero, empujando contra el apretado anillo de músculos que protegía su oscuro portal.

Un rayo lo atravesó, enviando una intensa ola de placer por todo su cuerpo. Cuando chocó con su verga, sus ojos se abrieron de golpe, fijando la mirada en el espacio que había entre sus piernas. Su propia mano envolvía su verga, una verga que arrojaba semen caliente al aire. Thomas había desaparecido. No, no se había ido: ¡nunca había estado ahí!

Todo había sido un sueño. Un sueño húmedo. El sueño más erótico que había tenido nunca. Y el más perturbador al mismo tiempo.

Se había excitado imaginando la boca de Thomas sobre él, su mano acunando sus testículos, su dedo frotando su ano. Y todo lo había excitado, incluso el dedo que había frotado la estrecha entrada enterrada entre sus nalgas. En particular, eso lo había calentado. Tanto que se vino sin previo aviso.

Angustiado, se incorporó, se limpió la mano y el estómago cubiertos de semen con la sábana, y luego la tiró al suelo. Algo andaba mal con él. Esto no podía estarle pasando: tenía sueños eróticos homosexuales. ¿Significaba esto que se estaba haciendo gay?

Se pasó una mano temblorosa por el pelo. Tenía que averiguar qué le pasaba para encontrar la forma de arreglarlo.

16

Las luces estaban encendidas en la casa de Samson en Nob Hill cuando Eddie entró al vestíbulo. Delilah cerró la puerta detrás de él, con su pequeña hija Isabelle en brazos. La niña estaba despierta y le dedicó una sonrisa casi desdentada. Aún no le habían salido los dientes delanteros, pero unos colmillos diminutos asomaban de sus encías. Isabelle era más grande y su mirada más despierta que la de un bebé humano, como si comprendiera mucho más que los niños normales. Como híbrida —mitad vampira, mitad humana— tenía las características de ambas especies, pero ninguna de sus desventajas. Podía estar bajo el sol y, sin embargo, algún día sería tan fuerte como un vampiro.

—Hola, Delilah. Espero no molestar —saludó a la mujer de Samson.

—Para nada. Pasa. Hacía tiempo que no te veía. ¿Qué tal la fiesta de Haven? —Lo hizo pasar al salón.

—Deberían haberla hecho en un lugar donde tú y Nina pudieran asistir. Y también Ursula.

Delilah hizo un gesto despreocupado con la mano.

—No te preocupes por mí. No soy muy de fiestas. Además, habría tenido que buscar una niñera para Isabelle.

Eddie le sonrió a la bebé. Era una niña adorable, y estaba seguro de que algún día rompería el corazón de algún chico cuando lo rechazara.

—No creo que tengas problemas para encontrar una niñera. Es uno de los bebés más educados que he conocido.

Delilah soltó una risita.

—¿Y a cuántos bebés has conocido?

—Bueno, unos cuantos —mintió.

Ella puso los ojos en blanco.

—De todos modos, mi problema es que necesito un vampiro o un híbrido que la cuide. Volverá loco a cualquier humano en cuanto se dé cuenta de que ella es más fuerte que ellos. ¿Verdad? —Lanzó a su hija una mirada conspiradora.

Eddie se echó a reír.

—Todo es cuestión de disciplina.

—Si alguna vez eres padre, te lo voy a recordar, ¿qué tal? —Entonces ella y su hija se miraron durante un largo instante, y Eddie se dio cuenta de que se estaban comunicando telepáticamente. Isabelle tenía un don especial que le permitía decirle a su madre lo que quería, aunque apenas podía pronunciar más que unas cuantas sílabas.

—Discúlpame, Eddie, pero Isabelle quiere su biberón ahora.

—No te preocupes. Vine para ver a Samson. ¿Está aquí?

Ella asintió.

—En su despacho. ¿Por qué no le llevas a Isabelle mientras yo caliento el biberón? —Sin esperar su respuesta, le entregó a la niña.

Isabelle le lanzó una mirada evaluadora y luego sonrió, rodeándole el cuello con sus pequeños brazos.

—Le caes bien.

—A mí también me cae bien —Acarició el cabello suave de la niña con la mano—. Ven, vamos a ver qué está haciendo tu papi.

—Dadá —dijo.

—Así es: Dadá. —La cargó por el oscuro pasillo con paneles de madera hasta el fondo de la casa.

Cuando llegó a la puerta del estudio de Samson, la tocó brevemente, y de inmediato escuchó la voz de Samson.

—Adelante.

Abrió la puerta y entró. Al verlos, Samson se levantó de su silla detrás de su enorme escritorio y caminó a su alrededor.

—Hey, Eddie. —Entonces su voz cambió, volviéndose más suave y juguetona—. ¿Y quién es esta señorita tan hermosa que me traes hoy?

Algo parecido a una risita salió de los labios de Isabelle mientras se estiraba hacia Samson, extendiendo sus brazos lo más que podía.

—¡Dadá!

—¡Hola, cachetitos! —le dijo con ternura, tomando a la niña de los brazos de Eddie y plantándole un beso suave en la frente mientras la arrullaba entre sus brazos.

—Ha crecido mucho —comentó Eddie, sintiéndose algo incómodo al presenciar el tierno intercambio entre el vampiro más poderoso de San Francisco y su hija.

Samson levantó la vista y sonrió.

—Más rápido de lo que quisiera. A este paso habrá crecido y saldrá con alguien antes de que yo pueda pestañear.

—Y será una rompecorazones —especuló Eddie.

—¿Acaso no lo sé? Voy a tener que ahuyentarlos con un palo.

Eddie guiñó un ojo.

—No a todos. Habrá al menos uno al que tendrás que dejar acercarse.

—Más vale que sea un buen hombre. —Dirigió a su hija una mirada de burla—. ¿Me escuchas, cachetitos? Más vale que te enamores de un buen chico o tendremos un problema.

Isabelle escondió la cabeza en el cuello de Samson, y Eddie escuchó cómo chasqueaba los labios.

Samson se echó a reír.

—Y si crees que puedes convencerme con un beso, te equivocas. —Luego, volvió su atención a Eddie—. Entonces, ¿qué pasa? ¿Querías verme?

Eddie asintió.

—Es sobre Luther.

La expresión de Samson se endureció al instante.

—¿Luther?

—Mi señor.

—Oh, ya sé de quién hablas. ¿De qué se trata? —preguntó Samson con rigidez.

—Necesito verlo.

—Luther está encarcelado.

—Lo sé. Pero, aun así, necesito verlo.

Solo Luther podía responder las preguntas que tenía. Preguntas que necesitaban respuesta lo antes posible. No podía esperar.

—¿Después de todo lo que te hizo, lo que le hizo a tu hermana, a todos nosotros?

Eddie notó cómo Samson abrazaba a Isabelle aún más fuerte, y entendió lo que pasaba por la mente de Samson. Por culpa de Luther, había estado a punto de perder a Delilah, que estaba embarazada de Isabelle en ese entonces.

—A pesar de todo, tengo que hablar con él— insistió Eddie.

—¿Por qué?

—Me temo que eso es entre mi señor y yo. Es privado.

Samson enarcó una ceja y permaneció en silencio, como si estuviera contemplando cuidadosamente su respuesta.

—¿Tienes algún problema?

—Hay cosas que necesito aclarar.

—Tienes un mentor muy capaz. Seguro que puede ayudarte. Thomas lleva aquí mucho tiempo. Sabe todo lo que hay que saber. Puedes...

—No. Esto es entre Luther y yo.— Thomas era la última persona con la que podía hablar de esto.

—Como quieras. Hablaré con el consejo y pediré una visita para ti. No puedo prometer que te la concedan. Si supiera de qué se trata, tendrías más posibilidades de convencer al consejo.

Eddie evitó la mirada de su jefe y se quedó mirando sus zapatos.

—Por favor, solo pregúntales. Es importante.

Cuando volvió a levantar la vista, se encontró con los ojos de Samson.

—De acuerdo. Yo me encargo.

—Gracias. Te lo agradezco. De verdad.

Luego giró sobre sus talones.

—Eddie, si hay algo en lo que pueda ayudarte, vendrás a mí, ¿verdad?

Eddie puso la mano en la manija de la puerta y miró por encima del hombro.

—Esto no es algo en lo que puedas ayudarme, Samson.

Giró la manija y salió del estudio, oyendo el eco de sus botas al golpear contra el suelo de madera del pasillo.

17

Thomas miró hacia arriba desde su escritorio en la oficina de la sede de Scanguards y se estiró. Había ingresado en el sistema los perfiles de los cuatro vampiros que había visto la noche que patrulló con Eddie, para que todos los vampiros de Scanguards pudieran verlos, describiéndolos lo mejor que pudo. Si alguien más se cruzaba con ellos, estaría advertido y podría tomar medidas.

Habiendo cumplido con su deber, buscó el título de propiedad de la tienda de Al en línea y solo encontró el que había sido emitido hace más de veinte años, cuando Al compró el lugar. Si existía un nuevo título, aún no se había subido al sistema en línea del Registro del Condado. Lo más probable era que estuviera en la bandeja de entrada de algún funcionario, esperando a que lo escanearan.

¿Valía la pena irrumpir en el Ayuntamiento para rebuscar entre los registros impresos? ¿O debía enviar a un empleado humano en horario diurno para solicitar una copia del título? Esta última sugerencia era probablemente más prudente. Con la seguridad en el Ayuntamiento más estricta que nunca, tras el fallo de la Suprema Corte que abrió el camino para los matrimonios homosexuales en California, y los consiguientes enfrentamientos entre partidarios y detractores del matrimonio entre personas del mismo sexo, un allanamiento sería el último recurso.

Thomas redactó un correo electrónico solicitando a un empleado que consiguiera una copia del título y envió la orden de trabajo a la unidad central del despacho de Scanguards. Luego echó la silla hacia atrás, apoyó los pies en el escritorio y se quedó mirando al techo. Su momento de relajación se vio interrumpido por un golpe en la puerta.

—Adelante.

La puerta se abrió y Cain asomó la cabeza.

—¡Hey! ¿Tienes un minuto?

Thomas señaló la silla frente a su escritorio y bajó las botas de la mesa.

—¿Qué puedo hacer por ti?

—Vi los perfiles que subiste.

Thomas se enderezó.

—¿Te has cruzado con esos tipos?

—No puedo estar cien por ciento seguro. Pero vi a cuatro vampiros esta noche. Acabo de ver la actualización en el sistema cuando regresé hace unos minutos. ¿Tienes una descripción más detallada?

¡Mierda! Thomas sintió que la molestia lo invadía. Por lo que había pasado con Eddie esa noche, y el posterior encuentro con uno de los discípulos de Kasper, no había reportado el incidente antes. Había metido la pata.

—Desafortunadamente no. Tuve que ser cuidadoso para no llamar la atención y solo pude vislumbrarlos. Pero los escuché hablar. Probablemente reconocería sus voces. ¿Dónde los viste?

—Entraron a Sergio's Book Emporium.

—¿Hace cuánto tiempo?

—Hace una media hora.

Thomas se levantó de un salto de su asiento y tomó su chamarra.

—¿Te vieron?

—No. No entramos; no había más clientes en la tienda en ese momento. Habríamos saltado a la vista. Además, no hicieron nada sospechoso. Solo los vimos hojeando entre pilas de libros.

—Vamos. Con algo de suerte, puede que sigan ahí. —Luego dudó un momento. —¿Con quién patrullabas?

—Con Oliver.

—¿Dónde está ahora?

—Nuestro turno terminó; dijo que se iba a casa.

—¿Viste que se fuera?

Cain negó lentamente con la cabeza, frunciendo el ceño.

—¿Crees que haría algo estúpido? ¿Como jugar al héroe?

No lo creía, pero mejor asegurarse. Thomas sacó su celular del bolsillo y salió corriendo de la oficina, con Cain pisándole los talones. En el ascensor sonó el celular. Entró corriendo, con Cain a su lado, y presionó el botón para ir al lobby.

—¿Thomas? —Oliver contestó al teléfono.

—¿Dónde estás?

—Rumbo a casa.

Thomas se sintió aliviado.

—Cambio de planes. Vuelve al **Sergio's Book Emporium**. Pero asegúrate de que no te vean los cuatro vampiros que entraron. Espéranos a Cain y a mí. Llegamos en de diez minutos.

En la planta baja, se abrieron las puertas del ascensor. Thomas y Cain cruzaron el vestíbulo y salieron del edificio.

—¿No deberíamos pedir refuerzos? —preguntó Cain.

—Llama a la central. —Miró hacia su motocicleta, estacionada frente al edificio, y luego se dirigió a Cain—: ¿Dónde está tu auto?

—Vengo a pie.

Thomas le hizo un gesto para que lo siguiera hasta su moto.

—Súbete. Así llegamos más rápido.

Desenganchó el casco de la parte trasera de la moto y se lo ofreció a Cain, quien negó con la cabeza.

—Úsalo tú —dijo Cain.

Thomas se puso el casco y se subió a la motocicleta. El motor rugió y Cain se acomodó detrás de Thomas.

—Sujétate bien.

Cain rodeó con un brazo la cintura de Thomas, quien se incorporó al tráfico, acelerando por la concurrida calle. En el siguiente cruce, giró a la derecha en dirección a North Beach, donde estaba la librería de Sergio. Oyó a Cain hablar por teléfono, llamando a la central de Scanguards para pedir refuerzos. Después, Cain guardó el celular y rodeó también la cintura de Thomas con el otro brazo.

Era raro que alguien lo acompañara en la moto, pero eso no le molestaba. Tampoco sentía ningún tipo de deseo o excitación al sentir los muslos de Cain presionarse contra los suyos, y sus brazos abrazando su abdomen. Cain le caía bien como persona, pero eso era todo.

Thomas se abrió paso entre el tráfico, esquivando coches y bicicletas, evitando autobuses y taxis sin pestañear. Conducir una moto era como una extensión de sí mismo. Prácticamente podía hacerlo dormido. Se inclinó profundamente en la siguiente curva, inclinando la motocicleta casi cuarenta y cinco grados.

—Espero que sepas lo que haces —dijo Cain desde atrás—. No me gustaría caerme de nalgas.

—No lo harás. Te lo prometo. —Una sonrisa involuntaria se dibujó en los labios de Thomas. Si Eddie cabalgara con él, se deleitaría con la emoción del trayecto, y cuanto más rápido y temerario fuera, mejor.

Cuando dio vuelta en la cuadra donde estaba la librería de Sergio, una estrecha calle lateral cerca de Columbus Avenue, redujo la velocidad de la moto casi hasta detenerse y buscó un lugar conveniente para estacionarse. Detuvo la moto frente a un bar de mala muerte. Cain se bajó de un salto y Thomas estacionó la motocicleta, luego examinó los alrededores.

Risas estridentes salían de la puerta abierta del bar, y desde el portal de la casa junto a este, vio a Oliver salir.

—¿Qué está pasando? —preguntó Oliver y se unió a ellos.

—Los cuatro vampiros que viste antes, los vi la otra noche. Hablaban de una toma del poder. Y de unos planes. De un gran jefe. No me gustó cómo sonaba.

—Vamos a echarles un vistazo. —Oliver parecía ansioso por entrar en acción.

—Si es que siguen ahí —intervino Cain.

—Solo hay una forma de averiguarlo. Quédense aquí y esperen refuerzos.

Thomas cruzó la calle, escondiéndose entre árboles y coches estacionados para mantenerse fuera de la vista.

La tienda se veía cerrada —el letrero en la puerta así lo indicaba—, pero una luz tenue provenía del fondo, donde estaban la oficina y el almacén. Agachándose entre dos coches, Thomas fijó la vista en la luz y se concentró. Una puerta trasera parecía estar entreabierta, pero no se veía movimiento.

Permaneciendo agachado, avanzó unos pasos hacia la puerta principal de la librería, y alcanzó la manija. La empujó con cautela y se sorprendió al ver que no tenía seguro. Abrió la puerta unos centímetros y echó un vistazo a la oscura habitación. La tienda era de buen tamaño. Había seis o siete filas de libreros amontonados con más de dos metros de altura, un área cómoda con sillones en una esquina para quienes quisieran hojear libros, y el mostrador de caja en el centro de la sala. El aroma a libros flotaba en el aire, evocándole recuerdos de la biblioteca que su padre tenía en su antigua casa en Inglaterra. Cerró los ojos un instante e inhaló más profundo.

La conmoción le hizo rodar sobre los talones y casi perder el equilibrio. *¡Carajo!*

Se dio la vuelta y les hizo señas a Cain y Oliver para que se acercaran. Ellos siguieron su orden al instante, uniéndose a él en la entrada justo cuando Thomas se puso de pie en toda su altura. Ya no había razón para esconderse. Sabía que los vampiros se habían ido.

Cuando abrió más la puerta y entró, Cain y Oliver lo siguieron. El olor se intensificó, pero no era el olor de los libros y el papel.

—¡Oh, mierda! —exclamó Oliver.

—Bastardos —espetó Cain.

Thomas abrió de un empujón la puerta de la habitación del fondo y lo asaltó el olor de la sangre humana. Atada a una silla de cabeza, una mujer yacía en un charco de su propia sangre. Su vientre de embarazada estaba plagado de puñaladas.

Thomas cayó de rodillas junto a ella, con la mano acariciándole el vientre redondo y los ojos buscando los de sus colegas con incredulidad. La había reconocido. La había visto una o dos veces.

—Es la compañera de sangre de Sergio.

—¿Quién haría algo así? —gritó Oliver.

—Ahí —respondió Cain, y señaló un punto en el suelo a unos metros de distancia.

Thomas se volteó para mirar, y notó la fina capa de ceniza que cubría el suelo. En medio yacían unas monedas, un anillo de bodas y unas llaves, cosas que permanecerían cuando un vampiro encontrara su fin.

—Alguien le clavó una estaca a su compañero —supuso Cain.

—Y luego la mataron a ella y al bebé —añadió Oliver.

Un gorgoteo apenas perceptible salió de la mujer en el suelo. La mirada de Thomas se dirigió hacia ella.

—¡Silencio! —ordenó a sus compañeros y escuchó atentamente. ¡Un latido! No era demasiado tarde.

—¡Traigan a Maya! ¡Ahora!

Mientras Oliver marcaba rápidamente en su celular, Thomas se inclinó sobre la mujer y la desató de la silla, luego la ayudó a recostarse en el suelo. Le susurró:

—Estamos aquí. Te vamos a cuidar.

Un aliento sopló contra su mejilla.

—Mi bebé.

Ella intentó levantar la mano, pero volvió a caer al suelo.

Thomas le puso la mano sobre las heridas del vientre, intentando detener la hemorragia.

—Haremos todo lo que podamos. ¿Me escuchas? Solo aguanta. —Luego se volvió hacia Oliver, que había terminado su llamada—. ¿Cuánto tiempo?

—No está lejos. Cinco minutos, diez máximo.

—Mi bebé —volvió a gemir la mujer—. Salva a mi bebé.

Thomas bajó la cabeza hasta el vientre de la mujer y escuchó, con las manos aún sobre ella. Todo lo que podía oír era la respiración débil e irregular de la mujer herida. Nada más. Cerró los ojos, tratando de alejar el dolor que lo asaltaba. Un inocente había muerto esta noche. Si tan solo hubiera conseguido antes la descripción de los cuatro tipos, tal vez esto podría haberse evitado..

Algo golpeó contra su mano. Thomas abrió los ojos de golpe. Ahí estaba de nuevo, un movimiento diminuto: un latido. Débil, pero allí estaba.

—¡El bebé está vivo! —Se volvió hacia Cain y Oliver—. Hagan algo de presión sobre sus otras heridas; tenemos que intentar detener la hemorragia o los perderemos a ambos.

Cain y Oliver entraron en acción, cada uno de ellos presionando sus manos sobre las heridas abiertas en el torso y el cuello de ella.

—Dale un poco de sangre —le ordenó Thomas.

Oliver se llevó la muñeca a la boca y la mordió. Al instante goteó sangre de las dos heridas punzantes que le habían hecho sus colmillos. Rápidamente, acercó la herida abierta a la boca de la mujer, pero ella giró la cabeza para alejarla de él.

—¡Bebe! —le instó.

Una lágrima corrió por su mejilla.

—Sergio. —Su voz se quebró—. ...lo hizo mirar. —Un gorgoteo salió de su garganta—. Lo hizo elegir.

Thomas cerró los ojos, horrorizado. Los recuerdos de su pasado volvieron a él: ya había visto una escena similar, donde un vampiro había sido obligado a elegir entre su hijo y su pareja. Y los había perdido a ambos. Solo había conocido a una persona tan cruel y despiadada como para hacer algo así. Una persona que ahora estaba muerta. Pero su maldad seguía viva. Viva en sus seguidores. Y ellos trataban de enviarle un mensaje.

Los minutos transcurrieron hasta que se dio cuenta de que no podía haber hecho nada para evitarlo. Lo habían planeado todo desde el principio: mostrarle el alcance de su poder y hasta dónde llegarían para hacerle comprender que su oferta de unirse a ellos no era una oferta, sino una orden: *únete a nosotros o todos tus conocidos morirán.*

—Hazla que beba —le ordenó a Oliver una vez más, pero por mucho que su amigo lo intentó, la mujer se negó.

—Hazlo por tu hijo, si no por ti misma. Si mueres antes de que podamos sacar a tu bebé, él morirá también —le suplicó Thomas—. ¡Por favor!

Los ojos de la mujer lo miraron fijamente. ¿Lo había oído? ¿Lo escucharía?

18

Maya llegó al mismo tiempo que Eddie y Gabriel entraban corriendo en la trastienda de la librería. Conmocionada, contempló la escena en la pequeña oficina por un segundo, luego entró en acción y se arrodilló junto a la mujer de un salto.

—¿Puedes sentir los latidos del bebé?

Thomas asintió.

—Se está debilitando. —Señaló las puñaladas en el vientre—. Lo más probable es que el cuchillo también hiriera al feto —susurró, inclinándose más hacia Maya para que la compañera de Sergio no lo oyera. Si pensaba que su bebé no sobreviviría, probablemente se rendiría de inmediato.

Maya se inclinó sobre la mujer y le puso dos dedos en el cuello para tomarle el pulso.

—¿Alguien le dio sangre de vampiro?

—Oliver lo hizo. Pero ella no bebió mucho.

Maya lo miró con seriedad.

—Tendremos que convertirla para salvarla. Sus heridas son demasiado graves. No podemos curarla.

—Tenía miedo de que dijeras eso. Supuse lo mismo. —Thomas volvió a mirar el rostro de la mujer. Por fin recordó su nombre: Helen. Ahora tenía los ojos cerrados.

—Primero tengo que sacar al bebé. Si la convertimos con el bebé dentro de ella, él morirá —continuó Maya.

—¿Qué puedo hacer?

Maya tomó su bolso y trasculcó dentro de él.

—No tengo bisturí, y no hay tiempo para traer uno de mi oficina. Necesito un cuchillo.

—¿Vas a hacerle una cesárea? —Thomas sintió que lo recorría un escalofrío. Sin anestesia, Helen sufriría un dolor insoportable.

—No podemos sacar al bebé por el canal del parto. Tardaría demasiado. —Miró la cara de Helen—. Ella no tiene tanto tiempo.

Thomas sacó el cuchillo de plata de su bota y se lo entregó a Maya, con cuidado de que no tocara la hoja. Notó cómo ella tragaba saliva y cómo temblaba su mano. Él la rodeó con su palma mientras ella agarraba el cuchillo y lo apretaba.

—Si alguien puede hacerlo, eres tú.

—Está en estado de shock. No sentirá mucho esto. Pero, por si acaso, necesito que la distraigas. ¿Puedes usar control mental con ella?

Thomas asintió. Por el rabillo del ojo, vio cómo sus colegas los miraban con la respiración contenida.

—Dennos un poco de espacio, por favor. Y que alguien nos consiga algo limpio para envolver al bebé.

Luego se concentró en Helen, posando la mano en su frente. Profundizando en sí mismo, se acercó a ella.

Helen, ¿puedes oírme?

Se oyó un suave murmullo.

Sientes que unas manos suaves te acarician, masajeando hasta disipar todo dolor. Tu cuerpo se relaja e inhalas un respiro purificador. Sientes que toda la tensión fluye de ti, que toda la ansiedad desaparece.

Una y otra vez, repitió las palabras en su mente y notó cómo se calmaba la respiración de Helen. Por un instante, miró hacia atrás, hacia donde Maya sea inclinaba sobre su vientre, abriéndola con la navaja de plata. Notó cuán cuidadosamente Maya cortaba la piel y el músculo, sin ir demasiado profundo para no lastimar al bebé que estaba dentro.

Cuando Maya apartó el cuchillo y metió las manos en el vientre de Helen, Thomas giró la cabeza. No necesitaba ver esto. En cambio, redobló sus esfuerzos por calmar a Helen con la mente, controlar sus sensaciones, sus sentimientos y, con ellos, su vida.

Los segundos transcurrían, pero parecían horas. Entonces, un grito agudo cortó el silencio de la habitación. Los ojos de Helen se abrieron de golpe.

—Es hermosa —anunció Maya—. Hermosa y saludable.

Thomas miró el bulto ensangrentado y en movimiento que Maya sostenía entre sus manos, con el cordón umbilical aún unido a él.

—Mi bebé —susurró Helen, con la respiración agitada.

Maya recostó a la bebé sobre el pecho de su madre y Helen la miró.

—La bebé tuvo suerte; el cuchillo no la alcanzó en ningún lado —le dijo Maya a Thomas en voz baja. Continuó en voz baja—. Conviértela ahora. Hazlo.

Thomas negó con la cabeza. No podía hacerlo. Su sangre era malvada y nunca sometería a Helen al mismo tipo de batallas que él libraba todos los días.

—Cain, por favor. Tienes que hacerlo.

Cain se agachó al instante y abrió la muñeca, pero Helen volvió la cabeza.

—Sergio está esperando...

—¡No! —dijo Thomas—. ¡No! ¡Helen! Tu bebé te necesita.

Cain lo miró, vacilante.

—¿Qué quieres que haga?

—Sergio... —susurró mientras su último aliento se escapaba de sus pulmones y su cabeza rodaba hacia un lado.

Thomas sintió que una lágrima rodaba por su mejilla. Presionó su mano en el cuello, buscando el pulso. Luego levantó la cabeza.

—Se ha ido.

—Tenemos que cortar el cordón umbilical. Ahora —dijo Maya y volvió a tomar el cuchillo.

Thomas la agarró de la muñeca y la detuvo—. Es de plata. La bebé lo sentirá.

—¿Y entonces? —Dejó que su mirada vagara por la habitación.

—Tus garras, córtalo con tus garras —sugirió Thomas.

La niña volvió a llorar y Thomas le pasó la mano por la cabeza, calmándola, mientras Maya cortaba el cordón umbilical con sus garras. Thomas levantó a la bebé del pecho de su madre muerta y miró hacia arriba.

—¿Tenemos algo para envolverla? ¿Una toalla? ¿Algo limpio?

Oliver salió corriendo de la tienda, con dos grandes hojas de papel en las manos.

—Toma, es todo lo que pude encontrar.

Thomas lo miró fijamente.

—¿Papel de regalo?

Oliver se encogió de hombros.

—Está limpio y es casi tan suave como un pañuelo.

Al no tener otra opción, Thomas tomó el papel de las manos de Oliver y envolvió a la niña en él, luego la estrechó contra su pecho, meciéndola.

Cuando oyó pasos apresurados procedentes de la tienda, su cabeza giró hacia la puerta. Un momento después, Samson entró corriendo, con los ojos clavados en el cuerpo que había en el suelo, y luego en el bebé que Thomas tenía en brazos.

—¿Sergio? —preguntó.

Gabriel señaló el polvo en el suelo.

—Tenemos que asumir que le clavaron una estaca. Su compañera dijo que lo obligaron a mirar.

Samson cerró los ojos.

—Oh, Dios.

Era fácil ver lo que pensaba: siendo él mismo un vampiro con lazos de sangre, padre de una niña pequeña, el horror de lo que Sergio debió haber sentido estaba escrito en el rostro de Samson. Cuando abrió los ojos, dio sus órdenes.

—Gabriel, llama al alcalde. Esto no puede hacerse público. Scanguards se encargará de la limpieza y la investigación. Necesitamos nuestro propio equipo forense. Haz que el alcalde nos despeje el camino y que use sus poderes para mantener a la policía al margen. Tenemos que averiguar quién hizo esto.

—Ya sabemos —anunció Cain.

Samson giró la cabeza hacia Cain.

—¿Quién?

—Cuatro de los recién llegados. Oliver y yo los vimos entrar antes por la noche.

—¿Y no los detuviste? —ladró Samson.

Thomas se levantó.

— No estaban haciendo nada sospechoso. Cain y Oliver no tienen la culpa. Yo sí.

—¡Explícate!

—Vi a esos cuatro anoche, de patrulla. No pude verlos muy bien. Pero sabía que algo no estaba bien. No los subí a la base de datos hasta esta noche. Cain y Oliver no sabían que ya estaban en nuestra lista de personas a vigilar.

—¡Habría esperado algo mejor de ti! —espetó Samson.

Eddie dio un paso adelante.

—Si esto es culpa de Thomas, entonces también es culpa mía. Yo patrullaba con él. Y es verdad, no pudimos verlos bien. Solo sus voces.

Sorprendido de que Eddie saliera en su defensa, Thomas lo miró.

—Sea como sea, conocen el procedimiento. Los dos.

Eddie asintió, bajando la cabeza.

—¿Qué oíste? —preguntó Samson, volviendo a mirar a Thomas.

—Hablaban de adquisiciones. Y de un jefe. Solo fragmentos. No hay mucho en lo que basarse. —Pero había sonado sospechoso, sobre todo porque ahora sospechaba que eran discípulos de Kasper, aunque no podía decírselo a los demás. Samson tenía razón al reprenderle. Debería haberlo informado de inmediato. Y como guardaespaldas de mayor rango en Scanguards, era su deber, no el de Eddie.

—Formaremos un equipo para buscarlos —anunció Samson. Luego miró a la bebé en brazos de Thomas—. ¿Qué vamos a hacer con la bebé?

—Tengo una idea —dijo Maya, mirando fijamente a Gabriel. Pasó un segundo y su compañero asintió. Sonrió y anunció—: Ella tendrá un buen hogar, con unos padres que la amarán como si fuera suya.

19

Cuando el equipo forense llegó a la librería de Sergio y recogió toda la evidencia, Thomas ya había repasado sus decisiones cien veces en su mente. ¿Habría podido evitar esta tragedia?

Subió a la acera e inhaló el aire fresco de la noche. El bar de enfrente había cerrado, y su moto y la de Eddie eran las únicas estacionadas allí. Cuando oyó unos pasos a su lado, giró la cabeza y vio que Cain se le acercaba.

—Lo habrían hecho de todos modos —dijo Cain.

—¿Qué?

—Esos cuatro vampiros. Si no era esta noche, lo habrían hecho en otra ocasión. Parecía algo deliberado. Planeado. Y no podemos estar en todas partes al mismo tiempo. Incluso si esas descripciones hubieran estado disponibles antes, no hay garantía de que Oliver y yo hubiéramos podido detenerlos o estar lo suficientemente cerca de ellos como para saber qué estaban haciendo hasta que ya fuera demasiado tarde.

Cain puso la mano en el hombro de Thomas y apretó.

Thomas soltó una carcajada amarga.

—Eso no me hace sentir mejor.

Porque seguía sin borrar el hecho de que el crimen llevaba la firma de

Kasper por todas partes. ¿Intentaban enviarle un mensaje? ¿Era una amenaza directa?

—Tú y Maya salvaron al bebé. ¿Eso no vale algo?

Lentamente, asintió. Al menos se había salvado un inocente.

—Lo vale. Buenas noches, Cain.

—Buenas noches, Thomas.

Con el corazón encogido, Thomas cruzó la calle y se acercó a su motocicleta. Metió la llave en el candado y se subió, cuando notó que algo estaba mal. Miró hacia abajo, a las llantas.

—¡Mierda!

Thomas saltó de la moto e inspeccionó los daños. Alguien había ponchado las dos llantas, la de adelante y la de atrás, y estaban desinfladas por completo. Enojado, golpeó su bota contra el neumático trasero. ¿Por qué le habían ponchado las llantas? ¿Era este otro mensaje?

—¿Qué pasó? —Eddie se dirigió a él desde atrás.

—Un pendejo me ponchó las llantas.

Eddie apareció y miró la moto.

—¡Oh, mierda!

Thomas se pasó la mano por el pelo y cerró los ojos un momento. Luego miró a Eddie.

—¿Puedes llevarme a casa para sacar la camioneta?

Los ojos de Eddie parpadearon en la oscuridad. El momento de vacilación le confirmó a Thomas que sentía aprensión por volver a estar físicamente cerca de él. Thomas estaba a punto de decir que podía tomar un taxi, cuando Eddie asintió de repente.

—Claro, no hay problema. Súbete.

Eddie montó en la moto y subió el caballete con el pie izquierdo antes de girarla hacia la calle, luego giró la llave. Thomas se colocó detrás de él y rodeó la cintura de Eddie con los brazos. Cuando la moto aceleró y entraron en la calle, Thomas se sintió sacudido hacia atrás y apretó con más fuerza la cintura de Eddie. Se dio cuenta de que, como tantas otras veces, Eddie no se había puesto el casco. A los dos les gustaba conducir sin él, y esta noche el aire fresco que le pasaba por las orejas era exactamente lo que Thomas necesitaba.

No recordaba cuándo había montado por última vez en la parte trasera de la moto de otra persona, pero sí que nunca le había gustado demasiado. Pero esta noche se alegraba de no tener que concentrarse en el tráfico y, en cambio, dejaba vagar sus pensamientos.

Aferrarse a Eddie le proporcionaba una extraña sensación de paz y consuelo. De sentirse a salvo, cuando sabía que nunca estaba realmente a salvo, ni de las amenazas externas que provenían de los discípulos de Kasper, ni de la amenaza que representaba el poder oscuro de su interior. Aun así, sentir el calor del cuerpo de Eddie filtrarse en su pecho, le daba una sensación de hogar que no había sentido en mucho tiempo. Porque Eddie representaba el hogar para él.

Thomas suspiró y acercó su rostro a Eddie, inhalando el aroma de su cabello y su piel, su olor masculino. Por voluntad propia, sus muslos se apretaron con más fuerza contra el exterior de los muslos de Eddie, y le pareció que Eddie respondía presionándose de vuelta contra él. En cada punto donde sus cuerpos se conectaban, Thomas sentía como si estuviera en llamas. Si no se bajaba pronto de la moto y se alejaba del tentador cuerpo de Eddie, se consumiría. O cometería una estupidez, como tirar a Eddie de la moto en el siguiente semáforo y destrozarlo.

Cuando la motocicleta se inclinó en la siguiente curva, la mano de Thomas resbaló y aterrizó en el muslo de Eddie. La agarró para sostenerse hasta que Eddie salió de la curva, enderezando de nuevo la moto. Bajo la palma de su mano, los músculos de Eddie se flexionaron y pudo sentir cómo su cuerpo se ponía rígido, como si tratara de protegerse de un ataque.

Decepcionado por la reacción de Eddie, Thomas retiró su mano del muslo de Eddie y volvió a llevársela a la cintura. La chamarra de Eddie estaba abierta por delante, y la mano de Thomas se deslizó accidentalmente dentro, sintiendo los duros músculos abdominales bajo la camiseta de Eddie. El calor irradió hacia su palma cuando dejó que vagara su mano. Tenía tantas ganas de tocarlo, de explorar su cuerpo, de excitarlo de nuevo.

Thomas movió las caderas y, sin querer, se balanceó contra Eddie. Un gruñido salió de los labios de Eddie. Rápidamente, Thomas puso entre ellos tanta distancia como le permitía el asiento de la moto, y se alegró cuando por fin dieron la vuelta en su calle.

Eddie presionó el mando de la puerta del garaje y el portón se levantó. Entró y detuvo la motocicleta. Thomas se bajó de un salto lo más rápido que pudo mientras Eddie apagaba el motor y activaba el caballete, estacionando el vehículo al mismo tiempo que se bajaba de él.

Sin mirarle, Eddie preguntó:

—¿Necesitas ayuda para transportar la moto de vuelta?

Thomas se dirigió a la camioneta y abrió la puerta.

—No. Estoy bien.

Casi pudo oír el silencioso suspiro de alivio que soltó Eddie mientras se dirigía hacia las escaleras que llevaban a la casa. Estaba claro que Eddie no podía alejarse de él lo suficientemente rápido.

Thomas subió a la camioneta y cerró la puerta de golpe. De todos modos, era mejor que estuviera solo. En su estado actual, no había forma de saber lo que le haría a Eddie.

20

La bebé, ya limpia, vestida y envuelta en una manta limpia, estaba durmiendo. Cain la observó mientras se acercaba a la puerta del jardín y la abría. El ladrido de varios perros resonó de inmediato, alertando a los ocupantes de la pequeña cabaña. La bebé empezó a lloriquear, y Cain la meció suavemente.

—Espero que Maya tenga razón —murmuró Cain para sí mismo mientras llegaba a la puerta principal y tocaba el timbre.

Solo tuvo que esperar unos segundos antes de que se abriera la puerta. Haven, el compañero de Yvette, llenaba el marco de la puerta. Detrás de él, dos cachorros de labrador ladraban de emoción y correteaban entre sus piernas. Un perro más grande asomó la cabeza por la puerta de la cocina, contemplando el espectáculo antes de volver a desaparecer.

—¿Cain? Qué sorpresa —lo saludó Haven.

Desde la sala, la voz de Yvette llamó:

—¿Quién es?

—Es Cain, cariño.

Cain retiró la manta de la cabeza de la bebé y la volteó para que Haven pudiera verla.

—Vengo con regalos.

Los ojos de Haven se abrieron de par en par al mirar a la bebé y luego a Cain. Bajó la barbilla y dio un paso atrás.

—Será mejor que entres.

Cuando Cain entró a la sala, con Haven siguiéndolo de cerca con los cachorros a cuestas, casi chocó con Yvette. Ella llevaba unos leggins que acentuaban sus largas y delgadas piernas, y una camiseta informal—sin sostén, se dio cuenta al instante. Aún así, sus tetas eran firmes. Haven era un bastardo con suerte por haber conseguido a semejante belleza como compañera. Cain no pudo evitar imaginarse cómo sería acostarse con una mujer así. Aunque, claro, jamás se atrevería a tocar a la pareja de otro vampiro. Eso era prácticamente una sentencia de muerte para quien lo intentara.

—Hola, Yvette. Lamento molestar tan tarde, pero hubo un incidente.

Yvette inhaló bruscamente y sus ojos se clavaron en el bulto que llevaba en brazos. Su boca se abrió más.

—¡Dios mío!

Cain miró a la preciosa bebé que cargaba.

—Es una híbrida. Sus padres fueron asesinados esta noche. No tiene otra familia. Maya tuvo que sacarla del vientre de su madre agonizante. Es una bebé perfectamente sana.

Yvette extendió los brazos hacia la bebé, y Cain se la entregó con cuidado.

—Qué horrible —dijo Haven—. ¿Qué pasó?

—Cuatro de los recién llegados que hemos estado rastreando atacaron a Sergio en su librería, lo mataron y apuñalaron a su compañera de sangre. Es un milagro que la bebé sobreviviera. Tenemos una descripción de ellos y estamos investigando.

Yvette acarició el suave pelo de la cabeza de la bebé.

—Es perfecta.

Sus ojos brillaron húmedos mientras levantaba la mirada para buscar los ojos de Haven.

Cain sonrió, aliviado por la reacción de Yvette con la bebé. Dejó la bolsa que llevaba al hombro sobre el sofá y apuntó hacia ella.

—Delilah empacó algunas cosas esenciales. Pañales, fórmula, ropa. Solo para que comiencen.

—¿Para que comencemos? —se hizo eco Haven.

—Sí. Eso, si la quieren. Necesita un hogar. —Su mirada pasó de Haven a Yvette—. Y una buena madre.

Una lágrima rodó por el rostro de Yvette y sus labios se entreabrieron, pero no salieron palabras. Haven la rodeó con el brazo y besó la cima de su cabeza. Luego miró a Cain, también con los ojos húmedos.

—Por supuesto que la queremos. Será como nuestra propia sangre. Te lo prometo—. La voz de Haven se quebró.

Un sollozo brotó del pecho de Yvette cuando levantó la cara hacia su compañero.

—Gracias.

Se estiró para plantar un beso en los labios de Haven.

—Cariño, no me lo agradezcas. Agradece al destino por habernos bendecido con este regalo. —Acarició con la mano la cabeza de la bebé—. Es preciosa. Gracias, Cain. No puedo expresarte lo que esto significa para nosotros.

Cain reprimió los sentimientos que amenazaban con vencerlo. No era de los que se dejaban llevar por sus emociones, pero la escena frente a él tocaba incluso las fibras más profundas de su corazón. Yvette resplandecía como si ella misma hubiera dado a luz esa noche. No le preocupaba la niña que tenía en brazos. Crecería en un hogar lleno de amor, con unos padres que la adorarían y protegerían. Ahora estaría a salvo.

Intentando aliviar la atmósfera lacrimógena en la habitación, Cain quiso hacer un chiste.

—Y más les vale educarla con mano más firme que a esos perros suyos.

Señaló a los dos cachorros que correteaban en círculos, se frotaban contra sus piernas y tiraban de sus pantalones como si él fuera su nuevo juguete favorito.

Haven sonrió.

—Ah, esos... sí, cometimos algunos errores con ellos. —Hizo una pausa—. ¿Quieres uno?

Cain levantó las manos.

—¡Tienes que estar de broma! No voy a dejar que esos bichitos causen estragos en mi casa.

Haven se encogió de hombros y soltó una risita.

—Valía la pena intentarlo.

—Quizás a la bebé le guste jugar con ellos.

Yvette sonrió.

—¿Ya tiene nombre?

Cain negó con la cabeza.

—No hubo tiempo. Ahora son sus padres. Ustedes decidan.

—Gracias, Cain.

Estaba a punto de volverse hacia la puerta, cuando la voz de Yvette lo detuvo.

—Una pregunta más: ¿quién sugirió que la criáramos?

—Maya.

Otro sollozo brotó del pecho de Yvette, mientras repetía el nombre.

—Maya.

21

El viaje de casi tres horas en la motocicleta parecía eterno, cuando debería haber pasado en un suspiro. Eddie había buscado la dirección y había salido en cuanto el sol se puso sobre el Pacífico. Podría haber tomado la camioneta polarizada y salir de día, pero necesitaba sentir el viento pasar junto a su cuerpo. Le daba una sensación de libertad que no encontraba encerrado en un auto. Aunque, claro, eso no aclaraba sus ideas. Seguían tan confusas como siempre. Si no más que antes.

Cuando había visto a Thomas luchar por la vida de la mujer embarazada y su hijo, su corazón se rompió por él. Sintió el dolor de Thomas como si fuera suyo. Thomas los conocía a ella y a Sergio, y aunque no eran amigos cercanos, Eddie percibió la compasión que brotaba del corazón de Thomas. Thomas se sentía responsable por lo que había pasado.

El viaje de regreso a casa en la motocicleta, con Thomas abrazándolo por detrás, había sido una tortura. Quiso apoyarse en él, hacerle saber que, sin importar el dolor que Thomas sintiera, Eddie estaría ahí para consolarlo. Pero cuando sintió la dura silueta de la erección de Thomas contra su trasero, entró en pánico y aceleró hasta llegar a casa tan rápido como lo permitía la máquina entre sus piernas. Quería ser amigo de Thomas, pero no podía ofrecerle más que eso. Thomas tenía que entenderlo. Nunca podría haber algo más entre ellos, porque lo que Eddie ahora sentía solo podía ser efímero. Alguna confusión temporal de su parte.

Eddie se detuvo frente a un gran edificio de dos pisos, sin ventanas, parecido a un búnker. Estaba escondido al final de un camino de tierra, en algún lugar al noreste de Sacramento, en las estribaciones de las Sierras. Apagó el motor y se desmontó, quitándose el casco y asegurándolo en el manubrio.

El edificio parecía deshabitado y oscuro. Ni una sola luz llamaba la atención en el exterior. Miró a su alrededor para ver si había alguien más en las inmediaciones, y al no notar ninguna presencia, Eddie se dirigió hacia la puerta de entrada. Era una simple puerta de metal gris, sin ninguna inscripción. Como si las únicas personas que llegaban aquí ya supieran lo que había detrás de esas paredes.

La puerta zumbó y Eddie tiró de ella para abrirla. Su visita había sido anunciada, y estaba seguro de que había cámaras instaladas a lo largo del perímetro del edificio para alertar a los ocupantes de cualquier visitante o intruso.

Mientras caminaba por el oscuro pasillo y oía la puerta cerrarse con fuerza tras él, Eddie aspiró. Olía a limpio y estéril, y no a humedad o moho como había esperado. Llegó a otra puerta y de nuevo sonó un timbre que le permitió entrar.

Entró en una habitación intensamente iluminada y entrecerró los ojos un momento, dejando que se adaptaran a la abundancia de luz. La sala era una recepción con un mostrador y varias sillas que se veían incómodas. Estaba claro que este lugar no estaba hecho para la comodidad ni el lujo. Ningún centro penitenciario lo estaba.

El vampiro detrás del mostrador asintió con la cabeza hacia él.

—¿Nombre?

—Eddie Martens.

Miró el portapapeles que tenía delante y palomeó algo con un bolígrafo.

—Llegas tarde.

—El tráfico...

—Firma aquí. —El empleado le entregó el portapapeles y señaló una línea.

Eddie firmó y le devolvió la pizarra y el bolígrafo al cortante vampiro.

—Tendrás quince minutos con el prisionero. —El vampiro señaló una puerta gris.

Eddie se dirigió hacia ella y la abrió. Entró, y la puerta se cerró tras él con un estruendoso golpe. La sorpresa lo hizo irse para atrás hasta catapultarse contra la puerta. Esperaba que lo condujeran por otro pasillo. En vez de eso, se encontró en una sala vacía con dos sillas. Una de ellas estaba ocupada.

—¡Eddie! —Luther se levantó de un salto, aparentemente sorprendido y contento al mismo tiempo—. No me dijeron quién me visitaba.

Eddie levantó una mano, impidiendo que Luther pudiera acercarse más.

—Luther.

Lo recorrió con la mirada. Vistiendo un overol gris de presidiario, el rostro de Luther parecía apagado, sin vida. Como si hubiera perdido las ganas de vivir. La chispa que brilló en sus ojos en cuanto vio entrar a Eddie, parecía haberse desvanecido de nuevo.

—¿Cómo has estado? —preguntó Luther—. ¿Te tratan bien?

Eddie asintió.

—Scanguards ha sido bueno conmigo. —Se apartó de la puerta—. ¿Y tú?

Luther se encogió de hombros.

—Sigo vivo. —Suspiró—. Pero, de algún modo, tengo la sensación de que no viniste a preguntar cómo estoy.

—Tienes razón. Me han dado quince minutos contigo. Así que no perdamos el tiempo con cortesías que ninguno de los dos quiere fingir.

—No lo hagamos —confirmó Luther.

—Quiero saber qué me hiciste.

Luther arqueó una ceja como si no entendiera la pregunta.

—¿Qué te hice? ¿Te importaría explicarme qué quieres decir con eso?

—Durante mi transformación. Algo te salió mal.

Luther movió la cabeza de un lado a otro.

Por lo que veo, saliste muy bien. Un vampiro perfecto. Fuerte. Invencible. —Hizo una pausa—. Aunque un poco testarudo, pero ya eras así desde que eras humano.

Eddie apretó los dientes.

—Cambiaste algo más de mí. Cómo me siento. Lo que siento. —Carajo, no había forma fácil de decirlo. No había palabras que pudieran hacerlo menos humillante. ¿Tendría que deletrearlo?

—Me temo que me has perdido. Eddie, si hay algo que quieras saber es mejor que me lo preguntes directamente. Me temo que mi capacidad para leer la mente no sirve para una mierda. —Luther lo miró como si quisiera retarlo a un combate.

—Cambiaste algo en mí. Cambiaste mis... mis deseos —soltó con esfuerzo.

—¿Estamos hablando de sed de sangre?

¡Cómo podía alguien ser tan obtuso! Eddie hizo un gesto impaciente con la mano.

—No estoy hablando de la pinche sed de sangre. Estoy hablando de quién me atrae.

Poco a poco, una de las cejas de Luther se arqueó. Su expresión cambió, mostrando que por fin había entendido.

—Ah, ya entiendo. Cambiaste de bando.

Eddie dio un paso hacia Luther y le clavó el dedo índice en el pecho.

—¡No fue mi decisión! Tú...

—Nunca lo es —interrumpió Luther—. Ser gay nunca ha sido una decisión. Nadie elige ser homosexual, ni tampoco ser heterosexual. Es la naturaleza.

La palabra le caló: *gay.*

—¡No soy gay!

—Ah, así que tienes *tendencias homosexuales*, como ese predicador. ¿Cómo se llamaba?

Eddie ignoró a la pregunta, su ira iba en aumento ante la actitud displicente de Luther hacia su problema.

—Pensé que, que como mi señor, deberías apoyarme. ¡Lo arruinaste todo! Tú me hiciste así. Ahora cámbiame de vuelta a como era antes.

Luther se balanceó sobre sus talones.

—¿Cómo eras antes? Eddie, sigues siendo como siempre. Convertirte en vampiro no cambió quién eres, ni a quién amas. Lo que sea que sientas ahora, ya estaba ahí cuando eras humano. Latente, tal vez. Pero ya lo llevabas dentro.

Eddie empujó con la mano el hombro de Luther, haciendo que retrocediera varios pasos.

—¿Qué estás diciendo? ¿Que era un marica de mierda cuando era humano? ¡Te aseguro que no lo era! ¡Nunca miré a otro hombre! Me encantaban las mujeres.

—Te encantaban, ¿verdad? Pues debiste tener novias a diestra y siniestra. Con tu aspecto y todo, seguro te seguían como abejas a la miel. ¿Qué tal? ¿Mucho sexo? —Una expresión burlona se dibujó en el rostro de Luther.

Eddie aspiró hondo y sus pensamientos se remontaron a su adolescencia, a sus primeros años de virilidad. Había tenido una que otra novia, y sin duda había estado antes con mujeres, pero nunca fue promiscuo. Simplemente no era su estilo. Siempre había respetado a las mujeres y no era de los que se aprovechaban de ellas. De hecho, tenía muchas amigas.

—Ya veo —continuó Luther—. No tanto, ¿eh? Supongo que después de todo no te gustaba tanto cogértelas, ¿verdad?

Eddie, furioso, empujó a Luther contra la pared.

—¡Te equivocas! Que no me acueste con cualquiera no significa que no ame a las mujeres.

—¡No te engañes, Eddie! Si ahora te gustan los hombres, es porque tu verdadera naturaleza está saliendo a la luz.

Ante los ojos de Eddie apareció la imagen de Thomas semidesnudo frente al lavabo del garaje. Un rayo de deseo le recorrió la ingle, llenando de calor cada célula de su cuerpo. De pronto, le faltaba el aire.

Por desgracia, su señor era perspicaz como el mismísimo infierno.

—Oh, así que no es cualquier hombre. Es uno en particular. ¿Quién es el que te llama la atención? ¿Lo conozco?

—¡No hay nadie! —mintió Eddie.

—Mentir no te sienta bien. Tampoco se te da muy bien. —Luther señaló la prisión que lo rodeaba—. Si no estuviera encerrado aquí, te habría enseñado. Pero tuve que dejarte con Scanguards para que continuaran tu educación. —Esbozó una sonrisa torcida.

—Me prometiste que me harías fuerte, invencible. ¡Esto no estaba en el trato!

—No, no estaba en el trato, pero no fue cosa mía. ¿No puedes meterte eso en tu testaruda cabeza? Parece que no. Porque como vampiro eres aún más terco que como humano. Los rasgos que tenías antes se intensifican al convertirte. Así funciona. Podías reprimir tus sentimientos por los hombres cuando eras humano, pero ahora, como vampiro, ya no puedes hacerlo. Tus deseos son más fuertes y seguirán creciendo cada día. Solo ríndete y sal del clóset.

—¡No! —gritó Eddie. No podía aceptar eso. Tenía que haber otra explicación.

La frustración aullaba en sus entrañas. Sus colmillos descendieron y sus manos se cerraron en puños. Se miró a sí mismo golpeando con el puño derecho la cara de Luther, haciendo que su cabeza girara hacia un lado.

—¡Tú me hiciste esto!

Luther lo empujó de nuevo al centro de la habitación y avanzó hacia él.

—¿Quieres pelear? Hagámoslo. Pero no cambiará los hechos.

Su señor lanzó un derechazo que impactó bajo la barbilla de Eddie.

Eddie saboreó la sangre cuando sus propios colmillos perforaron su labio. Eso solo lo enfureció más. Agarró a Luther por los hombros y lo catapultó contra la pared a varios metros de distancia. Luego saltó sobre él y lo golpeó con los puños. Pero Luther no era un saco de boxeo. Contraatacó con sus garras, abriendo profundas marcas en el pecho y los brazos de Eddie.

El olor a sangre llenaba la habitación, y los fuertes gruñidos se mezclaban con el sonido de la respiración, rebotando en las paredes de la habitación casi vacía.

—Entonces, ¿quién es tu amante? —preguntó Luther, provocándolo.

Entrecerrando los ojos y apretando la mandíbula, Eddie dio un golpe en la sien de Luther. Sus nudillos crujieron con el impacto, pero ignoró el dolor y siguió golpeando a su señor, aunque sabía que no importaba cuántos puñetazos lanzara, eso no cambiaría lo que sentía. No haría desaparecer los sentimientos que tenía por Thomas.

—¿Es un vampiro?

—¡Te voy a cerrar la jodida boca si no puedes hacerlo tú mismo! —

respondió Eddie, lanzando otro golpe, esta vez dirigido a la boca de Luther, con la intención de devolverle las palabras. Pero Luther esquivó el ataque y, en cambio, le dio un puñetazo en el costado, haciéndolo tambalear.

Las burlas de Luther no cesaron.

—¿Es bueno?

Furioso, Eddie luchó por recuperar el equilibrio y se lanzó sobre Luther, derribándolo al suelo.

—¿Eres tú al que se la meten o es a él?

—¡Jódete! —gritó Eddie y lo inmovilizó contra el suelo.

Luther sonrió a través de la sangre que corría por su labio agrietado.

—No, ¡jódetelo a él! Porque de eso se trata, ¿no? Quieres cogértelo, pero necesitas una excusa, porque no puedes admitir lo que eres. Quieres echarle la culpa a alguien más de lo que sientes.

Eddie se echó hacia atrás, respirando con dificultad, con el corazón acelerado. Pero la furia lo abandonaba, traicionándolo como ratas huyendo de un barco que se hunde. Estaba perdiendo esta batalla.

—Me dijeron que te asignaron un mentor. ¿Por qué no le preguntaste? Podría haberte dicho lo mismo que yo. Te habrías ahorrado el viaje.

Eddie evitó su mirada y se levantó. Se limpió la sangre del rostro con el dorso de la mano, respirando con dificultad.

Entonces, una breve carcajada brotó de los labios de Luther.

—Ah, ahora lo entiendo. No pudiste preguntarle, ¿verdad? No pudiste preguntarle a Thomas, porque todo esto es por él. Él es el que te interesa.

—¡Jódete! —siseó Eddie, presionando el botón junto a la puerta para que lo dejaran salir.

Un instante después, dejó atrás a Luther y la prisión. ¿Tenía razón Luther? ¿Siempre había tenido *tendencias homosexuales* como humano? Eddie recordaba su primera infancia y a sus amigos de entonces. Él y Nina vivían con padres adoptivos, pero sus primeros años en hogares de acogida no habían sido nada fuera de lo normal. Había sido igual que otros niños pequeños: curioso. ¿Acaso no todos los niños jugaban a ser doctores y exploraban los cuerpos de los demás? A veces él y otro niño jugaban así, tocándose con curiosidad. Claro, todo se detuvo cuando su madre adoptiva los descubrió y mandó al otro chico a casa. Nunca más le permitió visitarlo, y a Eddie le prohibieron ver la tele por una semana. Esa lección quedó grabada en él, y nunca lo hizo de nuevo.

Más tarde, cuando se unió al equipo de lucha de su instituto, siempre se sintió incómodo en los vestidores. Sobre todo, porque a veces tenía erecciones en los momentos más inoportunos. Era vergonzoso, y algunos chicos a menudo lo dejaban fuera de las duchas por eso y le cerraban con llave, pues no lo querían ahí mientras ellos se bañaban. Lo molestaban porque su cuerpo hacía cosas que no podía controlar.

Entonces dejó el deporte, y Nina se decepcionó. Lo acusó de no ser capaz de comprometerse con nada. Por supuesto, él no podía contarle lo que pasó de verdad, porque ningún chico de 15 años hablaba con su hermana de cosas sexuales. Se prometió a sí mismo no volver a decepcionarla. Ella había luchado por obtener su tutela para poder salir del último hogar donde habían estado, después de que su padre adoptivo abusara de ella, y Eddie no quería parecer desagradecido ni causarle más preocupaciones.

¿Habían sido esos incidentes indicios de su verdadera naturaleza? ¿La verdadera naturaleza que, según Luther, ahora emergía porque ya era un vampiro?

¿Había ocultado tanto sus impulsos en las profundidades de su psique que había estado completamente ciego a su existencia?

¿Qué pasaría si dejaba de luchar contra esos deseos emergentes? ¿Destruirían su relación con Nina, su amistad con Thomas, y la vida que había construido para sí mismo? ¿La gente lo trataría diferente si lo supiera? Sobre todo, ¿volvería Nina a mirarlo con decepción en los ojos?

22

Thomas se metió en la ducha y dejó que el agua caliente recorriera su cuerpo como si pudiera arrastrar consigo todas sus preocupaciones. Había pasado otra noche sin rastro de los cuatro vampiros que habían matado a Sergio y a su compañera. Y aunque intelectualmente sabía que no habría podido evitar aquella tragedia, en el fondo se sentía responsable.

Trató de apartar esos pensamientos de su mente, pero solo consiguió que otros pensamientos pasaran a primer plano. Pensamientos sobre Eddie. No lo había visto en toda la noche y, tras revisar el calendario del personal, se dio cuenta de que Eddie se había tomado un día de vacaciones. El mismo Samson lo había autorizado. Era extraño, ni Eddie ni Samson le habían dicho nada. Y Eddie salió en su motocicleta en cuanto se puso el sol.

Thomas tomó el jabón y se enjabonó, limpiándose la grasa de su cuerpo después de pasar unas horas trasteando con una de sus motocicletas. Eso lo ayudaba a concentrarse. Tenía que hacer algo. Sentarse a esperar a que ocurriera la próxima atrocidad no era una opción. Mañana por la noche saldría en busca de Xander, el hombre que le había pedido unirse a los discípulos de Kasper. Lo usaría para encontrar a los demás y luego averiguaría cómo destruirlos.

Sintiéndose mejor por haber formulado un plan, se enjuagó el jabón del cuerpo y cerró la llave. Ahora había silencio, pero este fue interrumpido por la respiración uniforme de un hombre que no era él. Inspiró y reconoció el aroma.

—¡Vete! —ordenó, y siguió mirando fijamente los azulejos que revestían su enorme cabina de ducha.

Pero ningún sonido de pasos siguió a su orden.

—¡Eddie, sal ahora mismo! No puedes estar aquí. No tengo fuerzas para reprimir mi deseo por ti, hoy no. Es mejor que te encierres en tu habitación. ¡Vete! ¡Por favor, vete!

Apoyó una mano contra la pared de azulejos, estabilizándose mientras su cuerpo lo traicionaba, su verga bombeaba llena de sangre, haciéndola ascender como un ave Fénix. No había forma de que pudiera darse la vuelta ahora. Ya era bastante malo que Eddie pudiera ver su trasero desnudo. Mostrarle su erección y admitir que no tenía poder en su presencia solo empeoraría las cosas.

Cuando escuchó pies descalzos en el suelo, casi dejó escapar un suspiro de alivio, hasta que se dio cuenta de que se acercaban en vez de alejarse. Cerró los ojos y apretó la mandíbula, luchando contra el impulso de darse la vuelta y arrastrar a Eddie a la ducha con él.

—Tienes que irte —suplicó una vez más, pero ya era demasiado tarde.

La mano de Eddie tocó su hombro, obligándolo a darse la vuelta para enfrentarlo. Los ojos marrones de Eddie lo miraron directamente, conectando con su mirada, antes de vagar por su cuerpo, deteniéndose en el lugar donde la verga de Thomas estaba erecta.

El corazón de Thomas dejó de latir mientras dejaba que su mirada recorriera el cuerpo de Eddie. Su pecho estaba desnudo. Sus apretados abdominales se flexionaban justo por encima de la pretina baja de sus pantalones de pijama. La fina tela se tensaba en la ingle de Eddie. A Thomas se le secó la garganta. No pudo tragar saliva.

Tampoco pudo moverse cuando la mano de Eddie acarició su pecho, rozando su pezón y poniéndolo duro como una piedra en un instante. Pero la mano de Eddie no se quedó en su pecho. Navegó más abajo, pasó por su ombligo y llegó a la mata de vello que protegía el sexo de Thomas. Cuando sus dedos peinaron el vello áspero, Thomas contuvo la respiración, temeroso de romper el hechizo. Al primer contacto de la mano de Eddie con su verga, Thomas dejó escapar un gemido involuntario. Luego su respiración se aceleró.

La mano de Eddie lo envolvió, la cálida piel de su palma lo cubrió como una manta.

—¡Carajo! —siseó Thomas en voz baja.

Los ojos de Eddie se dispararon para encontrarse con su mirada. Sus labios se movieron.

—¿Te gusta?

Su lengua rosada le lamió los labios, haciendo que Thomas soltara otro sonido de placer. ¿Estaba soñando? Porque esto no podía estar pasando. ¿Por qué Eddie estaba de repente en su ducha, tocándolo, cuando solo dos noches atrás había dejado en claro que el beso en el sitio de construcción había sido simplemente una táctica de distracción? ¿Qué había hecho cambiar de opinión a Eddie?

Eddie apretó con fuerza la erección de Thomas y se deslizó hacia arriba y abajo sobre ella.

—Si hacemos esto, tienes que prometerme algo —exigió.

—Lo que sea —respondió Thomas sin pensar, pues su cerebro ya se había apagado y ahora su verga pensaba por él.

—Nadie podrá enterarse nunca.

—Nadie —susurró de vuelta, sin aliento cuando Eddie se acercó.

—Desvísteme.

Thomas alcanzó las cuerdas que sujetaban los pantalones del pijama de Eddie y las desató con dedos temblorosos. Cuando el nudo estuvo abierto, aflojó la cintura y empujó los pantalones más allá de las delgadas caderas de Eddie. Desde allí, cayeron al suelo mojado de la ducha, encharcándose alrededor de los pies de Eddie.

Thomas bajó la vista y se quedó mirando la verga de Eddie. Estaba completamente erecta y más hermosa que cualquier cosa que hubiera visto jamás. Llena de sangre, con venas gruesas que serpenteaban alrededor del tronco, y con la cabeza púrpura que relucía con líquido preseminal. Respiró hondo, inhalando el tentador aroma, enviando una onda expansiva a través de su cuerpo.

—Eddie —murmuró, incapaz de formar una frase coherente.

En lugar de eso, deslizó su mano entre las piernas de Eddie y palmeó sus bolas, luego le agarró su erección. La respiración de Eddie se entrecortó y, por un momento, su mano sobre la verga de Thomas se detuvo en sus movimientos.

Eddie soltó la verga de Thomas, puso la mano sobre la de él y se la quitó de encima. Decepcionado, Thomas lo miró fijamente.

—Juntos —susurró Eddie y empujó su verga contra la de Thomas, luego puso la mano alrededor de ambas vergas al mismo tiempo, aunque su palma no podía abarcar por completo la circunferencia combinada.

Thomas añadió su mano, y juntos movieron sus manos arriba y abajo de sus erecciones unidas. Al sentir la suave piel de la verga de Eddie contra su propia erección, Thomas se sintió abrumado por las sensaciones que recorrían su cuerpo: el fuego se disparaba por sus células, la electricidad avivaba las llamas de su cuerpo, el deseo resurgía.

Eddie soltó un suspiro entrecortado y bajó los párpados. Thomas inclinó la cabeza y acercó los labios a los de Eddie, rozándolos. Un gemido salió de la garganta de Eddie y Thomas lo capturó, cerrando los labios sobre la boca de Eddie.

En el momento en que sus lenguas se encontraron, lo invadió un placer tan intenso que pensó que lo mataría. Había soñado con esto tantas veces, había pasado tantos días en su cama imaginando cómo se sentiría. Pero ahora que estaba ocurriendo, ahora que Eddie y él estaban haciendo el amor, se dio cuenta de que sus fantasías habían sido pálidas copias en comparación con lo que estaba experimentando ahora.

La mano de Eddie acariciándolo, su lengua batiéndose a duelo con él, sus muslos presionándolo, hicieron que su pulso se acelerara. Y si los vampiros pudieran sufrir infartos, Thomas seguramente moriría de uno. Deslizando la mano libre sobre el trasero de Eddie, se frotó contra él, haciéndole consciente de su deseo insaciable por él.

La mano de Eddie empezó a moverse a un ritmo más rápido mientras subía y bajaba por sus vergas. Thomas acompasó sus movimientos con los de Eddie, sintiendo que su excitación aumentaba al mismo tiempo que la suya.

Thomas intensificó el beso, chupando, acariciando, explorando a su amante con más fervor, sumergiéndose más profundamente en las dulces cavernas de su boca, mordisqueándole sus labios, luego lamiéndolos con su lengua.

Cuando la cabeza de Eddie se echó hacia atrás, cortando el beso, Thomas besó la tentadora columna de su cuello, sus labios se aferraron a la hinchada vena que allí latía. Podía sentir la sangre corriendo por la vena, la sensación pulsante que indicaba el latido del corazón, así como podía oler la sangre. Lo llamaba como un faro que guiaba a un alma perdida a la orilla. Tomar la sangre de un amante era parte de lo que muchos vampiros hacían durante el acto sexual. Aumentaba su excitación e intensificaba el acoplamiento. La tentación rugió a través de Thomas cuando sus colmillos se extendieron y rozaron la piel caliente de Eddie.

EDDIE SINTIÓ la boca de Thomas en el cuello y sus afilados dientes deslizándose por su piel. La sensación envió una lanza de calor a través de su núcleo y directamente a su verga. Nunca había sentido nada mejor en su vida, y lo único que hacían era frotar sus vergas juntas, sus manos unidas, sus ritmos en perfecta armonía.

Tal vez esta era la manera de sacarse esto de encima. Al menos eso fue lo que pensó al principio cuando entró al baño de Thomas. Solo un fajecillo y se daría cuenta de que esto no era lo que quería, y entonces finalmente mataría su deseo por Thomas y volvería a ser su amigo. Por desgracia, en el momento en que tocó a Thomas y envolvió su magnífica verga con la mano, se dio cuenta de que no sería tan fácil. Quizás tendrían que coger más de una vez para que Eddie satisficiera sus *tendencias homosexuales*.

La mano libre de Eddie se paseó por el cuerpo de Thomas, explorando las duras crestas de su abdomen y la piel suave y sin vello que cubría su pecho. Luego vagó por su espalda, deslizándose hasta la curva donde su firme trasero lo esperaba. Eddie le apretó las nalgas con las palmas, y un gemido correspondiente se extendió por los labios de Thomas. Sintió que la mano de Thomas se tensaba sobre su trasero e intentó reprimir su reacción, pero un suspiro salió de sus labios de todos modos. Aquel contacto posesivo le hizo algo, instándolo a reaccionar a la llamada de su amante como los animales responden a las llamadas de apareamiento de sus parejas.

Las caderas de Thomas se agitaron, embistiendo su verga más fuerte y rápido mientras su mano se tensaba sobre la mano de Eddie, empujando sus vergas más de cerca. Ya podía sentir la humedad que los lubricaba. Eddie no sabía con certeza de cuál verga había manado. Probablemente de ambas.

—Me vengo —gritó Thomas entre dientes, con la respiración agitada. Levantó la cabeza del cuello de Eddie—. No puedo contenerlo.

Eddie soltó el control con el que se había contenido y embistió con más fuerza.

—¡Sí! —gritó, orgulloso del hecho de que podía hacer que un vampiro fuerte como Thomas perdiera el control con solo bombearle verga con la mano—. Vente —lo instó y capturó sus labios con un beso apasionado.

Entonces sintió que la humedad se extendía entre sus dedos y que un fuerte gemido salía del pecho de Thomas. El placer de sentir cómo Thomas se rendía entre sus brazos acabó con él: el semen caliente se disparó a través de su verga y explotó desde la punta, lloviendo sobre sus manos y las de Thomas, mientras continuaban acariciándose el uno al otro, ahora más lentamente. Su cuerpo se estremeció de placer y sus rodillas se debilitaron al mismo tiempo. Arrancó sus labios de la boca de Thomas, intentando recuperar el aliento, cuando sintió que el brazo libre de Thomas le rodeaba la cintura, atrapándolo antes de que se le doblaran las rodillas.

—Te tengo —murmuró Thomas, apretando la frente contra la de Eddie.

Eddie cerró los ojos, incapaz de devolverle la mirada a Thomas. Acababa de hacer el amor con un hombre y, carajo, le había gustado. ¿En qué lo convertía eso? No quería responder a esa pregunta. No estaba preparado para la respuesta. Además, lo único que habían hecho era masturbarse juntos. ¿Acaso los chicos no hacían eso todo el tiempo en la universidad?

Cierto, respondió una voz sarcástica en su cabeza. *Y probablemente se tocan la verga todo el tiempo.*

Eddie apartó ese pensamiento cuando sintió que el agua caliente corría por su cuerpo y que las manos de Thomas lo limpiaban suavemente. Sin pensarlo, se inclinó hacia él.

—Me encantó —dijo Thomas.

Eddie no se atrevió a corresponder a sus palabras, aunque en el fondo sabía que sentía lo mismo. En cambio, enterró la cabeza en el hueco del cuello de Thomas.

Sintió que Thomas alcanzaba la toalla que colgaba justo afuera de la ducha y se la ponía a Eddie en la espalda, secándolo con pequeñas palmadas. Eddie dejó que lo hiciera como si fuera un niño indefenso. Era incapaz de cortar el contacto con el cuerpo de Thomas y se dio cuenta de que era porque tenía hambre, hambre de más. Este... *episodio* solo había abierto su apetito.

23

—No te vayas —dijo Thomas.

Eddie estaba de pie en la puerta, con una toalla alrededor del torso, a punto de salir de la habitación de Thomas. Había necesitado toda la fuerza de voluntad que le quedaba para dar los pocos pasos hasta la puerta del cuarto después de que Thomas los hubiera secado a los dos. Pero no se atrevió a girar la perilla y salir. Lo que Thomas le ofrecía era demasiado tentador para rechazarlo. Su cuerpo lo deseaba, pero su mente luchaba contra él.

Thomas estaba de pie detrás de él, con las manos sobre los hombros de Eddie, deslizándolas suavemente por sus brazos, sus dedos acariciándolo. A Eddie se le puso la piel de gallina y un suspiro escapó de sus labios. No se había dado cuenta de que un hombre pudiera tener un tacto tan tierno. No había nada áspero en ello.

—Debería irme.

—¿Por qué?

No tenía respuesta, por mucho que buscara una en su mente.

—¿De qué tienes miedo? —Las manos de Thomas acariciaron su espalda, sus dedos se deslizaron por debajo de la toalla, aflojándola, enviando zarcillos calientes de lava corriendo por su trasero.

Eddie se quedó sin aliento. Si se quedaba, sabía lo que pasaría. Thomas lo tomaría como solo un hombre podría hacerlo. No estaba preparado para eso. Diablos, no creía que alguna vez lo estuviera. ¿Cómo podía permitir que otro hombre lo hiciera, que lo tomara así?

—No haré nada que no quieras.

La toalla cayó al suelo y el aire frío sopló contra su cuerpo acalorado. Las manos calientes de Thomas se deslizaron sobre su trasero, palmeándolo, haciendo que se apretara contra ellas, aunque su mente le decía que escapara mientras aún pudiera.

—Solo haré lo que tú quieras que haga. —Las manos de Thomas se movieron alrededor de las caderas de Eddie, deslizándose hacia su ingle, sus dedos peinando la mata de vello alrededor de su verga, prometiéndole más placer.

Eddie cerró los ojos, su cuerpo casi temblaba ahora. Ya no podía pensar derecho. Casi tuvo que reírse de ese pensamiento: no pensar *derecho*. ¡Qué retorcida era su mente!

—Me encanta tocarte —confesó Thomas y cubrió la verga de Eddie con la mano, acariciándola.

Se puso más dura bajo su contacto. Eddie intentó resistirse, pero fue en vano. Mientras las manos de Thomas lo acariciaban, la verga de Eddie alcanzó su tamaño máximo y se curvó hacia arriba, exigiendo más. La lujuria se extendió por su cuerpo, hirviendo desde sus entrañas. No podía contenerla por mucho más tiempo. Pronto se apoderaría de su cuerpo y tomaría decisiones por él.

—Deja que te la chupe. Te prometo que te gustará.

Eddie no tenía ninguna duda al respecto. Pero si dejaba que pasara, ¿no reforzaría sus sentimientos? ¿No empeoraría aún más las cosas? Que otro hombre se la chupara, ¿acaso no contaba como sexo gay? ¿Incluso más que el simple hecho de que Thomas lo masturbara? ¿Se estaba metiendo cada vez más en esto? ¿No sería mejor irse ahora y atribuir esto a una estupidez que solo pasó una vez? Un error de juicio. Todos cometían errores. ¿Acaso él no tenía derecho a cometer uno también? Bueno, tal vez dos, si contaba el beso en el sitio de construcción y la posterior chaqueta que Thomas le había hecho.

Thomas le dio la vuelta para que se pusiera frente a él. Sus ojos se clavaron en los de Eddie.

—Quédate.

Incapaz de tomar una decisión, Eddie simplemente lo miró y no protestó cuando Thomas lo condujo a la cama. Eddie se tumbó boca arriba, mirando a Thomas. Thomas, desnudo y excitado, estaba de pie sobre él, el espécimen más bello de masculinidad que Eddie había visto nunca. ¿Podría realmente resistirse a Thomas y negarse a sí mismo el placer de ser deseado por un hombre como él?

Sin decir otra palabra, Thomas se agachó y separó los muslos de Eddie. Eddie se sintió expuesto. Pero cuando vio la mirada hambrienta que Thomas le dirigió, se estremeció de placer. Nunca se había sentido tan deseado en su vida. Y se sentía bien, demasiado bien como para oponer resistencia, aunque sabía que debía hacerlo.

Cuando sus labios se separaron, Eddie no sabía por qué. Solo cuando oyó sus propias palabras, supo que había tomado una decisión.

—Chúpamela.

Al menos por hoy, cedería a los deseos de su cuerpo. Mañana averiguaría qué significaba todo eso.

***

EDDIE YACÍA en la cama como un suntuoso banquete. Thomas dejó que sus ojos vagaran, bebiendo la visión del cuerpo desnudo ante él. Del mismo modo que bebía el aroma de la excitación de Eddie. Dura y pesada, la verga de Eddie se curvaba hacia su ombligo. Thomas había sentido cómo se venía en la ducha y se alegró de ver que Eddie volvía a estar listo tan pronto. Sobre todo, porque había notado la vacilación de Eddie. Eddie seguía teniendo miedo de sus sentimientos, de eso no cabía duda. Incluso la forma en que le miraba ahora le decía que Eddie no se había rendido por completo a su nuevo yo. Y Thomas no lo presionaría hoy. Por mucho que quisiera hundir su dolorida verga en Eddie y cogérselo hasta que el sol se pusiera sobre el Océano Pacífico, sabía que su amante no estaba listo para eso. Eddie necesitaría más persuasión para aceptar lo inevitable.

Un pequeño resquicio de culpabilidad subió por la espalda de Thomas mientras hundía la cabeza entre las piernas de Eddie. ¿Estaba seduciendo a un inocente? ¿Estaba usando su poder sin darse cuenta para atraer a Eddie a su cama? Por un momento, se apartó y buscó dentro de sí cualquier señal de que su poder oscuro hubiera salido a la superficie. Dejó fluir sus sentidos y sintió la paz que lo rodeaba. No, no había usado su poder para hacer que Eddie se acercara a él. Todo lo que había hecho era mostrarle a Eddie el placer que un hombre podía darle. En cualquier momento, Eddie podría haberse alejado. Sin embargo, se había quedado, tal como se había echado en la cama por voluntad propia.

Thomas volvió a bajar la cabeza, sacó la lengua y lamió la punta de la verga de Eddie. Debajo de él, Eddie se sacudió, emitiendo un gemido al mismo tiempo.

—Tranquilo, tranquilo. Hay más de donde vino eso —murmuró Thomas.

Notó cómo Eddie se aferraba las sábanas como si se estuviera aferrando a la vida. Deslizando las manos por los muslos de Eddie, Thomas los separó más y lo instó a que inclinara las piernas. La postura lo abrió más, liberando sus bolas para que Thomas las tocara.

Con un suspiro, hundió los labios en la erección de Eddie y se metió la cabeza en la boca. Su lengua lamió por encima y alrededor de la punta, lubricando suavemente la piel, antes de deslizarse por toda su longitud, llevándolo dentro de su boca lo más profundo que pudo.

—¡Carajo!

La sola palabra de Eddie fue estímulo suficiente para repetir la acción, soltando la verga por una fracción de segundos antes de volver a succionarla dentro de su boca, mientras aplanaba su lengua contra la parte inferior de su eje, deslizándose hacia abajo.

Eddie soltó otro gemido. Luego metió su mano entre el cabello de Thomas y lo instó a levantarse. La verga de Eddie salió de la boca mientras le lanzaba una mirada inquisitiva.

—¿No te gusta?

—Si sigues así, no voy a durar más de diez segundos.

Thomas sintió que una sonrisa se dibujaba en sus labios.

—No te preocupes. Tengo formas de hacerte durar.

Luego volvió a hundir su boca en la erección de Eddie y se la chupó aún más fuerte. Se aseguraría de que Eddie disfrutara completamente y volviera por más. Y con cada lenta seducción, se acercarían más y su acto sexual se volvería más íntimo.

Thomas era paciente. Había esperado esto durante más de un año, y ahora que Eddie estaba en su cama, podía ser paciente hasta que Eddie se rindiera por completo.

Sentir el pulso de la verga de Eddie en su boca, oír sus gemidos y suspiros, y sentir la embestida de sus caderas hacia arriba, le dio casi tanto placer como cuando Eddie lo había llevado a un clímax feroz con su mano. La verga de Thomas ya estaba dura como una roca de nuevo, pero ahora tenía que ignorarla y concentrarse en Eddie. Tenía que mostrarle a Eddie el tipo de placeres que podían darse los hombres, y que no había nada malo en ello.

Thomas agarró la erección de Eddie por la base, sin retirar la boca, y tiró hacia arriba, luego acarició hacia abajo nuevamente, añadiendo más presión con la mano. Con los nudillos de su otra mano, acarició las bolas de Eddie, que se habían tensado y tirado hacia arriba, lo que indicaba que estaba a punto de venirse. Como no quería que esto acabara demasiado pronto, Thomas le palpó el escroto y volvió a tirar suavemente del saco hacia abajo. Sintió que se relajaba bajo su agarre y siguió lamiendo la verga de Eddie de arriba abajo.

—¡Carajo, eso es bueno! —gritó Eddie.

Thomas oyó un sonido de desgarro y notó que las manos de Eddie destrozaban las sábanas mientras intentaba mantener el control. El orgullo le llenaba el pecho: estaba sacando a relucir el lado vampírico de Eddie, sus instintos primarios, la parte de él que controlaba su deseo de sangre y sexo.

Una fina capa de sudor se había acumulado en el cuello y el pecho de Eddie, y ahora se formaban pequeños riachuelos que se abrían paso por los canales de su musculoso pecho. Era delgado y menos corpulento que Thomas, solo uno o dos centímetros menos de altura, pero perfecto en todos los sentidos. Pecho lampiño, vientre plano, piernas fuertes. Y luego su miembro. No esperaba que Eddie fuera tan grande. Y tan hermoso.

Thomas no podía saciarse de él. Cuanto más chupaba y lamía, cuanto más bombeaba la verga de Eddie hacia arriba y abajo, más deseaba que continuara. El sabor de Eddie era embriagador, y las pequeñas gotas de humedad que se habían filtrado por la punta eran adictivas. Siempre que se la chupaba a otros hombres, eventualmente deseaba que terminaran para poder seguir con otras cosas, pero esto era diferente. Esto no era simplemente el preludio de algo más. No se trataba de una mamada mecánica que le hacía a un amante para que luego se inclinara ante él. No, esta vez Thomas no esperaba nada a cambio, aparte de ver cómo el más puro placer se extendía por el rostro de su joven amante. Lo único que quería era que Eddie reconociera que era Thomas quien le daba ese placer.

Cuando volvió a sentir la mano de Eddie sobre su cabeza, se preguntó si quería alejarlo una vez más, pero entonces se deslizó hasta su nuca, sus cálidos dedos acariciándolo. Un escalofrío le recorrió la espina dorsal hasta el coxis, donde el hormigueo se extendió y llegó a su verga.

¡Carajo! No era un novato. Una caricia inocente como aquella no debería tener un efecto tan erótico en él, y sin embargo sentía como si Eddie le estuviera acariciando su polla. Involuntariamente, gimió y el aliento que soltó sopló contra la erección de Eddie, que se sacudió en su boca.

—¡Me vengo, Thomas! ¡Me vengo! —soltó Eddie en un gemido sin aliento mientras intentaba sacar la verga de la boca de Thomas.

Pero Thomas no lo permitió. Lo chupó con más fuerza, agarrándolo por la base, para que no pudiera escapar.

—No tienes qué... —comenzó Eddie, pero sus palabras murieron cuando arqueó la espalda y su verga sufrió un espasmo.

Chorros calientes de semen salieron disparados hacia la boca de Thomas. Llegaron como impulsos eléctricos, y Thomas tragó el líquido con la misma rapidez. Con él, sus colmillos se alargaron y empujaron más allá de sus labios, rozando la piel de Eddie. Sin pensarlo, dejó que la verga de Eddie saliera de su boca, y hundió los colmillos en su muslo, clavándolos profundamente en su carne.

Eddie lanzó un grito y una sacudida de sorpresa, pero luego volvió a acomodarse en la cama y sus extremidades se relajaron. Thomas rasgó la gruesa vena y saboreó el rico líquido rojo que llenaba su boca. El sexo siempre le daba hambre, pero esta vez era más que eso. Esta vez quería intensificar el placer de Eddie, y el suyo propio, con una sensual mordida.

La sangre de Eddie era ácida y tenía un aroma a almizcle. Rica y joven. Dejó que el líquido corriera por su garganta y la cubriera, cerrando los ojos para saborear la sensación. Si pudiera vivir de la sangre de Eddie, lo haría. Por desgracia, la sangre de un vampiro era poco alimento para otro vampiro, aunque sabía que Maya solo bebía la sangre de Gabriel. Sin embargo, como Gabriel era en parte sátiro, su sangre tenía otras cualidades nutritivas que podrían sustentar a Maya. Thomas y Eddie siempre se verían obligados a beber sangre humana. Eso no le impedía disfrutar de la sangre de Eddie ahora, saborear cada gota.

Todo su cuerpo estaba en llamas, cada célula suya se recargaba de fuerza y esperanza. Su mente se calmó y, por primera vez en casi un siglo, apenas y podía sentir el poder oscuro dentro de él. Como si se estuviera encogiendo. Si bien el sexo siempre fue una distracción que le quitaba de la mente el mal que vivía en su interior nunca había logrado empujarlo con tanta profundidad que apenas fuera perceptible. ¿Le estaba dando Eddie la fuerza que necesitaba para derrotar al mal que llevaba dentro?

Thomas dio un último y largo trago de la vena abierta antes de retraer los colmillos y lamer las pequeñas heridas punzantes para cerrarlas.

Luego se levantó y se echó en la cama junto a Eddie, estrechándolo entre sus brazos. Eddie abrió los ojos y lo miró con asombro. Sus labios se separaron, pero no salió nada de ellos.

—Gracias —susurró Thomas—. No tienes ni idea de lo que esto significa para mí.

La mano de Eddie se movió hacia la nuca de Thomas, tirando de él hacia abajo. Sin decir palabra, presionó sus labios contra los de Thomas y lo besó, con un beso más apasionado que el que Eddie jamás le había dado antes. ¿Había cambiado por fin algo entre ellos? ¿Eddie lo aceptaba a él y a los sentimientos que surgían entre ellos?

24

Eddie se subió en su motocicleta de un salto y la sacó del garaje, cerrando la puerta detrás de él antes de encender el motor. Aunque acababa de ponerse el sol, Thomas seguía dormido, y no quería despertarlo. No sabía cómo actuar cerca de él después de lo que había ocurrido hacía menos de ocho horas.

No había planeado dormir en la cama de Thomas, pero después de que Thomas se la hubiera chupado con tanta pasión, no había podido levantar ni una sola extremidad para irse. Quería seguir sintiendo el cuerpo de Thomas cerca del suyo. Y Thomas se había acomodado: lo abrazó de cucharita todo el tiempo, presionando su frente contra la espalda de Eddie, metiendo sus piernas bajo las rodillas de Eddie, alineando su ingle con el trasero de Eddie. Y le había gustado sentir los brazos protectores de Thomas a su alrededor, como una jaula. ¿Eso lo convertía en la chica?

Eddie apartó ese pensamiento. No, era un hombre. Que se hubiera dejado abrazar así por Thomas no lo convertía en una chica.

Eddie se detuvo en el siguiente semáforo y esperó a que se pusiera en verde, planeando la ruta en su cabeza. Nina le había enviado un mensaje de texto urgente para que se reuniera con él en una dirección de La Misión, y él se preguntaba si algo andaba mal. ¿Habían discutido Amaury y ella, y sería ese el motivo por el que ella no quería reunirse con él en casa?

Algo preocupado por su hermana, continuó su camino colina abajo. Siempre se había sentido responsable de Nina, aunque ella era tres años mayor que él. Pero tras los horribles acontecimientos en su último hogar de acogida, había sentido la necesidad de cuidar de ella, igual que ella había cuidado de él después de que perdieran a sus padres. Habían resistido en las buenas y en las malas, y finalmente lograron escapar y comenzar una nueva vida.

Eddie encontró la dirección fácilmente, aunque no podía ver el número de la casa de dos pisos. Pero como Nina estaba de pie frente a ella, saludándolo con la mano mientras se acercaba, supo que estaba en el lugar correcto. Se detuvo frente al garaje y apagó el motor, quitándose el casco un momento después y colgándolo en el espejo retrovisor.

—¡Hey, Nina! ¿Qué pasa? ¿Estás en problemas? —preguntó mientras bajaba el pie de apoyo y desmontaba de la moto.

Ella negó con la cabeza, sacudiendo sus rizos rubios.

—¿Por qué iba a estar en problemas?

—Tu mensaje sonaba urgente.

—Tengo que enseñarte algo —respondió, haciéndole un gesto para que se acercara.

Él se acercó, dándole un rápido abrazo antes de que ella se volteara hacia la puerta de entrada y sacara una llave del bolsillo de sus jeans. La introdujo en la cerradura y la giró, empujando la puerta para abrirla.

Él la siguió al interior y notó que el lugar estaba vacío. Ni un solo mueble ocupaba el amplio espacio abierto de la sala en la que entraron. Entonces se dio cuenta. Sabía por qué Nina le había traído aquí: el lugar estaba en renta.

Una punzada de culpa lo golpeó de la nada. Estar viendo un apartamento después de lo que había pasado entre él y Thomas hacía poco le parecía, de repente, una traición. No debería ser así, porque no le había hecho ninguna promesa a su mentor. No habían hablado de nada, ni discutido sobre si continuarían o no con su relación sexual. Aun así, andar a escondidas de Thomas, buscando clandestinamente un lugar donde vivir, lo hacía sentirse como un imbécil.

—No lo sé, Nina —empezó él, echando un rápido vistazo por la habitación.

—Sé que ahora no parece gran cosa. No está decorado, pero imagínatelo con unos muebles geniales. También necesita una pasada de pintura, pero seguro que puedes conseguir que algunos de los chicos te ayuden con eso —lo interrumpió ella.

Sonaba como una agente inmobiliaria tratando de vender una casucha infestada de ratas.

—Ven, te enseño la cocina. —Lo agarró de los brazos y arrastró hacia la parte trasera de la casa.

—La cocina no es lo que más me preocupa —respondió mientras la seguía—. Como sabes, no como, así que tampoco cocino.

Ella volteó la cabeza y puso los ojos en blanco.

—Es importante para el valor de reventa. Las cocinas venden casas —afirmó.

—¿Reventa?

—Sí, el lugar está en venta. Pensé que sería mejor que compraras una casa aquí, en vez de alquilarla. Los alquileres han subido mucho en la ciudad, y si no compras ahora, en unos años no podrás permitirte nada decente. ¡Créeme!

Nina entró a la cocina pisando fuerte. Él la siguió, y tuvo que admitir que, aunque la cocina parecía anticuada, era amplia y espaciosa.

—Azulejos originales de los años 60, pero todo eso puede cambiarse. Imagínate unos electrodomésticos de acero inoxidable, una encimera de granito y unos gabinetes nuevos. Hasta podrías poner una isla en medio y todavía habrá espacio suficiente para moverte cómodamente.

Eddie suspiró.

—Nina, en realidad no estoy interesado en comprar. Solo quería... —Bueno, ya no estaba seguro de lo que quería. Las cosas habían cambiado de algún modo. Pero no podía contárselo a su hermana. Y si de repente le decía que en realidad no quería mudarse ahora, ella sospecharía que había gato encerrado y seguiría indagando hasta descubrir la verdad. Lo mejor sería mentir.

—Si te preocupa el dinero, Amaury dijo que podría darte un préstamo, para que no tengas que recurrir al banco —dijo Nina.

—Qué amable de su parte, pero de verdad no quiero esto. No estoy listo para una casa. Solo buscaba un departamentito.

Y si era honesto consigo mismo, admitiría que en ese momento ni siquiera estaba seguro de querer un lugar propio. Pasar el día en la cama de Thomas había complicado y confundido las cosas.

—Si no te gusta esta casa, puedo buscarte otras. Y tampoco tiene por qué ser tan grande como esta. ¿Quizás una cabañita como la de Yvette y Haven? —Sus ojos brillaron de repente—. Oh, apuesto a que ahora que tienen a la bebé, probablemente querrán un lugar más grande. Solo tienen dos dormitorios, y sé que el segundo no es grande. Quizás quieran vender su casa. Puedo preguntarles.

—¡No! —Eso era lo último que necesitaba: que todos en Scanguards se enteraran de que estaba buscando un lugar donde vivir. Tardaría dos segundos en llegar a oídos de Thomas.

—¿Por qué no? Telegraph Hill es un barrio excelente.

Eddie soltó un suspiro exasperado.

—Nina, acabo de decirte que no quiero una casa.

Ella se encogió de hombros, suspirando.

—Bueno. Pero ya sabes que en un depa siempre tendrás vecinos y tendrás que ser más cuidadoso para que nadie descubra lo que eres.

Él asintió en automático.

—Soy consciente de ello.

—Bueno, supongo que ya tomaste una decisión. Le diré a Amaury que le diga al agente que no es lo que buscas. —Se dirigió hacia la salida.

Aliviado, Eddie la siguió.

—¿Cómo conseguiste siquiera la llave? ¿No se supone que los agentes inmobiliarios deben acompañar a los clientes?

Nina abrió la puerta de entrada y pasó.

—Olvidas que Amaury también tiene licencia de bienes raíces. Consigue llaves de otros agentes cuando quiere. Créeme, se alegran de no tener que hacer recorridos nocturnos cuando preferirían estar en casa con sus familias.

Eddie esperó en la escalera mientras Nina cerraba y volvía a guardar la llave en su bolsillo.

—¿Puedes darme un aventón? —preguntó ella—. Amaury me dejó aquí antes, pero tuvo que ir a la oficina a ocuparse de unas cosas.

—Claro, te llevo a casa. —Caminó hacia la motocicleta estacionada, se subió y levantó el caballete.

—Oh, no voy a casa. ¿Puedes llevarme a casa de Portia? Ella y yo queríamos ir de compras por unas cosas para la bebé de Yvette. —Nina se montó detrás de él—. Vamos a hacerle un baby shower.

—¿Un baby shower?

—Sí, un baby shower, ya sabes, donde las chicas se reúnen y llevan regalos para la bebé.

Eddie negó con la cabeza.

—Mientras no tenga que asistir —murmuró entre dientes. Luego descolgó el casco del manillar y se lo entregó—. Tienes que ponerte esto.

Ella lo tomó sin protestar y se lo puso.

—¿Lista? —le preguntó, y sintió que ella le rodeaba la cintura con los brazos.

—Vámonos.

Salió hacia la calle, cuidando su velocidad mientras lo hacía. Una cosa era ir en moto con otro vampiro, y otra era ir con un humano. Nunca tomaba riesgos cuando Nina iba con él. Mientras que él podía salir fácilmente ileso de cualquier accidente, una frágil humana como Nina no tendría tanta suerte. Y Amaury le arrancaría el pellejo si algo le pasaba a Nina bajo el cuidado de Eddie, sin mencionar que Eddie nunca podría vivir consigo mismo si una de sus acciones provocara que Nina resultara herida.

—¿Es que esta máquina no puede ir más rápido? —la oyó quejarse desde detrás de él.

—Sí, pero en la ciudad hay límites de velocidad —desvió él, sabiendo que ella solo se encabronaría si le decía que manejaba así de despacio por su culpa.

—Nunca has respetado los límites de velocidad.

—Ahora sí —refunfuñó—. Así que deja de quejarte o te hago caminar.

No lo haría, por supuesto, pero había pocas formas de hacer callar a Nina.

Tardaron menos de cinco minutos en llegar a la casa de Portia y Zane en La Misión. Eddie entró al camino de entrada y se detuvo, apoyando los pies en el suelo para sostener la moto mientras Nina bajaba de un salto. Ella se quitó el casco y se lo entregó.

—¿Quieres pasar un momento?

Él negó con la cabeza al ver cómo la puerta del garaje se levantaba. Momentos después, vio a Portia salir del garaje, y a Zane no muy lejos de ella.

—¡Hey! —los saludó. Sus siguientes palabras quedaron ahogadas por cachorro labrador que la perseguía enloquecido y que le ladraba a la moto como si fuera un intruso del que debía defenderla.

—¡Z! —reprendió Zane al perro—. ¡Cálmate!

El perro giró la cabeza hacia su dueño y dejó de ladrar por un segundo, luego se volvió hacia la moto y continuó ladrando tan fuerte como antes.

—¡Z! —Portia lo reprendió ahora y se agachó para levantarlo en brazos. El perro dejó de ladrar al instante.

Zane se acercó, rodeó a Portia con el brazo y dirigió al perro una mirada severa.

—¡Un día de estos te vas a quedar fuera de la casa y no te dejaré entrar más!

Portia se rió y sonrió a su compañero.

—Sabes que esas amenazas no funcionan con él, porque sabe que nunca las vas a cumplir.

Zane gruñó y miró a Eddie y a Nina.

—Hola, chicos, ¿qué hay de nuevo?

—Oh, acabo de enseñarle una casa a Eddie. Y ahora Portia y yo vamos a hacer algunas compras para el baby shower —contestó Nina antes de que Eddie pudiera detenerla.

Zane le lanzó una mirada de sorpresa.

—¿Te vas de la casa de Thomas? No nos ha dicho nada.

—Bueno, aún no está decidido —contestó Eddie rápidamente—. En fin, tengo que irme. ¿Nos vemos en el campo de tiro en media hora?

Zane asintió.

—Justo estoy por salir.

—¿Campo de tiro? —preguntó Nina, mirando sorprendida a Eddie—. ¿Desde cuándo te gusta el tiro?

—Eddie ha estado tomando clases casi diarias de tiro conmigo. Ya es bastante decente —contestó Zane.

—¿Decente? —repitió Eddie—.¡Soy más que decente en el tiro! —Diablos, se estaba partiendo el lomo para perfeccionar su puntería.

Portia se echó a reír.

—Supongo, Eddie, que no acabas de entender la escala de valoración de Zane. *Decente* es un gran cumplido viniendo de Zane.

Zane puso los ojos en blanco.

—No le hagas caso a Portia. Solo quiere hacerte sentir bien. Aún tienes mucho que aprender.

Antes de que Eddie pudiera protestar de nuevo, Nina le puso una mano en el brazo.

—¿Cómo es que siempre soy la última en enterarme de lo que te traes entre manos?

Eddie se encogió de hombros.

—Oye, no es para tanto. Solo es parte de mi trabajo—. Aunque su trabajo no requería que fuera un tirador experto. Pero después de que Thomas hubiera peleado con su creador unos meses antes, y Eddie no hubiera podido dispararle a su atacante por miedo a darle a Thomas, Eddie se había prometido a sí mismo perfeccionar su puntería.

—En fin, mejor a darle. ¡Nos vemos! —dijo rápidamente, antes de que su hermana hiciera más preguntas, y se puso el casco.

—¡Gracias por el aventón! —gritó Nina mientras él daba vuelta en la moto y salía arrancando a la calle.

Quizás debería haberle dicho a Nina allí mismo que había cambiado de opinión sobre la búsqueda de apartamento. O al menos que quería aplazarla hasta que supiera lo que quería. Pero no estaba listo para las preguntas que habría suscitado su cambio de opinión. Además, no sabía lo que realmente quería: ¿quedarse con Thomas o irse?

25

Thomas dejó sobre el escritorio el trozo de papel que había estudiado para el último minuto y empezó a escribir en el teclado. El nuevo dueño de la tienda de Al era una corporación, y en la escritura solo aparecía un apartado postal como dirección. Como si esconderse detrás de un apartado postal pudiera realmente impedirle encontrar a las personas que habían comprado el negocio de Al. Ya había revisado el sitio web de la Secretaría de Estado de California, pero de nuevo, solo encontró un apartado postal. Ahora consultó un sitio web de confianza que utilizaba a menudo para investigar empresas e individuos que tenían algo que ocultar, y se puso manos a la obra.

K Industries era una corporación registrada en Delaware, lo que indicaba que a quienquiera que la hubiera establecido prefería los beneficios fiscales de ese estado de la Costa Este. Una vez más, solo figuraba un apartado postal como dirección de la compañía, pero al indagar a mayor profundad, Thomas descubrió algo más. El nombre de un abogado en California aparecía en uno de los documentos de la compañía presentados ante el estado de Delaware, aunque no pudo encontrar los nombres de ninguna persona física que fuera dueña de la empresa. Parecía que la empresa era propiedad de otras empresas, sin duda una estratagema para mantener ocultos a los verdaderos propietarios de K Industries. Siguió el rastro de esas empresas, lo que lo condujo a varios paraísos fiscales extraterritoriales y, finalmente, a un callejón sin salida.

Solo quedaba el abogado que había presentado los documentos. Thomas tecleó el nombre del abogado en el sitio web de la Asociación de Abogados y presionó la tecla de *enter*.

—¡Bingo! —dijo al ver que la búsqueda le devolvió el nombre del abogado con una dirección en San Francisco. La anotó en un papel y se lo metió en el bolsillo. Al menos, tenía por dónde empezar. El abogado debía tener archivos sobre sus clientes en su oficina. Alguien tuvo que haberle pagado.

Thomas se levantó de la silla y se dirigió hacia la puerta. Se reuniría con Zane para ver si su colega había encontrado algo más, y luego saldría a ver qué podía encontrar en la oficina del abogado.

Cuando abrió la puerta y dio un paso hacia el pasillo, vio a Eddie de pie frente al tablero donde se publicaban las asignaciones. Otros dos vampiros pasaron junto a él. El deseo despertó al instante.

—Eddie —lo llamó Thomas.

La cabeza de Eddie giró inmediatamente en su dirección, con los ojos muy abiertos como si lo hubieran atrapado.

—¿Tienes un minuto?

Mirando a su alrededor, Eddie se acercó vacilante.

—Debería prepararme para mi patrulla.

—Solo será un minuto —añadió Thomas y señaló su oficina.

Eddie bajó los párpados como para evitar mirarlo directamente, luego pasó rozando junto a él y entró. Thomas entró cerca de él y cerró la puerta.

Inhaló el aroma de Eddie. Era tan tentador como antes ese día.

—Te fuiste pronto.

La manzana de Adán de Eddie se movió de arriba abajo.

—Tengo mucho trabajo que hacer.

—Deberías haberme despertado antes de abandonar la cama. —Thomas se inclinó más hacia él y notó que Eddie se apretaba contra la pared a sus espaldas.

—Ya no podía dormir más.

—¿Te desvelé con mis ronquidos?

Eddie negó con la cabeza.

—No roncabas.

—Me alegro. —Thomas acercó su rostro al de Eddie, bajando la mirada hacia sus labios entreabiertos. ¿Temblaban ligeramente, o se lo estaba imaginando?

—Sería horrible que no quisieras dormir en mi cama porque ronco.

El pecho de Eddie se agitó.

—Yo... este... yo...

—Por supuesto, hay otras cosas que pueden mantenerte despierto en mi cama. No siempre podré garantizarte que duermas mucho cuando estés conmigo. —Thomas dejó que sus labios flotaran a menos de dos centímetros de los de Eddie e inhaló su embriagador aroma. Sintió que tomaba aire. Sin presionar contra su boca, continuó—: Disfruté lo que hicimos. Cada segundo.

Eddie cerró los ojos.

—Thomas, no estoy seguro... No creo que pueda...

—Shh... No estoy exigiendo nada. —Todavía no, pensó. Pero pronto no podría contenerse y pediría lo que quería—. Espero no estés enojado conmigo por haberte mordido. Pero la tentación era demasiado grande para resistir. Sabías demasiado bien. —Incluso ahora todavía podía saborear la sangre de Eddie en su lengua, y el mero hecho de pensarlo se la ponía dura.

Sin pensarlo, apretó las caderas contra las de Eddie.

De la boca de Eddie escapó un suspiro entrecortado, y sus ojos se abrieron de golpe, chocando con la mirada de Thomas.

—Oh, Dios, Eddie, te he deseado durante tanto tiempo. Ahora te deseo aún más.

En cámara lenta, presionó sus labios contra los de Eddie. Inclinando la cabeza hacia un lado, introdujo su lengua entre los labios entreabiertos de Eddie, acariciando suavemente a su pareja. El contacto hizo que una oleada de calor recorriera su cuerpo y le llegara directamente a su verga, haciéndole frotar sus caderas contra Eddie.

Con movimientos largos y seguros, exploró la boca de Eddie y se batió en duelo con su lengua, sintiendo cómo el joven vampiro entre sus brazos renunciaba a la resistencia y frotaba su cuerpo contra el de Thomas. Cuando Thomas sintió que las manos de Eddie agarraban su trasero y lo tiraban aún más fuerte contra él, un gemido se deslizó por sus labios.

Saqueó la boca de Eddie, deleitándose con su sabor, las firmes caricias de su lengua y la dura presión de sus labios. Siempre le había gustado cómo besaban los hombre: con determinación y fuerza. Y Eddie no era diferente: besaba como si lo hiciera en serio, aunque Thomas hubiera sido quien iniciara el beso.

Eddie le dio una palmada en el trasero, apretando su carne al mismo ritmo con el que frotaba su ingle contra Thomas. No había duda de que Eddie tenía un gran bulto en los pantalones. Su amante tenía una erección de proporciones descomunales. Aquel hecho disparó otra llama de calor al rojo vivo a través de su cuerpo: podía excitar a Eddie en cuestión de segundos. Le daba esperanzas de que las cosas entre ellos progresarían rápidamente y pronto se harían aún más íntimos.

De repente, el timbre de un teléfono rasgó el sonido de la respiración agitada de la habitación.

Eddie arrancó sus labios de los de Thomas, soltando su agarre y empujándolo un palmo hacia atrás. El pánico brillaba en sus ojos.

—La gente se va a dar cuenta.

El timbre sonó otra vez.

Eddie se volvió hacia la puerta y la abrió de un tirón.

—Eddie, por favor...

Pero Eddie salió corriendo por el pasillo. Thomas cerró la puerta de un portazo, frustrado. Tal vez besarlo en la oficina, donde cualquiera podía entrar y verlos en cualquier momento, no había sido la idea más inteligente. Estaba claro que, en cuanto Eddie escuchó el teléfono y recuperó el sentido, había entrado en pánico.

Thomas se pasó una mano por el cabello. Hablaría con él al amanecer, cuando ambos estuvieran en casa, y le diría que a partir de ahora tendría que limitar sus muestras de afecto a su hogar, donde tenían toda la privacidad que necesitaban.

El teléfono sonó por tercera vez. Thomas volvió al escritorio y levantó el auricular.

—Habla Thomas.

Su voz sonaba más ronca que de costumbre. No era de extrañar, después de todo, había estado a punto de tirarse a Eddie contra la pared de su oficina.

—Por favor, dile a tu gente que deje de buscarme —una voz familiar vino del otro lado de la línea.

Thomas se puso alerta al instante.

—¡Al!

—Escucha, no puedo hablar mucho, pero olvídate de mí.

—¿Qué está pasando, Al? ¿Por qué vendiste la tienda?

Hubo una breve pausa, durante la cual Thomas pudo oírlo expulsar un pesado suspiro.

—Así era más seguro.

—¿Más seguro? ¿Te ha amenazado alguien?

—No te involucres, Thomas. Solo te vas a arrepentir. Hice lo que tenía que hacer —Al disparó su respuesta.

—Podemos protegerte. Scanguards puede...

—Nadie puede protegerme de ellos —lo interrumpió Al—. Es mejor apartarse de su camino. Son demasiado fuertes.

—¿Cómo te amenazaron? —preguntó Thomas, con la esperanza de llegar a él.

—No importa. Déjalo así o más gente saldrá lastimada.

Thomas suspiró.

—Ya salió gente lastimada. Sergio y su compañera están muertos.

Un grito ahogado resonó en la línea.

—¡Joder! Seguro se resistió. Pero yo no soy tan estúpido como para hacerme el héroe. Deja que consigan lo que quieren y se larguen. No puedes detenerlos.

—¡Puedo y lo haré! Pero necesito tu ayuda. ¿Dónde puedo encontrarlos ahora?

—No lo sé. Y prefiero no saberlo. Así es más seguro.

—Al...

Pero el clic en la línea indicó que Al había colgado.

—¡Mierda! —maldijo Thomas. No hacía falta ser neurocirujano para sumar dos más dos: los discípulos de Kasper estaban detrás de esto. Ellos eran los recién llegados, y habían asustado a Al para que vendiera y se fuera de la ciudad. Habían intentado hacer lo mismo con Sergio. Solo que Sergio no había cedido.

Thomas abrió la puerta de un tirón y se dirigió con pasos decididos a la oficina de Zane. Tenía que encontrar el nido de vampiros que estaba obligando a los vampiros buenos de la ciudad a marcharse para reemplazarlos con sus marionetas.

En el despacho de Zane, Thomas golpeó la puerta con los nudillos.

—¿Zane?

Sin esperar respuesta, abrió la puerta y vio a Zane deslizando una navaja de plata en la funda sujeta a su tobillo.

—¿Vas a salir? —preguntó Thomas.

Zane asintió.

—Patrulla.

—Cambio de planes. Dile a tu compañero de patrulla que busque un reemplazo.

—¿Para qué?

—Te necesito para un pequeño allanamiento de morada.

Los labios de Zane se curvaron en algo parecido a una sonrisa.

—Delicioso.

26

———————

Thomas miró por encima del hombro de Zane, observando cómo manipulaba la cerradura de la puerta de entrada. El edificio era una casa de dos pisos en mal estado, situada en una calle muy transitada, junto a una de las líneas de tranvía en el barrio de Outer Parkside. El nombre del abogado, Wilbur Wu, estaba pintado con letras doradas en la gran ventana que daba a la calle. Algunas partes de las letras estaban descoloridas y desgastadas, lo que contribuía al aspecto poco atractivo del bufete que se ocultaba tras la poco atractiva fachada. De algún modo, Thomas no podía imaginar que este abogado atrajera mucha clientela sin previa cita.

—Lo tengo —murmuró Zane y empujó la puerta para abrirla, deslizándose hacia el oscuro interior.

Thomas lo siguió sin decir palabra y cerró la puerta con cuidado detrás de él. A la izquierda había una escalera que conducía al segundo piso; delante de él había un pasillo oscuro, y a la derecha había una puerta. La señaló.

—Empecemos por aquí.

Entraron en lo que resultó ser una oficina. Varios archiveros se alineaban contra una pared, un enorme escritorio dominaba el centro de la habitación, y dos viejas sillas tambaleantes estaban frente a él, presumiblemente para los clientes, aunque Thomas no podía imaginar qué persona en su sano juicio querría sentarse en una silla que bien podría colapsar bajo el peso de un gato.

—Las persianas —indicó Zane y se acercó a la ventana, bajó las persianas y luego las ajustó hasta que quedaron completamente cerradas.

Thomas sacó una linterna del bolsillo y la encendió, apuntando hacia los archiveros.

—Empecemos.

Escultaron un cajón tras otro, empezando por el que estaba etiquetado con la letra "K." Thomas iluminaba las etiquetas de cada archivo dentro del cajón, buscando algo relacionado con K Industries.

—Aquí no hay nada —comentó.

Zane gruñó.

—Si quisiera ocultar algo, no archivaría los documentos bajo la K.

—Buena observación. —Thomas prosiguió su búsqueda, hojeando minuciosamente un expediente tras otro.

—¿Al no tenía ninguna información? —preguntó Zane de sopetón.

—Si la tenía, no quiso compartirla. Lo único que dijo fue que no quería enfrentarse a ellos. Y Al no es ningún cobarde.

Pero sabiendo lo que sabía, Thomas no podía culparlo por su cautela. El oscuro poder que poseían esos vampiros era capaz de asustar a cualquiera. No había defensa contra el control mental que podían desatar sobre un vampiro desprevenido. Solo alguien como Thomas, que poseía ese mismo tipo de poder oscuro, tendría alguna posibilidad de luchar contra ellos. Pero primero tenía que encontrarlos.

Zane cerró otro cajón.

—Aquí tampoco hay nada.

Thomas dejó escapar un suspiro resignado.

—Entonces vamos arriba. Tiene que haber más.

Dejaron atrás el despacho y subieron por la escalera que crujía bajo sus pies. Cuando llegaron al rellano, las fosas nasales de Thomas captaron un olor.

—¿Hueles eso?

—No es buena señal.

Thomas siguió el olor que lo llevó hasta una puerta al final del pasillo.

El hedor era más fuerte aquí. Se preparó para lo que estaba a punto de ver y empujó la puerta para abrirla.

Un hombre chino de unos cincuenta años, presumiblemente Wilbur Wu, yacía en el suelo, su cuerpo sin vida. Sorprendentemente había poca sangre, a pesar de las heridas que tenía en la cara. Le habían cortado la boca, dejando al descubierto sus blancos dientes. Le faltaba la lengua.

Zane señaló las heridas.

—Parece un mensaje de advertencia.

Thomas no podía estar más de acuerdo.

—Sabía algo que no debía saber.

—Y estaba a punto de hablar al respecto —añadió Zane. Señaló la carpeta manila que el muerto sostenía en la mano.

Thomas se agachó y se la quitó. Le habían arrancado la etiqueta. Abrió la carpeta. Estaba vacía. Ya se lo esperaba. ¿Por qué matar a Wu y dejar evidencia?

—Demasiado tarde. Lo que sea que había ahí ya no está.

Thomas se levantó, apoyándose en un archivero que tenía una etiqueta que decía "Banco".

—Quizás le ganó la codicia y chantajeó a alguien. Parece que lo que le pagaron al principio no fue suficiente.

—La codicia es algo terrible —confirmó Thomas.

—Sí. No pudo llevarse su cuenta bancaria consigo, ¿verdad?

De repente, algo hizo clic en la mente de Thomas.

—¡Su cuenta bancaria! ¡Eso es!

—¿De qué estás hablando?

Thomas se volteó hacia el archivero detrás de él y señaló la etiqueta.

—Si a Wu le pagaron, debería haber registros de transferencias o cheques. —Abrió el cajón superior de un tirón y miró los expedientes pulcramente organizados—. Perfecto, están ordenados por fecha.

Recordó la fecha del registro en Delaware y sacó los archivos de esa época, lanzándole uno a Zane mientras examinaba otro.

—Tendrían que haberle pagado por presentar la compañía por ellos, y la mayoría de los abogados trabajan con un anticipo, que siempre se emite antes de realizar cualquier trabajo. Y como la empresa no podría tener una cuenta bancaria antes del registro, alguien tendría que haber emitido un cheque desde su cuenta personal.

—Por eso eres el genio de Scanguards —comentó Zane.

—Muy apenas.

—Ya, ya, ¿por qué tan humilde? Sabes que todos te admiran, ¿verdad?

Thomas negó con la cabeza.

—No lo creo.

—¡Vaya, ciego y genio! Deberías mirar a tu alrededor de vez en cuando. Especialmente los más jóvenes de Scanguards te miran como si fueras su dios.

—Zane, estás lleno de mierda. ¿Hay algo que quieras, o por qué me la estás mamando?

Zane puso los ojos en blanco.

—¿Mamando? ¿Yo? Lo dudo. Aunque, ya que lo mencionas, ¿ podrías convencer a Maya de que me deje en paz con todo eso de disculparme con Oliver?

Thomas volvió a hundir la cabeza en la carpeta y siguió revisando los documentos.

—No te vendría mal disculparte. Además, pensé que había convencido a Maya para que se olvidara de la fiesta y comprarle a él y a Ursula un viaje al extranjero con todos los gastos pagados.

—Sigue insistiendo en lo de la fiesta. Y ya sabes cómo odio la cursilería.

—Voy a hablar con ella.

—Gracias.

Thomas cerró el expediente, pues no había encontrado nada.

—¿Algo?

Zane sacó una hoja y la examinó más de cerca.

—Puede ser. Es la fotocopia de un cheque y hay algunas anotaciones en el margen.

Thomas lo tomó e iluminó las palabras que Wu había garabateado junto al cheque. *Del archivo, K I,* y luego una fecha de unas dos semanas antes de la presentación.

—Eso parece —murmuró Thomas y desplazó la luz para iluminar el cheque.

Llevaba impresa una dirección en la esquina superior izquierda. La dirección era local, pero no había ningún nombre. Quien haya fotocopiado el cheque lo había colocado incorrectamente en la fotocopiadora, cortando la parte superior que contenía el nombre del emisor.

Los ojos de Thomas se dirigieron hacia la firma. Con letra bastante anticuada, había un nombre escrito con tinta azul. No podía descifrarlo, pero su corazón dio un vuelco. La letra le resultaba familiar. Se sacudió el escalofrío que le recorrió la espalda. Debía de estar equivocado. Mucha gente tenía una letra parecida.

27

La dirección que habían encontrado en el cheque estaba en el borde de Chinatown, donde se fusionaba con Little Italy —o North Beach, como se le llamaba oficialmente. Las calles aquí eran estrechas, y los edificios en su mayoría tenían tres pisos, aunque ocasionalmente se elevaban a cuatro. Los escaparates de las tiendas se intercalaban con los restaurantes, y encima de ellos había apartamentos de cuyos balcones colgaba ropa tendida a secar. El área era colorida, por decirlo de alguna manera.

Incluso a esas horas de la noche, muchas de las tiendas seguían abiertas, y de sus entradas salían olores penetrantes. Thomas frunció la nariz y miró de reojo a Zane.

El labio de Zane se curvó con disgusto.

—¿Ahora qué?

—Vamos a echar un vistazo. —Thomas hizo un gesto para que su colega lo siguiera por la empinada calle lateral hasta llegar al edificio. No era nada especial, un edificio sencillo, rectangular, gris, de tres pisos, probablemente construido en los años sesenta o setenta, con ventanas pequeñas y sin detalles arquitectónicos que destacaran. En el nivel de entrada había un garaje, algo poco común en esta parte de la ciudad, donde el estacionamiento era un lujo.

Thomas observó la casa y notó que el farol que había delante no funcionaba, lo que oscurecía esta parte de la calle y ocultaba la entrada a los ojos humanos. Sin embargo, su visión de vampiro le permitía ver la puerta con claridad. Levantó la cabeza para mirar las ventanas. Había luz tras ellas, y no había cortinas ni persianas cerradas en el primer y segundo piso. En el tercer piso, las persianas obstruían la vista del interior.

Bajó la mirada al piso sobre el garaje y se centró en una ventana. La habitación que había detrás estaba bien iluminada. En silencio, Thomas se paró en la oscura entrada de reparto de una tienda y esperó. Zane, a su lado, tampoco hizo ruido. Estaban acostumbrados a esto. Esperar y observar era parte de su trabajo. Lo habían hecho miles de veces, y aunque odiaban esperar, ambos sabían que era necesario.

Pasaron unos minutos antes de que viera movimiento en la casa. Un hombre pasó junto a la ventana, con un teléfono pegado a la oreja.

—Parece que hay alguien en casa —dijo Zane, balanceándose sobre sus talones—. ¿Quieres visitarlo?

Thomas estaba a punto de asentir cuando apareció una segunda persona. Lo reconoció de inmediato: Xander, el hombre que lo había acorralado unos días atrás. No le sorprendió en absoluto verlo en la casa. Solo confirmó lo que ya sabía: Xander estaba detrás de K Industries. Era la fuerza motriz que intentaba restaurar el imperio de Kasper después de su caída. Si lograba acabar con Xander, los demás se retirarían a los agujeros de donde habían salido arrastrándose. Si ninguno de ellos poseía más poder que el que había sentido emanar de Xander, podría derrotarlos fácilmente.

Sin embargo, no iba a meter a Zane en esto. Aunque Zane era una máquina brutal de pelea, ni siquiera él podría ganar una batalla contra un vampiro que llevaba la sangre de Kasper.

—No. Vamos a esperar. Voy a hablar con Samson primero —mintió. Señaló la casa—. No van a ir a ninguna parte. Volveremos cuando hayamos formulado un plan.

—Bien —aceptó Zane—. Vamos a hablar con Samson.

—Yo me encargo. ¿Por qué no vuelves a la oficina y organizas la limpieza en el despacho del abogado? No podemos dejarlo así.

Zane entrecerró los ojos, mirándolo con sospecha. ¿Acaso Zane podía darse cuenta de que solo era una excusa para que se apartara de su camino?

—Tú decides. Hasta luego.

Cuando Zane se dio media vuelta, Thomas exhaló aliviado y caminó en dirección contraria hacia Nob Hill, donde se encontraba la casa de Samson, solo por si Zane volteaba para asegurarse de que hacía lo que había dicho que haría.

Dos cuadras después, Thomas dio media vuelta y regresó a la casa en la que había visto a Xander. Mirando a ambos lados de la calle, cruzó hasta la puerta de entrada. Frente a ella, se detuvo, inhalando profundamente. Luego cerró los ojos y dejó que su mente viajara, extendiéndose más allá de la puerta y adentrándose en el interior del edificio.

Podía sentir con claridad la presencia de varios vampiros en el recinto. Xander y quienquiera que estuviera hablando por teléfono no estaban solos. Ese hecho no lo disuadió. Mientras pudiera acabar con Xander, los demás serían presa fácil. Lo único que tenía que hacer era mantener a Xander en la creencia de que no pretendía hacerle daño. En cuanto bajara la guardia, Thomas atacaría.

Despejando su mente, Thomas tocó el timbre y esperó, con todo su cuerpo en alerta y listo para enfrentarse al enemigo en cualquier momento. Unos pasos procedentes del interior le advirtieron que un vampiro se acercaba. Hubo una ligera vacilación de la persona que se detuvo justo detrás de la puerta, pero entonces se giró el cerrojo y la puerta se abrió hacia dentro.

Xander apareció frente a él. Thomas esperaba que uno de sus secuaces abriera la puerta. Pero no dejó que la sorpresa se reflejara en su rostro. Tampoco Xander mostró sorpresa alguna al ver a Thomas en su umbral.

—Así que me has encontrado —se limitó a decir, y lo invitó a entrar.

Thomas pasó junto a él sin bajar la guardia. Obligó a sus sentidos a permanecer atentos, escaneando constantemente cualquier movimiento repentino que pudiera hacer su oponente. Al volverse hacia Xander, quien cerraba la puerta y volvía a poner el cerrojo, esperó.

—Por aquí —indicó Xander y lo condujo a la sala de estar, donde solo unos minutos antes lo había visto a él y a otro vampiro. La habitación estaba vacía.

—¿Y el resto de tus seguidores? —preguntó Thomas, dejando que sus sentidos exploraran. Podía sentir claramente la presencia de otros vampiros en la casa.

—¿Mis seguidores? —Se rió entre dientes—. Me das demasiado crédito.

—Ambos sabemos que no estás solo.

Xander asintió y se agachó para sentarse en un sillón antiguo frente a la chimenea. Señaló el sillón frente al suyo.

—Por favor. Detesto torcer el cuello.

Con cautela, Thomas se sentó.

Su anfitrión le dirigió una mirada de aprobación.

—Tienes razón, por supuesto. No estoy solo. Pero he pedido a mis... socios que se retiren al piso de arriba para que tengamos la oportunidad de hablar en privado.

Thomas movió la cabeza en señal de acuerdo. Esta situación era incluso mejor de lo que había planeado: estar a solas con Xander haría más fácil encargarse de él. Y para cuando los demás en la casa se dieran cuenta de lo que estaba pasando, Thomas habría reunido fuerzas de nuevo y estaría preparado para otro ataque.

—Sí, hablemos —empezó Thomas—. Sé lo que estás haciendo.

—Bueno, eso espero. Después de todo, nos aseguramos de ello. ¿Qué sentido tendría hacer cosas para traerte a nuestro lado si te las ocultáramos?

¿Insinuaba Xander que había dejado deliberadamente una pista en la oficina de Wu para que Thomas lo rastreara?

—Tienes una forma curiosa de intentar atraer nuevos seguidores.

—¿Seguidores? Tú no serías un seguidor. Creía haberlo dejado claro en nuestra conversación anterior.

—Así como yo dejé claro que quiero que dejes mi territorio.

Xander sonrió.

—Me temo que no podemos hacer eso. Verás, tenemos planes de dominar el mundo de los vampiros.

—¿Amenazando vampiros que cumplen con la ley y echándolos de la ciudad? ¿Matándolos cuando no obedecen?

Xander se encogió de hombros.

—Las bajas son de esperarse. En todas las guerras muere gente.

—Esto no es una guerra. Y vas a fracasar —prometió Thomas.

—¿Por qué estás tan seguro?

Thomas se incorporó y dirigió su mente hacia su interior.

—¡Porque te destruiré!

Concentrándose en Xander, reunió la energía de su mente y la descargó contra su oponente. Xander salió disparado de su silla y el aire vibró entre ellos. Entonces, una explosión lanzó a Thomas contra la pared detrás de él, rompiendo su concentración.

El repentino poder que había salido de Xander lo dejó atónito. ¿Cómo era posible? Solo había percibido un bajo nivel de poder oscuro dentro de Xander, pero lo que su enemigo usó para defenderse había sido magnificado.

Xander rio, y el sonido rebotó contra las paredes, creando un eco espeluznante.

—No has aprendido, ¿verdad? Cuantos más de los nuestros están juntos, más fuerte crece el poder. Es como la gravedad. Atrae más y más de la misma especie, y al unir nuestras fuerzas, nos hacemos más fuertes. No puedes decidir al respecto. ¡Pronto serás uno de los nuestros! Te unirás a la familia.

—¡Nunca! ¡Ya tengo una familia!

—¿Oh, te refieres a Scanguards? ¿O hablas del chico que te estás tirando?

La ira recorrió el cuerpo de Thomas mientras se despegaba de la pared. ¿Xander sabía lo de Eddie y él?

—¿Crees que él es tu salvación? —se burló Xander—. Sigue soñando. Ni siquiera él puede salvarte de ti mismo. ¡Admite de una vez lo que eres!

Cegado por la rabia, Thomas se lanzó contra él, lo agarró por el cuello, lo levantó en el aire y lo estrelló contra la chimenea.

—Si tocas a uno de ellos, serás polvo.

Sonaron pasos en las escaleras desde arriba. Sabiendo que no podría derrotar sus poderes colectivos, al menos no en el estado en que se encontraba, Thomas salió corriendo de la habitación hacia la puerta de entrada, le quitó el seguro, y salió disparado antes de que pudieran alcanzarlo.

Kasper irrumpió en la sala y vio a Xander levantándose junto a la chimenea. Por suerte no había fuego en ella, pues de lo contrario la ropa de su fiel seguidor se habría envuelto en llamas.

—Veo que Thomas tiene la misma cabeza caliente de siempre —comentó.

Xander se frotó la espalda baja.

—No sé por qué no pudiste hablar con él tú mismo.

Kasper entrecerró los ojos. No toleraba la insubordinación de nadie.

—Porque creo que era mejor así. Así que, a menos que quieras correr la misma suerte que algunos de tus predecesores, harás bien en no cuestionar mis decisiones. ¿Nos entendemos?

Xander inclinó la cabeza en señal de sumisión.

—Sí, maestro Kasper.

Kasper se volvió hacia los seis hombres que lo habían seguido.

—¡Vuelvan arriba! Los llamaré cuando los necesite.

Se dieron la vuelta sin protestar y volvieron a marchar escaleras arriba. Había entrenado bien a sus secuaces. Le tenían miedo. Y el miedo producía obediencia. Los había engendrado a todos, pero su sangre no era tan fuerte en ellos como lo era en Thomas, porque sus mentes eran débiles y el poder no podía prosperar en una mente débil.

Se volvió hacia Xander.

—Muy bien. ¿Qué más tienes que reportar?

—Tu sospecha era correcta: tiene un amante, un joven vampiro que vive con él. Cuando lo confronté, se puso hecho una furia.

Kasper sintió que una ola de celos hervía en su interior, y la reprimió. No era momento para debilidades. Recuperaría a Thomas y juntos dominarían el mundo de los vampiros. Como siempre estuvo destinado a ser.

—Es fuerte, tal como dijiste. Si no hubieras canalizado tu poder a través de mí cuando me atacó, me habría matado.

—Lo sé. —Levantó el labio en un gruñido—. Que te sirva de lección. Ahora, júntate con los otros. Necesito tiempo.

Xander hizo una reverencia y salió rápidamente de la habitación, cerrando la puerta tras de sí.

Kasper se acercó a una de las sillas e inhaló. El olor de Thomas le llegó a la nariz.

—Voy por ti. Ya te divertiste lo suficiente. Pero es hora de volver a casa.

28

———

Thomas tocó el timbre de la casa de Samson en Nob Hill y se sorprendió al ver que se abrió casi al instante.

Samson, con su hija Isabelle de nueve meses en brazos, lo saludó y le hizo un gesto para que entrara.

—Hey, Thomas. Eres justo el hombre que necesitaba.

—¿Qué está pasando? —preguntó Thomas y entró, cerrando la puerta tras de sí.

—Maya y Delilah están arriba separando juguetes y ropa de Isabelle para dárselos a Yvette.

Thomas sonrió.

—Entonces parece que lo tienen controlado. Nos deja tiempo para sentarnos y relajarnos.

—¡Ojalá! Ya me amarraron en esto. —Hizo un gesto hacia el pasillo—. Tengo que sacar algo del almacén de abajo.

—Voy contigo.

Mientras bajaban las escaleras hacia el sótano, donde se encontraban el garaje, un almacén, un arsenal de armas, y una habitación segura, Thomas notó un intercambio fugaz de miradas entre Samson e Isabelle. ¿Podían ambos percibir su malestar?

—¿Pasa algo malo? —le preguntó Samson mientras abría la puerta del almacén y encendía la luz.

—Zane y yo seguimos una pista sobre quién compró el negocio de Al. Encontramos al abogado que presentó los papeles de la empresa que compró a Al. Está muerto.

Samson se quedó helado.

—¿Juego sucio?

—Alguien le cortó la lengua. Parecía un mensaje.

Samson se estremeció visiblemente.

—¿Sigue ahí el cuerpo?

—Zane está enviando un equipo de limpieza mientras hablamos. Pero encontramos algo más. Una dirección de las personas que están detrás de la empresa.

—Vamos a verlos.

—Ya lo hice. Son los mismos vampiros que mataron a Sergio y a su mujer.

—Formemos un equipo y entremos a eliminarlos. Buen trabajo encontrándolos, Thomas.

—Me temo que no será tan fácil. Hay algo más.

Samson enarcó una ceja, inquisitivo.

—¿Qué es?

—Tenemos que hablar, en privado. —Thomas señaló a Isabelle.

Isabelle frunció el ceño. La hija pequeña de Samson parecía entender demasiado. Sus habilidades telepáticas también implicaban que, si oía algo que no debía oír, sería capaz de comunicárselo a su madre. Y lo que Thomas quería decirle a Samson no estaba destinado a los oídos de nadie más.

—¿Por qué no agarras el carrito de aquí y lo subes? Yo llevo a Isabelle con Delilah. —Samson no esperó a que Thomas respondiera antes de dirigirse hacia las escaleras.

Thomas respiró hondo, inhalando el aire polvoriento del sótano. Esperaba no estar cometiendo un gran error, pero realmente no creía que hubiera otra forma. El poder que Xander había mostrado le había hecho reconsiderar la posibilidad de actuar solo, sin el respaldo de Scanguards. Pensó que sería fácil destruir a Xander y a sus seguidores por su cuenta, pero su oponente le demostró que estaba equivocado. Necesitaba la ayuda de Scanguards.

Thomas agarró el carrito que Samson le había indicado y lo llevó al vestíbulo, donde lo dejó y esperó. Pasaron solo unos momentos hasta que Samson bajara de nuevo del piso superior.

—Mi oficina —instruyó, y avanzó por el largo pasillo.

Después de que Thomas entrara al estudio y cerrara la puerta tras de sí, Samson se volvió hacia él, permaneciendo de pie.

—¿Qué te preocupa?

Thomas dejó que su mirada analizara a su viejo amigo y jefe.

—Como tú y algunos otros saben, tengo habilidades especiales para el control mental.

Samson asintió.

—Lo demostraste cuando luchaste contra tu creador no hace mucho. Yo no estuve ahí, pero Quinn me contó todo.

—No soy el único con esas habilidades.

Samson se recargó contra su escritorio.

—Está claro que tu señor tenía las mismas habilidades.

Reconoció las palabras de Samson con una rápida inclinación de cabeza.

—Lo que te voy a decir ahora no puede salir de este cuarto. Nadie puede enterarse, ni siquiera Delilah. ¿Me lo puedes prometer?

—Esto parece serio.

—Así es. Necesito tu palabra.

—La tienes.

Thomas se pasó una mano por el cabello y sintió el sudor que se había acumulado en su nuca. Nunca le había contado a nadie sobre su poder oscuro, y revelarlo ahora era un riesgo. Pero tenía que hacerlo para mantener a todos en Scanguards a salvo.

—Mi habilidad tiene un precio. Cada día y cada noche lucho contra el mal que llevo dentro. Es un poder oscuro que alimenta mi habilidad, un poder maligno que me hace fuerte y capaz de destruir a los demás solo con mis pensamientos. Si no lo venzo continuamente, levantará y exigirá lo que le corresponde. —Buscó los ojos abiertos de su amigo—. Si lo permito, se apoderará de mí y me convertirá en un hombre cruel, violento y sin corazón. Un hombre que destruirá a los que ama.

—Thomas —murmuró Samson, claramente impactado.

Thomas levantó una mano.

—No he terminado. Hay más. —Llenó sus pulmones de aire—. El que me dio este poder oscuro es Kasper, o Keegan, como tú lo conoces. Esperaba que su muerte me trajera paz, pero no fue así. Engendró a muchos protegidos, y todos tienen el mismo poder oscuro en su interior. Y lo están usando para el mal. Están aquí, Samson, han venido a sembrar el caos.

—¿Los recién llegados? —preguntó Samson, con un brillo de comprensión en sus ojos.

—Sí. Son ellos. Los vampiros que compraron el negocio de Al, los mismos que mataron a Sergio. Han venido a tomar el poder, y quieren que me una a ellos.

Samson se apartó del escritorio, con el pecho agitado.

—¡Eres parte de nosotros, Thomas!

Thomas cerró los ojos con fuerza.

—Scanguards es mi familia. De eso no hay duda. Pero hay cosas que están fuera de mi control. Cuantos más de ellos lleguen, más su poder colectivo atraerá mi poder oscuro a la superficie. Lo sentí esta noche cuando enfrenté a su líder.

—¿Entraste por tu cuenta? ¿Estás loco? —Samson levantó la voz.

—Pensé que podría derrotarlo. Su poder me había parecido tan débil que estaba convencido de que podría dominarlo y acabar con sus seguidores justo después, pero había calculado mal. Su poder era demasiado fuerte. Más fuerte que el mío. Debe haber aprendido a dominarlo mejor que yo. —Suspiró—. Nunca perfeccioné mis habilidades. —Siempre había tenido demasiado miedo del resultado, miedo de volverse demasiado poderoso y dejar que ese poder lo drogara y lo convirtiera en algo que no quería ser—. Fracasé, Samson. Por eso estoy aquí. No puedes enviar un equipo sin saber a qué te enfrentas. Nos aniquilarán.

El rostro de Samson se volvió serio, con la preocupación grabada en él, un ceño fruncido en su frente.

—¿Qué quieren?

—Lo mismo que Kasper intentó antes: gobernar el mundo de los vampiros. Lo intentó, pero pereció en el intento. Ahora sus seguidores están de regreso. Se están apoderando de un negocio tras otro, expulsando a todos los buenos vampiros de la ciudad, construyendo una fortaleza. Una vez que controlen esta ciudad, se expandirán.

—Tenemos que detenerlos antes de que lleguen tan lejos.

—Lo intenté, Samson, pero soy demasiado débil.

Samson agarró a Thomas por los hombros y lo sacudió.

—No eres débil, Thomas. Eres el protegido de Keegan. Eso significa que tienes el poder dentro de ti, al igual que esos otros. Eres un hombre fuerte, y no hay ninguna razón por la que no puedas perfeccionar el poder que llevas dentro para volverte más fuerte que ellos. Tienes que intentarlo.

Lo que Samson sugería era demasiado peligroso para contemplarlo.

—No puedo, Samson. No es seguro. Significa liberar el poder de su jaula. No podré controlarlo. Me arrastrará automáticamente hacia ellos. Haría que sea aún más difícil resistirme a ellos.

—Te necesitamos, Thomas —imploró Samson—. Si son tan peligrosos como dices, entonces nuestras armas convencionales tendrán poco o ningún impacto. Estaremos en desventaja sin remedio si pueden combatirnos con control mental. No hay nadie aparte de ti que pueda ofrecer resistencia.

Thomas se soltó del agarre de Samson.

—¡No me pidas esto! No sabes lo que estás conjurando. —Cerró las manos en puños y apretó los dientes—. Incluso ahora, puedo sentir el poder oscuro sacudiendo las puertas de su jaula. Puedo sentir cómo se hace más fuerte. Me dominará y me obligará a hacer cosas que no quiero. He visto el mal que desata. Lo que pasó con Sergio podría volver a suceder. Solo que la próxima vez *yo* podría ser el culpable. ¿No lo ves? Tengo que mantener el poder encadenado. No hay forma segura de perfeccionarlo.

Señaló hacia la ventana, indicando el mundo exterior, con un humor cada vez más sombrío.

—Esos vampiros pudieron perfeccionar su habilidad porque no les preocupaba a quién herían en el proceso. No tienen familias que les importen. No saben lo que es el amor.

Los pensamientos de Thomas se volvieron instantáneamente hacia Eddie. Si desataba su poder oscuro, lastimaría a Eddie, porque su deseo le llevaría a obligar a Eddie a rendirse por completo ante él, estuviera listo o no. Rompería su confianza y perdería cualquier oportunidad que hubiera tenido de amar.

—Tienes que preparar a los demás para lo que tendrán que enfrentar. Pero yo no puedo ser parte de esto. Tengo que mantenerme alejado de la gente de Xander. El mero hecho de estar en su presencia despierta mi poder oscuro, y no sé cuánto tiempo más podré controlarlo.

La manzana de Adán de Samson subió y bajó, con los ojos muy abiertos.

—Que Dios nos ayude.

29

Eddie entró en el garaje y oyó que la puerta se cerraba tras él. Giró la llave en el encendido, apagó el motor y cerró los ojos por un momento. Lo habían emparejado con Cain para patrullar, y aunque Cain le caía bien, extrañaba trabajar con Thomas. A Cain lo habían llamado antes para asistir a la limpieza de la escena de un crimen, por lo que Eddie había tenido que terminar su patrulla antes de tiempo. El edicto de que nadie patrullara por su cuenta seguía en vigor.

Nina lo había llamado al celular justo antes de que saliera a patrullar, queriendo aclarar más qué tipo de apartamento estaba buscando para poder limitar su búsqueda. No había tenido valor para decirle que ya no estaba del todo seguro de querer irse de la casa de Thomas. No estaba seguro de nada en este momento.

Eddie se bajó de la motocicleta y se quitó el casco, colocándolo en el banco junto a las escaleras, y luego colgó la chamarra al lado. Puso el pie en el primer escalón cuando un sonido procedente de la otra dirección llegó a sus oídos. Se quedó congelado, con las orejas en alerta. Conteniendo la respiración, escuchó atentamente. ¿Había un intruso en la casa?

Un sonido parecido a un gemido salió del cuarto que había sido construido en la ladera. La cueva, como la llamaba Thomas. Cuando Eddie se mudó a la casa, Thomas le dijo que ese era el único lugar que estaba fuera de sus límites. Eddie había respetado los deseos de Thomas, pero siempre había sentido curiosidad por lo que se ocultaba en esa habitación.

En silencio, se acercó a la puerta y apretó su oído contra ella. Unos ruidos extraños que no podía identificar llegaron hasta él. Inhaló profundamente y percibió dos olores muy distintos: el olor de un humano y el olor de la sangre de vampiro. ¡La sangre de Thomas! Alguien estaba lastimando a Thomas.

Eddie abrió la puerta de un tirón y entró en la habitación, sus ojos evaluando rápidamente la situación, su cuerpo preparándose para luchar contra el intruso que de alguna manera había dominado a Thomas.

Sus ojos encontraron a Thomas inclinado sobre un potro cerca de la pared, con las muñecas atadas a un poste por encima de él, su cuerpo desnudo, sus piernas abiertas. Su espalda baja y su trasero estaban cubiertos de heridas sangrantes, que sin duda habían sido infligidas por el humano, que hizo restallar un látigo de cuero con varios azotes.

Eddie se precipitó hacia el hombre, agarrando su mano e impidiendo que propinara otro doloroso latigazo en la espalda de Thomas. El hombre giró la cabeza hacia él, conmocionado por haber sido atrapado.

—¡Qué carajo! —siseó Eddie y golpeó al hombre en la cara, tirándolo al suelo.

—¡Eddie!

Sacudió la cabeza en dirección a Thomas, notando cómo había girado la cabeza.

—¡No lo lastimes! —ordenó Thomas.

Eddie entrecerró los ojos.

—¡Te está golpeando! —Señaló al hombre que ahora intentaba levantarse—. ¡Se merece todo lo que está recibiendo!

—¡No, Eddie! ¡Vete!

—¿Irme? ¿Estás loco? ¿Te amarró y quieres que me vaya? —¿Qué le pasaba a Thomas? ¿Estaba bajo algún tipo de hechizo? ¿Alguien lo había dominado con control mental? —¿Qué carajos estás diciendo?

—Él lo pidió —gruñó el humano, recogiendo el látigo que se le había caído de la mano.

—¿Qué? —Miró de Thomas al humano, y luego de vuelta, dándose cuenta ahora de que las correas alrededor de las muñecas de Thomas eran de cuero, no de plata. Thomas podría liberarse en cualquier momento si quisiera. Sin embargo, parecía que no quería hacerlo.

Luego, sus ojos se fijaron más en su entorno. Todo tipo de instrumentos de flagelación colgaban de las paredes alrededor de la cueva, que estaba equipada con percheros y bancos, un diván y varios gabinetes. ¿Qué más se ocultaba tras las puertas de esos gabinetes? ¿Más instrumentos de tortura?

Eddie cayó en la cuenta. ¿Thomas hacía esto para excitarse? Furioso, fulminó al humano con la mirada.

—¡Lárgate! ¡Lárgate ya! —Mostró sus colmillos al hombre, haciéndole caer hacia atrás, horrorizado—. ¡Lárgate! —gritó una vez más, y señaló la puerta. Antes de que el hombre se diera la vuelta, Eddie concentró su mente en él, borrando su memoria del suceso.

Solo cuando oyó cerrarse de nuevo la puerta del garaje y supo que el hombre había salido de la casa, se volvió hacia Thomas.

Recorrió con la mirada la espalda de su mentor. Las heridas parecían superficiales. Sangraban varios cortes en la parte baja de su espalda, así como uno en el trasero.

Thomas lo fulminó con la mirada.

—Te dije que nunca entraras aquí.

Eddie ignoró el regaño de Thomas y se acercó, poniendo lentamente un pie delante del otro, todo su cuerpo tenso. A medida que se acercaba, el olor de la sangre de Thomas se intensificaba.

—¿Por qué harías algo así? ¿Por qué te dejas vencer por un humano? ¿Qué te pasa?

Mientras hablaba, no podía apartar la mirada del cuerpo desnudo de Thomas. Nunca había visto un trasero tan musculoso, unos muslos tan torneados, en nadie. Su piel brillaba de manera tentadora.

—No lo entenderías.

—¡Pruébamelo! —retó Eddie.

Thomas sacó una muñeca de las ataduras que tenía sobre la cabeza, y luego la otra. Cuando se dio la vuelta por completo, la mirada de Eddie cayó inmediatamente sobre la ingle de Thomas. La ira se apoderó de él al ver la erección de Thomas.

—¿¡Ibas a dejar que te cogiera, verdad!?

—¡No!

—¡No me mientas!

Thomas le devolvió la mirada.

—¡Es la verdad! No tenía intención de tener sexo con él.

—La evidencia dice lo contrario. —Señaló la verga erecta de Thomas.

Thomas se acercó , colocando su cuerpo casi al ras del de Eddie, con la respiración agitada e irregular.

—Se me puso dura en cuanto entraste aquí. Tan pronto como te olí. El único hombre al que quiero cogerme eres tú.

El corazón de Eddie se detuvo, las palabras de Thomas lo llenaron de calor. ¿Acababa de entrar en un ataque de celos? ¿Eso significaba lo que él pensaba que significaba? Se detuvo, no quería que sus pensamientos siguieran divagando. No quería saber lo que significaba.

—No quiero a nadie más que a ti —dijo Thomas, ahora con voz más suave y el rostro cada vez más cerca.

—Entonces, ¿por qué?

Thomas suspiró.

—Hay momentos en mi vida en los que necesito que me dominen. Cuando necesito someterme a la voluntad de otro. Olvidar que soy poderoso.

Eddie escuchó las palabras, pero no entendió del todo.

—¿Qué es lo que hace?

Thomas rozó con los dedos la mejilla de Eddie.

—Me ayuda a controlar mis impulsos.

—¿Impulsos? —Eddie tragó saliva con fuerza, con voz rasposa, y su propio deseo en crecimiento.

—El impulso de tomarte y hacerte mío, lo quieras o no.

Una llama ardiente atravesó el núcleo de Eddie. Ya fuera por la cercanía del cuerpo desnudo de Thomas, el olor de su sangre o la situación en la que se encontraba, Eddie no sabía por qué de repente estaba tan excitado. Solo sabía que tenía que hacer algo al respecto. Deslizó la mano sobre el trasero de Thomas, acercándolo más.

—¿Qué pasaría si yo te dominara y te hiciera someterte a mí? ¿Eso sería de ayuda?

Los ojos de Thomas parpadearon enrojecidos, emergiendo su lado vampírico. Sus colmillos se alargaron y un suspiro entrecortado rodó por sus labios.

—Sí, eso sería de ayuda.

Eddie se hizo hacia atrás, notando la mirada de decepción de Thomas por haber cortado la conexión.

—Bien. —Señaló el diván de cuero cerca de una pared del cuarto—. Échate boca abajo.

—¿Qué estás planeando?

—¡Nada de preguntas! —ordenó Eddie—. ¡Échate!

Apenas capaz de contener su emoción, Eddie vio cómo Thomas se dirigía al diván y se agachaba sobre él, acostándose boca abajo. Lo siguió lentamente, mirándolo mientras lo alcanzaba. Thomas estaba extendido como un festín, con los muslos ligeramente separados, lo que le permitía ver no solo su apretado trasero, sino también un atisbo de sus bolas. Entonces sus ojos se centraron en los cortes de su piel.

Lentamente se inclinó sobre Thomas, acercando la boca a sus heridas, pero Thomas se movió debajo de él, deslizándose.

—¿Qué haces? —preguntó Thomas con voz agitada.

—¿No es bastante obvio? Voy a curar tus cortadas. Estás sangrando.

—¡No lo hagas!

La voz aguda de Thomas le puso los pelos de punta.

—¿Así que está bien que bebas mi sangre, pero no que yo beba la tuya? —De ninguna manera jugaría bajo aquellas reglas desequilibradas. Agarró a Thomas por los hombros y lo volvió a tumbar en el diván, usando el peso de su cuerpo para someterlo mientras forcejeaba.

—¿A eso le llamas sumisión? —gruñó Eddie y saltó sobre él como si estuviera montando a un caballo.

—¡Suéltame! —ordenó Thomas.

—Ni hablar. —Eddie le sujetó los hombros y se agachó, echándose hacia atrás para sentarse sobre la parte superior de los muslos de Thomas.

—Mi sangre, no es buena —afirmó Thomas, intentando otra vez detenerlo.

Pero Eddie ya había sacado la lengua y lamido el primer corte, recogiendo la sangre. Mientras se cerraba la cortaba, cerró los ojos y dejó que el oscuro líquido corriera por su garganta. Sus papilas gustativas explotaron y respiró profundamente.

—¿No es buena? ¡Es deliciosa! —Y lo hacía sentirse fuerte. Nunca había bebido sangre de vampiro (al menos no conscientemente, ya que durante su transformación Luther debió haberlo alimentarlo) y nunca había imaginado el subidón de poder que le generaría. Sin detenerse, lamió la siguiente cortada, absorbiendo y tragando las tentadoras gotas.

Sus dedos se clavaron en los hombros de Thomas, sujetándolo mientras seguía forcejeando.

—Pensé que querías que te dominara —se burló y volvió a lamer—. ¿Eso no quiere decir que tienes que hacer lo que yo quiera?

—¡Basta, Eddie, estás yendo demasiado lejos!

—Al contrario, no voy lo suficientemente lejos. —Se deslizó más abajo, hundiendo su rostro hasta que su boca se cernió sobre la cortada en la nalga de Thomas. Le dio una tímida lamida, luego otra larga caricia sobre el corte. Se curó casi al instante, pero no se detuvo. Siguió acariciando a Thomas, presionando besos en su piel.

Un gemido rompió el silencio en la habitación, y procedía de Thomas, quien, debajo de Eddie, había dejado de luchar, sus músculos se relajaban. Eddie soltó los hombros de Thomas, deslizando las manos por su musculoso torso hasta llegar a sus caderas.

Eddie levantó su peso de Thomas, permitiéndole levantarse sobre sus manos y rodillas. Automáticamente, como si lo hubiera hecho cientos de veces, Eddie pasó una mano por su raya y pasó por la entrada de su oscuro portal.

Se zambulló entre las piernas de Thomas, tocando sus bolas, ahuecando las piedras preciosas en la palma de su mano.

Un agudo siseo salió de los labios de Thomas.

—¡Carajo, Eddie! Sabes lo que necesito.

Por extraño que parezca, sabía exactamente lo que Thomas quería. Y lo que Eddie ansiaba ahora mismo.

—¿Tienes lubricante?

Thomas señaló un gabinete en la pared.

Soltando las bolas de Thomas, Eddie se levantó y se dirigió al gabinete, abriéndolo. Una serie de juguetes sexuales estaban cuidadosamente ordenados en varios estantes: consoladores de todas las formas y tamaños, pinzas, anillos, esposas y correas. Su pulso se aceleró. Parecía que a Thomas le gustaba algo muy pervertido. Aunque pensó que esto le causaría repulsión, no sintió tal sensación. Al contrario, solo parecía ponerle la verga más dura.

Encontró el tubo de lubricante, lo agarró y se volvió hacia Thomas, chocando con su intensa mirada. Ninguna otra persona lo había mirado nunca con tanta hambre en los ojos.

Dejando el tubo sobre el gabinete por un momento, Eddie se quitó la camiseta por la cabeza y la arrojó al suelo. Sin romper el contacto visual, se desabrochó los pantalones y bajó la cremallera, retirando lentamente la capa de cuero que ocultaba su erección. Mientras se bajaba los pantalones y se quitaba los zapatos, notó que Thomas se lamía los labios.

Sin vacilar, se despojó de sus bóxers, dejando que su erección se liberara.

Luego tomó el tubo de lubricante y volvió al diván, disfrutando del brillo de admiración en los ojos de Thomas. Cuando se detuvo ante él, abrió el tubo y se puso una cucharada en la palma de la mano.

—Nunca pensé que serías tú quien dejara... —Eddie no sabía cómo decirlo sin herir los sentimientos de Thomas.

—...dejara que otro hombre me cogiera? —Thomas lo miró—. Muy pocos lo han hecho. Pero contigo quiero sentirlo todo.

Eddie tomó su erección en su mano y la lubricó. La idea de sentir los apretados músculos de Thomas alrededor de su verga en unos segundos casi lo volvía loco de lujuria. Impaciente, se movió entre los muslos abiertos de Thomas, sus piernas a ambos lados del diván, permaneciendo de pie detrás de él. Luego se puso más lubricante en la mano y la llevó a la raja de Thomas.

Cuando dejó que sus dedos se deslizaran hacia abajo, un escalofrío visible recorrió a Thomas. Un gemido le siguió. Cuando llegó al apretado anillo de músculos que protegía el portal oscuro, Eddie lo frotó con sus dedos cubiertos de lubricante, rodeándolo como un tigre a su presa. El poder surgió dentro de él, haciendo que su pecho se hinchara. Ahora sería él quien tomara las riendas. Ya no sería la persona que sucumbía a las seductoras caricias de Thomas, dejándolo indefenso y débil. Esta noche sería él quien se cogería a Thomas hasta que temblara y pidiera clemencia.

Prácticamente estremecido por la expectación, Eddie presionó su dedo contra el ano de Thomas y sintió que el apretado músculo cedía, permitiéndole introducirse hasta los nudillos dentro de él.

Un profundo gemido resonó en la habitación. Alentado por él, Eddie hundió más profundo el dedo hasta que no pudo ir más lejos. La tensión con que los músculos interiores de Thomas apretaban su dedo era embriagadora. Su verga nunca sobreviviría a esto.

—¡Carajo! —siseó Thomas.

—Sí —murmuró Eddie, sin aliento. Sacó el dedo lentamente, luego esparció más lubricante sobre la entrada y repitió la acción. La segunda vez que penetró, el movimiento fue más suave, el lubricante lo hizo deslizarse con más facilidad sin quitarle la estimulante sensación de sentir a Thomas agarrándolo.

—Te encanta que te la metan, ¿verdad? —preguntó, y movió el dedo hacia adentro y hacia afuera a un ritmo constante.

Thomas jadeó, mientras sus caderas se balanceaban hacia delante y hacia atrás al compás de las embestidas de Eddie.

—¡Hazlo! —gritó con los dientes apretados.

No hacía falta que se lo dijera dos veces. Sacó el dedo del culo de Thomas y colocó en posición su verga dura como una roca. Agarrándose a la cadera de Thomas con una mano, utilizó la otra para guiar su verga mientras presionaba contra el apretado anillo de músculos.

Con las rodillas prácticamente temblando por la excitación, presionó hacia dentro, sumergiendo la cabeza de su verga en Thomas.

—¡Carajo! —siseó, jadeando con fuerza mientras los músculos de Thomas apretaban su sensible punta. No solo no sobreviviría a esto, sino que además quedaría como un chamaco inexperto frente a Thomas al derramarse cuando ni siquiera estaba completamente dentro de él todavía.

Tomando unas cuantas respiraciones, no se atrevió a moverse por miedo a venirse al instante. Nunca había sentido nada tan apretado.

—¿Estás bien? —preguntó Thomas, girando la cabeza.

Eddie se mordió el labio inferior para evitar su inminente orgasmo.

—Estoy bien —dijo entre dientes.

—Bien, entonces esto no te importará —respondió Thomas con un extraño brillo en los ojos y, de repente, empujó sus caderas hacia atrás, recibiendo la verga de Eddie dentro de él hasta la empuñadura.

Todo el aire salió de los pulmones de Eddie. Se le aceleró el pulso e, instintivamente, agarró las caderas de Thomas con ambas manos, estabilizándose. Sin pensarlo conscientemente, su cuerpo se movió por sí solo, retrocediendo y volviendo a empujar hacia delante. Era diferente de cualquier sexo que hubiera tenido antes. Más intenso, más urgente, más apasionado.

Sentir el calor alrededor de su verga y la intensa presión que lo rodeaba, acompañada por la suavidad de la carne deslizándose sobre la carne, lo volvía loco. Jadeaba incontrolablemente, gemidos y quejidos brotaban de sus labios y se mezclaban con los sonidos de placer de Thomas.

—¿Te gusta? —preguntó Eddie, gimiendo.

—¿Me estás jodiendo? —le espetó su amante, respirando con dificultad.

— Nunca he tenido nada mejor.

El orgullo se extendió por el pecho de Eddie. ¿Este vampiro de más de cien años nunca había tenido un amante mejor que él? Aquella admisión lo incitó aún más, y clavó su verga más fuerte dentro de él, embistiéndolo profundamente. Con cada embestida, se acercaba cada vez más a lo inevitable. Sin embargo, no podía aflojar el ritmo, no podía dejar de hundirse más rápido y más fuerte en Thomas. Como si lo impulsara algún poder desconocido, continuó.

Hacía tiempo que sus dedos se habían convertido en garras y se clavaban en la carne de Thomas, aferrándose a él como si se aferrara a su vida. Su visión se había teñido de rojo, evidencia de que sus ojos brillaban en rojo. Sus colmillos habían descendido y estaban completamente extendidos, empujando más allá de sus labios. Su lado vampírico se había apoderado de él, y toda vacilación y duda sobre sus actos había desaparecido. Se estaba cogiendo a un hombre y le encantaba, cada segundo. No sentía vergüenza ni pudor. Solo una profunda sensación de satisfacción. Todo lo que podía sentir ahora era a Thomas, su canal apretándolo.

—¡Estás tan apretado, carajo! —gritó y continuó embistiendo.

—¿Te estás quejando?

Eddie gimió.

—¡Carajo, no! Pero no voy a durar más tiempo.

Ya sentía un hormigueo en las bolas, que se habían apretado. Su columna vertebral se tensó y su ritmo había aumentado a tal velocidad que un humano se marearía al verlos.

Con un gruñido, Thomas empujó hacia atrás, duplicando el impacto de la siguiente embestida de Eddie.

—¡Oh, carajo, me vengo! —Eddie cerró los ojos, echó la cabeza hacia atrás y se rindió a las sensaciones que lo inundaban. Su orgasmo lo golpeó como una mega ola oceánica, embistiendo a su amante con tal fuerza que sus rodillas se doblaron y cayó encima de él mientras su semilla salía disparada a través de su verga, llenando el culo de Thomas.

Debajo de él, el cuerpo de Thomas se estremeció.

—¡Carajo, sí! —gimió mientras lo recorría un visible estremecimiento que indicaba su clímax.

Sin aliento, Eddie continuó embistiendo, con un movimiento más suave que antes. Los convulsos músculos de Thomas lo agarraron con fuerza, hasta que tanto su orgasmo como el de Thomas remitieron.

Debajo de él, Thomas respiraba con dificultad.

—¡Carajo! —Su mano se extendió hacia atrás, deslizándose sobre el trasero de Eddie, apretándolo suavemente. —Puedes volver a cogerme cuando quieras.

Eddie sintió que una sonrisa se formaba en sus labios.

—Ten cuidado con lo que ofreces, que podría aceptarlo.

—Bien —murmuró Thomas.

30

Samson entró a la casa de Zane, pasando junto al vampiro calvo que cerró la puerta tras él.

—Gracias por dejarnos celebrar la reunión en tu casa. No quería llevar a todo el mundo a mi casa con Isabelle ahí. Ya capta demasiadas conversaciones de adultos.

—No podrás protegerla para siempre —respondió Zane—. ¿Quieres que hable con ella y le explique que es de mala educación escuchar conversaciones y luego pasarle el chisme a su madre por telepatía?

Samson soltó una carcajada.

—Puede que te haga más caso a ti que a mí. —Al fin y al cabo, Zane era su padrino, su mentor de por vida y, si no se equivocaba, su hija de nueve meses tenía una pequeña infatuación con el—. ¿Ya llegaron todos?

Zane señaló hacia la sala de estar.

—Están esperando.

—¿Y ya se fue Portia?

—Tal como me lo pediste. Se fue de compras con Maya para comprar unos últimos detalles para el baby shower.

Samson sonrió.

—Todos están vueltos locos con esa bebé.

—No los culpo. No es común que nazca un híbrido.

—¿Y tú y Portia? ¿Ya tienen planes?

Zane negó rápidamente con la cabeza.

—Demasiado pronto. No estoy listo para compartirla. —Luego le guiñó un ojo—. Pero eso no nos impide intentarlo.

Samson le dio una palmada en el hombro.

—Ten cuidado. Pasa más pronto de lo que crees.

Entró a la sala y miró a los presentes, seguido por Zane, quien cerró la puerta tras ellos.

Cain y Haven estaban junto a la chimenea, inmersos en una conversación. Amaury estaba sentado en un sillón, con los pies sobre la mesa de centro y los ojos cerrados, como si estuviera dormido. Quinn y Gabriel estaban en el sofá, revisando sus celulares en busca de mensajes.

—Buenas noches —saludó Samson, atrayendo la atención de todos.

Amaury abrió los ojos, Cain y Haven dejaron de hablar, y Quinn y Gabriel guardaron sus celulares.

—Gracias por venir. Sé que no es nuestro lugar habitual para reunirnos, pero no había otra opción.

—Sí, ¿por qué? —preguntó Amaury.

—Voy a entrar en detalles en un momento. Pero antes, lo que les voy a decir ahora tiene que permanecer en esta habitación. Nadie más puede saberlo.

Rostros serios lo miraron fijamente mientras varias cabezas asentían.

—Bien, entonces empecemos.

—¿No deberíamos esperar a Thomas? —preguntó Gabriel.

Samson miró a su segundo al mando. Thomas tenía el mismo rango que el resto de los vampiros reunidos, y excluirlo claramente parecía un descuido.

—No. Thomas tendrá que mantenerse al margen por razones que se aclararán en breve.

Samson se balanceó sobre sus talones.

—Los nuevos vampiros que se han instalado en nuestra ciudad son un peligro para nosotros y para nuestra forma de vida. Mucho más de lo que podríamos haber imaginado.

Señaló a Zane, quien se apoyaba en el reposabrazos del sofá.

—Zane y Thomas estuvieron siguiendo algunas pistas anoche y

lograron rastrearlos hasta un edificio de Chinatown desde donde parece que operan. Aún no sabemos cuántos seguidores han traído, pero su líder, un vampiro llamado Xander, afirma que cada día llegan más.

Zane levantó la mano, con el ceño fruncido.

—¿Cómo sabes su nombre? No hemos entrado al lugar.

—Thomas lo hizo.

—¿Qué caraj...? —gruñó Zane.

Samson levantó la mano para detenerlo.

—Lo sé. Va contra el protocolo. Pero tenía sus razones. Lo hizo para protegerte.

—¡No necesito ninguna puta protección!

—Sí, la necesitas. —Miró a sus colegas—. Me temo que todos la necesitamos. Xander y los suyos no son vampiros corrientes.

—¿Qué carajos se supone que significa eso? —refunfuñó Zane.

Samson lo fulminó con la mirada.

—Si te callas de una vez, te lo explico.

Zane cruzó los brazos sobre el pecho, pero guardó silencio.

—Todos recuerdan cuando, hace unos meses, un vampiro llamado Keegan fue por Rose para recuperar una lista que ella le había quitado, ¿verdad?

Notó cómo Quinn se enderezaba al instante y se inclinaba hacia delante, alerta y curioso.

—Como algunos de ustedes presenciaron, Thomas y su creador lucharon entre ellos usando control mental. Por desgracia, resulta que Keegan y Thomas no son los únicos que tienen esa habilidad. Al parecer, Keegan engendró a muchos otros vampiros, todos ellos con el mismo rasgo. Todos pueden usar el control mental de una manera que los hace más fuertes que otros vampiros.

—¡Carajo! —maldijo Amaury.

Samson solo pudo hacer eco del sentimiento de su amigo.

—Sí, porque, aunque todos sabemos usar el control mental, ninguno se atrevería jamás a usarlo contra otro vampiro, a menos que alguien nos ataque directamente con el control mental. Somos conscientes de nuestras limitaciones, y sabemos que una pelea de control mental conducirá a una muerte segura. La de quién depende de qué vampiro sea más fuerte. Sin embargo, esa incertidumbre desaparece cuando se trata de los seguidores de Xander: sus habilidades de control mental son superiores a las nuestras.

—¿Estás diciendo que cualquiera que haya sido engendrado por Keegan tiene esa habilidad? —preguntó Gabriel.

—Es la información que tengo.

Gabriel se inclinó hacia adelante en el sofá.

—Eso significa que Thomas es tan fuerte como ellos. Puede enfrentarlos. Entonces, ¿por qué no está incluido en esta discusión?

—Thomas casi murió en el enfrentamiento con Keegan. Por eso he decidido que no se una a este combate.

No era exactamente la verdad, pero tampoco una mentira descarada. No podía traicionar la confianza de Thomas y revelar que temía que cualquier contacto con los protegidos de Keegan lo empujara al límite y desatara el poder oscuro que llevaba dentro. Thomas confiaba en que guardaría su secreto.

Haven dio un paso adelante.

—Al contrario, si lo que dices es cierto, él es el ÚNICO que puede enfrentarlo.

—Estoy de acuerdo —añadió Amaury.

—¡No! Mi decisión es definitiva. Tenemos que enfrentarlos con otros medios.

—¿Y que nos aniquilen en el proceso? —le preguntó Gabriel, levantándose de un salto—. Con el debido respeto, no estoy de acuerdo.

—¿Qué es lo que quieren, exactamente? —interrumpió Quinn.

—Dominar el mundo de los vampiros. Comenzaron expulsando a los vampiros decentes de la ciudad, comprando sus negocios por una miseria, amenazándolos. Mataron a Sergio y a su compañera cuando se negaron a ceder a sus exigencias. ¿Qué más quieren saber? —Samson lanzó a sus amigos una mirada desafiante.

—¿Está confirmado que los seguidores de Xander hicieron todo eso? —preguntó Gabriel.

—Él mismo se lo confesó a Thomas.

—Dime otra cosa —continuó Gabriel—. ¿Cómo es posible que Thomas siga vivo si se enfrentó a Xander?

Samson echó los hombros hacia atrás.

—No importa cómo. Lo único que importa es que logró escapar ileso.

—Yo creo que sí importa, porque demuestra mi punto: Thomas es tan fuerte como ellos, si no más —insistió Gabriel—. Si no, ¿por qué Xander no aprovechó la oportunidad de matarlo? ¿Por qué dejar vivo a un enemigo que puede darnos información sobre su grupo y ayudarnos a prepararnos contra ellos?

Más de un par de ojos se dirigieron hacia él, todos esperando una explicación. Una explicación que él no podía dar.

—¿Estás cuestionando mi autoridad? —rugió Samson. Odiaba tener que poner a Gabriel en su sitio recordándole que él era el jefe. Siempre había considerado a sus amigos como iguales, no como subordinados, pero hoy no tenía más remedio que emitir sus órdenes sin tener en cuenta las preocupaciones de sus amigos.

Gabriel le devolvió la mirada, con los labios apretados en una fina línea.

—Muy bien. ¿Qué sugieres? —preguntó tras una pausa.

—Bien. Vamos a prepararnos. Necesitamos un recuento de los recién llegados. Su cuartel general debe ser vigilado las 24 horas. Zane les dará la dirección en Chinatown. Sigan a cualquiera que salga y averigüen adónde va, con quién se reúne. Descubran si tienen otros sitios seguros aparte del de Chinatown. Asignen a alguien para vigilar al tipo que ahora dirige el taller de motos de Al. Quiero saber con quién se reúne y a dónde va. También quiero que evalúen las características defensivas de su cuartel general. ¿Cómo podemos atacarlos ahí mismo sin causar bajas civiles? El lugar está en el borde de Chinatown y North Beach. Es una zona densamente poblada con mucha actividad nocturna. La zona está llena de restaurantes y bares que permanecen abiertos hasta altas horas de la noche. Atacar su fortaleza atraerá la atención hacia nosotros. Tenemos que encontrar la forma de atraerlos a un área menos poblada antes de poder atacar.

—¿Cómo?

—Aún no lo sé. Pongan sus cabezas a trabajar y propongan posibles escenarios.

—De acuerdo —aceptó Gabriel.

Samson reconoció las palabras de su segundo al mando, pero sabía que era una posibilidad remota alejarlos de su fortaleza. Si tenían que luchar contra Xander y su gente en Chinatown, habría bajas humanas, y no le agradaba esa perspectiva. Además, también correrían el riesgo de ser expuestos como vampiros, lo que era un problema completamente aparte.

Si tan solo pudiera convencer a Thomas de cambiar de opinión y usar el poder que tenía para luchar contra sus enemigos. ¿No había forma de convencerlo de que no sucumbiría al poder oscuro ni se volvería malvado en el proceso? Conocía a Thomas desde hacía más de un siglo, y jamás había sospechado siquiera de los demonios contra los que luchaba cada día. ¿No demostraba eso que Thomas era mucho más fuerte de lo que él mismo creía?

—Entonces, a darle —anunció Samson, y echó una última y larga mirada a sus amigos, esperando no perder a ninguno de ellos en el combate que se avecinaba.

l sonar el timbre del consultorio médico en el sótano de su casa, Maya respiró hondo y caminó hacia la entrada. Ya sabía quién estaba al otro lado de la puerta incluso antes de abrirla.

—¡Hola, Yvette, gracias por venir!

Yvette sonrió y cruzó el umbral con su bebé en brazos, envuelta en una manta gruesa.

—Hola, Maya. Se acaba de dormir. Espero que el examen no vuelva a despertarla.

—No te preocupes —respondió Maya, cerrando la puerta tras ella. No habría ningún chequeo médico. Maya ya se había ocupado de eso antes de que Cain le entregara la bebé a Yvette. Lo había usado como excusa para que Yvette viniera a su casa.

—¡Ven! —Llevó a Yvette a las escaleras que llevaban al piso principal de la casa, pasando de largo la puerta que daba a su sala de consultas.

Yvette dudó un momento.

—¿Pero no quieres revisarla aquí abajo?

—La calefacción dejó de servir hace un rato. Está congelado el cuarto —mintió—. Subí mis instrumentos a la sala. No queremos que la pequeña se sienta incómoda.

Sin protestar de nuevo, Yvette subió las escaleras y se dirigió hacia la puerta de la sala una vez que llegó al rellano.

—Adelante —la animó Maya, sonriendo para sí misma.

Yvette giró la manija, empujó la puerta hacia dentro y entró a la habitación.

—¡Sorpresa! —gritaron varias voces al unísono.

Yvette se quedó helada y un grito ahogado salió de sus labios.

—¡Ay, ustedes!

Maya entró detrás de ella a la sala. La había decorado con cintas rosas y blancas, y había apilado los regalos delante de la chimenea. Todos habían ayudado y ahora estaban reunidos, saludando a Yvette con entusiasmo, rodeándola para echar un primer vistazo a la bebé: Rose, Delilah con su hija pequeña, Ursula, Portia y Nina.

—Ay, qué preciosa —profesó Rose.

—Mira, está abriendo los ojos —dijo Nina.

Delilah sostuvo a Isabelle para que también pudiera ver el bulto que Yvette cargaba en sus brazos.

—¿Ves a la pequeña bebé? Tú también eras así de chiquita.

Isabelle estiró la manita para acariciar el rostro de la bebé, pero Delilah la apartó rápidamente.

—Cuidado, cariño, aún es pequeñita y frágil.

Maya observó cómo Yvette miraba las decoraciones y los regalos.

—¡No puedo creer que hayas hecho todo esto por mí! —Luego giró la cabeza para mirar a Maya—. Estoy tan agradecida.

Maya le devolvió la sonrisa. Sabía que Yvette no le estaba agradeciendo por el baby shower, sino por haberle dado a la huérfana, en lugar de criarla como a su propia hija. Podía haber hecho fácilmente la petición, y teniendo en cuenta que Gabriel tenía más antigüedad que Yvette, Samson no habría tenido ningún reparo en acceder.

A pesar de que ella y Gabriel habían intentado sin éxito tener un bebé durante meses, no había perdido la esperanza. Ella era mitad sátiro, lo que significaba que era fértil, mientras que las mujeres vampiro puras no lo eran. Estaba convencida de que la próxima vez que entrara en celo, quedaría embarazada. Simplemente no tenía manera de saber cuándo sucedería. Desde que ella y Gabriel se habían unido, aún no había entrado en celo, y asumía que era algo que no ocurría tan frecuentemente como había pensado al principio. Eso no impedía que ella y Gabriel lo intentaran casi a diario.

—¿Por qué no cargo a la bebé mientras empiezas a abrir los regalos? —ofreció Rose, extendiendo los brazos.

Con cierta reluctancia, Yvette le entregó a la bebé.

Rose se rió entre dientes.

—¡No te preocupes, te la voy a devolver!

Yvette se rió nerviosamente.

—Ya lo sé, por supuesto.

Nina la arrastró hasta el sofá y la obligó a sentarse.

—Te iré pasando los regalos uno por uno.

Mientras todos se apiñaban alrededor de Yvette y la observaban desenvolver un regalo tras otro, con *oohs* y *ahs* llenando la habitación, y risas y carcajadas resonando en las paredes, Maya no pudo evitar sentir cómo se le calentaba el corazón. Esta era su familia, las personas que le importaban y que se preocupaban por ella.

—¿Ya decidieron cómo la van a llamar? —preguntó de repente Ursula.

Yvette dejó de desempacar y miró al bebé que ahora miraba a Rose.

—Haven y yo estamos pensando en Lydia o Emily. Lydia era el nombre de su abuela y Emily el de la mía. No podemos decidirnos.

—Ambos son nombres preciosos —la aseguró Delilah—. Tendrán que ver cuál le queda mejor. —Entonces, de pronto, se giró hacia Isabelle, que estaba en sus brazos—. ¿Qué pasa, cariño? —Madre e hija se miraron antes de que Delilah volviera a mirar a Yvette—. Isabelle dice que la bebé prefiere Lydia.

Yvette enarcó una ceja.

—Pero...

—Bueno, probemos a ver a qué nombre responde.

Maya la observó con interés. ¿Tenía razón Isabelle?

Yvette se encogió de hombros.

—Dudo que funcione. —Luego miró a la bebé, que seguía mirando a Rose—. Emily —la llamó Yvette, pero la bebé no reaccionó—. Emily —repitió. Luego suspiró—. Lydia.

Al instante, la bebé giró la cabeza y la miró, sonriendo.

—Creo que ya tienes tu respuesta —dijo Delilah.

Yvette soltó una risita.

—Si empieza a tomar sus propias decisiones tan pronto, vamos a tener las manos llenas.

Los demás se rieron. De repente, la bebé empezó a llorar e Yvette la tomó en sus brazos.

—¿Qué te pasa, Lydia? —le preguntó y la meció en sus brazos.

—Quizá tiene hambre —sugirió Delilah—. ¿Traes su biberón?

Yvette asintió y señaló la bolsa que había dejado antes en el suelo. Hizo ademán de levantarse, pero Rose la detuvo.

—Yo lo busco. —Se levantó y rebuscó en la bolsa hasta que sacó el biberón.

Yvette lanzó a Delilah una mirada inquisitiva.

—¿Tengo que mezclarle sangre en la fórmula?

Delilah negó con la cabeza.

—Todavía es muy temprano. Primero tendrás que esperar a que muerda a alguien. Después de eso, necesitará sangre regularmente para complementar su dieta humana.

Yvette suspiró.

—¿Cómo voy a aprender todo esto?

Delilah sonrió.

—¡No te preocupes! Ya le agarrarás la maña. Pero, sin duda, esto cambiará tu vida radicalmente.

—No más misiones de guardaespaldas por un tiempo —añadió Maya—. ¿Ya le pediste licencia a Gabriel?

La mirada de Yvette chocó con la suya. Una pizca de pánico apareció en los ojos de Yvette.

—Ni siquiera había pensado en eso. Dios mío, ¿y si soy completamente inútil como madre? No sé nada de bebés.

Las mujeres se rieron.

—Lo harás muy bien —le aseguró Maya y sonrió—. Serás una madre maravillosa.

Los ojos de Yvette se humedecieron, y una lágrima rosada corrió por su mejilla.

32

Vestido sin más que su bata, Thomas observó a Eddie caminar hacia la puerta que bajaba al garaje. Habían pasado dos días y una noche desde que Eddie lo había sorprendido en su mazmorra. Aunque ambos habían tenido que ir a trabajar durante la noche, habían pasado los días haciendo el amor.

—¿Seguro que ya tienes que irte? Tu turno no empieza hasta las nueve.

Eddie lanzó una mirada por encima del hombro mientras abría la puerta.

—Nina quiere que pase por su casa. Hace tiempo que no la veo.

Bajó las escaleras y desapareció de la vista de Thomas.

Aún no saciado, Thomas lo siguió hasta el garaje.

—Ah, al carajo —maldijo en voz baja, incapaz de contener su lujuria. Parecía que cuanto más tiempo pasaba con su nuevo amante, menos podía separarse de él. Al mismo tiempo, había notado algo más. El poder oscuro de su interior había permanecido completamente inactivo mientras Eddie y él yacían abrazados. Sin embargo, ahora que Eddie estaba a punto de salir de casa, podía sentir cómo salía de su letargo. No estaba preparado para enfrentarse a ello. Quería unos minutos más de paz.

Thomas llegó al último escalón cuando Eddie tomó su chamarra de cuero del gancho y estaba a punto de ponérsela. Thomas la agarró, se la quitó de encima y la arrojó sobre la moto. Sin decir palabra, atrajo a Eddie hacia sus brazos y hundió su boca en la de él.

Un gemido de sorpresa salió de la garganta de Eddie, pero no opuso resistencia. En lugar de eso, sus brazos serpentearon alrededor de la cintura de Thomas y se deslizaron sobre su trasero, agarrando sus mejillas con firmeza y tirando de él contra su ingle.

Al levantarse a tomar aire, Thomas gimió de placer al sentir cómo Eddie reaccionaba ante él. No podía imaginar nada mejor en su vida que el cuerpo de su amante apretado contra él, sus manos explorándolo, su lengua batiéndose en duelo con la suya.

—Solo diez minutos —carraspeó Eddie y tiró del cinturón de la bata de Thomas, soltando el nudo.

Thomas sintió deseos de soltar un gruñido triunfal, pero se contuvo y se dedicó a abrir los pantalones de Eddie y bajárselos hasta los muslos.

—Me encanta cómo se te pone dura en cuestión de segundos —susurró Thomas contra la tentadora columna del cuello de Eddie, plantando besos calientes en su piel, mientras envolvía la verga de Eddie con la palma de la mano.

—No me das exactamente la oportunidad de ponerme suave.

—¿Eso es una queja? —Thomas movió su mano arriba y abajo por la erección de Eddie.

—No me quejo. —La mano de Eddie se deslizó sobre la verga de Thomas, apretándola con fuerza.

Thomas sintió que su corazón se aceleraba y que la respiración se le salía de los pulmones. Le encantaba la forma en que Eddie lo tocaba, no con vacilación, sino con determinación, con una franqueza que le decía que no tenía ninguna duda de lo que iba a ocurrir a continuación.

Cuando Thomas se dejó caer de rodillas y acercó la cabeza a la verga de Eddie, las manos de Eddie sobre sus hombros lo empujaron hacia atrás.

—Solo tengo diez minutos.

—Confía en mí, solo necesitaré dos para que te vengas.

Eddie negó con la cabeza, clavando su mirada en la de él. La lujuria y el deseo brillaban en sus ojos, y algo más brillaba en ellos que Thomas no podía interpretar, cuando dijo inesperadamente:

—Yo también quiero chupártela.

Durante todo el tiempo que habían pasado juntos en la cama, Eddie nunca le había chupado la verga a Thomas, aunque había utilizado sus manos para hacerle llegar al clímax. Y ahora, cuando estaban en el garaje y solo quedaban diez minutos, ¿Eddie quería chupársela?

—¡Carajo, Eddie! —Thomas dejó escapar un suspiro entrecortado—. ¿No podías haber elegido un momento mejor para esto? —Porque sentir la boca de Eddie sobre él no era algo que quisiera apresurar. Quería tumbarse en sus suaves sábanas y deleitarse con la sensación de los labios de Eddie a su alrededor, su lengua deslizándose por su miembro, sus dientes rozándole la piel.

—Lo quiero ahora. —Eddie lo miró fijamente, con los ojos encendidos. Luego se agachó. Eddie presionó con sus manos contra los hombros de Thomas y, en un segundo, Thomas se encontró boca arriba, con la bata abierta por delante.

Su amante le bajó los pantalones hasta los tobillos, sus botas le impidieron despojarse por completo de la prenda. Luego se dio la vuelta y se movió, alineando su verga con la boca de Thomas. Cuando Eddie se inclinó sobre él, buscó los muslos de Thomas, separándolos. Luego bajó la cabeza y lamió la cabeza de la erección de Thomas.

Thomas estuvo a punto de explotar allí mismo. Las caderas de Eddie se movieron y, de repente, su verga rozó los labios de Thomas. Los separó y se la metió en la boca, chupándola con avidez, justo cuando Eddie empezaba a chupársela en serio.

No hubo ocasión de decirle a Eddie lo que esto significaba para él. De repente, Thomas se sintió aceptado por él, porque Eddie estaba reconociendo plenamente su masculinidad al realizar con él el acto sexual más íntimo sin ningún signo de pudor o vergüenza. Al contrario, los suaves gemidos y suspiros que salían del pecho de Eddie y soplaban contra su verga eran la confirmación de que Eddie finalmente estaba listo para él.

Con ternura y adoración, Thomas lamió la verga de Eddie, chupándola con firmeza y al ritmo que le dictaba el cuerpo de Eddie, mientras le ahuecaba las bolas con una mano, acariciando el precioso saco. Pero le costaba concentrarse en complacer a Eddie mientras su amante hacía lo mismo con él. Las manos de Eddie lo obligaron a inclinar las rodillas, dándole acceso total a sus bolas y su culo.

Cuando los dedos de Eddie, húmedos por la saliva, se deslizaron sobre las bolas de Thomas y luego se hundieron en el pliegue de su trasero, Thomas gimió y arqueó la espalda contra el concreto del garaje. Pero Eddie no le daba tregua a esta sensual tortura, porque su dedo cubierto de rocío ahora rodeaba su ano y lo presionaba. El movimiento de succión sobre su verga se intensificó justo cuando el dedo de Eddie atravesó su portal y se introdujo en él.

La verga de Eddie en la boca de Thomas se sacudió, recordándole cuánto lo necesitaba su amante. Ayudándose con una mano, lo chupó con más fuerza, dejando que se deslizara dentro y fuera de su boca, mientras apretaba las bolas de Eddie al compás de sus movimientos.

Nunca había pensado que Eddie se entusiasmara tanto al meterle los dedos, pero no era la primera vez que lo hacía, y Thomas esperaba que tampoco fuera la última. Con cada embestida, la cabeza de Eddie se hundía más, introduciéndolo más profundamente en su boca, y con cada movimiento, el trasero de Eddie se elevaba en el aire, abriendo más los muslos.

La tentación era demasiado fuerte, y Thomas extendió el dedo medio de la mano que acariciaba las bolas de Eddie y lo bañó en la saliva que escapaba de su boca. Luego dejó que el dedo se deslizara en la raja del culo de Eddie. Eddie se sobresaltó un poco, pero luego se relajó y Thomas dejó que su dedo volviera a deslizarse por el lugar, sintiendo el anillo de músculo que allí se escondía. Lo bordeó, despacio al principio, luego más deprisa, notando cómo Eddie de repente lo penetraba con los dedos con más fuerza y rapidez, y su boca imitaba el movimiento. Sus caderas subían y bajaban y su culo se apretaba contra el dedo de Thomas como si quisiera empujarlo hacia adentro.

Incapaz de resistirse a la atracción erótica de los movimientos de Eddie, Thomas empujó más allá del apretado músculo y se sumergió en su interior.

Por encima de él, el cuerpo de Eddie se convulsionó y, un segundo después, su semilla caliente salió disparada en la boca de Thomas. El orgasmo de Eddie desencadenó el suyo, haciéndolo explotar en la boca de Eddie sin haber tenido tiempo de avisarle. Se dio cuenta con alegría de que Eddie no se apartó, sino que lo mantuvo en su boca mientras una oleada tras otra se disparaba a través de su verga. Todo su cuerpo se sintió ingrávido, y durante unos instantes su visión se oscureció.

Cuando Thomas por fin soltó la verga de Eddie, después de lamerla hasta dejarlo limpia, y Eddie había hecho lo mismo con él, no pudo hablar. Le costaba bastante bombear oxígeno por su cuerpo. Su amante respiraba tan agitadamente como él, con la mejilla apoyada en uno de los muslos de Thomas y la ingle todavía apoyada sobre él.

—Tengo que irme —murmuró Eddie, incorporándose.

Cuando se dio la vuelta, sus ojos se encontraron durante un largo instante, y Thomas reconoció la promesa en la mirada de Eddie. Todo saldría bien entre ellos.

33

—Tenemos que separarnos o perderemos a uno de ellos —dijo Cain a Oliver, su compañero de patrulla esa noche.

—¡No podemos hacer eso! —susurró su colega entre dientes—. Las instrucciones de Gabriel eran permanecer juntos en equipos.

—Las cosas cambian —dijo Cain, encogiéndose de hombros—. A veces hay que improvisar. Así que ¡adelante! Tú sigues al gordo. Yo voy tras el otro matón. Y no te acerques demasiado. Esos tipos son peligrosos.

Sin esperar una confirmación de Oliver, Cain dio la vuelta en la siguiente calle, con cuidado de no perder de vista al vampiro al que había estado siguiendo por medio San Francisco. Él y su acompañante habían salido de la casa donde Xander estaba escondido y habían hecho varias paradas en distintos puntos de la ciudad. En cada una, Cain y Oliver observaron con atención, para asegurarse de que no estuvieran cometiendo ninguna atrocidad, pero parecía que solo estaban en una misión de reconocimiento. Sin embargo, al llegar a la zona del Civic Center, se separaron.

Sin saber cuál de los dos podría conducirlos hasta otro escondite o más de los suyos, Cain tomó una decisión rápida. Si Gabriel quería reprenderlo por eso más tarde, que así fuera. Pero no iba a dejar que esta oportunidad se le escapara de las manos.

El tráfico peatonal fue disminuyendo a medida que continuaba siguiendo al otro vampiro hacia el oeste por Market Street. Había menos bares y restaurantes. Cain tuvo que quedarse más atrás para no llamar la atención.

Durante varias cuadras no ocurrió nada inusual. En la terminal donde el tranvía daba la vuelta para regresar por Market Street, el vampiro giró en dirección al Castro, y Cain lo siguió a una distancia prudente. El rastro de vapor que el tipo dejaba atrás le recordaba a un burdel barato. Prácticamente opacaba el olor del vampiro mismo.

Había más actividad en la zona por la que habían entrado, así que Cain acortó la distancia entre él y el otro vampiro.

El hombre era de estatura media, vestido con ropa informal, sin ningún rasgo distintivo. Parecía alguien promedio, pero al mismo tiempo, algo en su aura—que lo identificaba como un vampiro—se sentía distinto a los otros vampiros que Cain había conocido. No era algo que pudiera ver en realidad, pero cuanto más se acercaba, más percibía algo que irradiaba de él, algo a lo que no podía ponerle nombre. Solo sabía que no le gustaba. ¿Era esta la habilidad superior de control mental de la que había hablado Samson? Por extraño que pareciera, nunca había notado nada parecido en Thomas, a pesar de que él tuviera esa misma habilidad.

Siguiendo al vampiro colina arriba, Cain oyó de repente una voz que reconoció. Su cabeza giró hacia un lado y sus ojos buscaron a la persona. La vio un segundo después: Roxanne estaba rodeada por tres hombres claramente intoxicados.

—¡Apártense o les arranco las bolas! —afirmó Roxanne, pero los idiotas humanos no la tomaron en serio.

¿Y por qué iban a hacerlo? No tenían idea de que aquella mujer curvilínea, que llevaba su vestido negro como una segunda piel, podía arrancarles las bolas en menos de quince segundos, si así lo deseaba. Por un momento, él pensó en ayudarla, pero no estaba del todo seguro de que ella siquiera apreciara su ayuda. Ella era más que capaz de encargarse de esos tres borrachos por su cuenta, y probablemente hasta se molestaría con él por haberse entrometido.

Aun así, por si acaso, decidió ofrecer su ayuda.

—Roxanne, ¿necesitas que me ocupe de ellos por ti? —le gritó desde el otro lado de la calle.

Su mirada se desvió hacia él y negó con la cabeza.

—No me arruines la diversión —respondió.

Al volver la vista en la dirección en la que se encaminaba su sospechoso, se quedó helado. No había rastro de él, a pesar de que el encuentro y el intercambio con Roxanne no había durado ni quince segundos.

Cain aspiró hondo y, por suerte, todavía podía oler la colonia barata que llevaba el vampiro. Siguió el rastro, acelerando a medida que la calle se volvía más empinada. Dobló una esquina y Cain detuvo un instante para olfatear de nuevo. El aroma se desvanecía.

¡Mierda! Tenía que acercarse más.

Cain siguió corriendo colina arriba, buscando cualquier señal del vampiro, con la nariz examinando constantemente el aire a su alrededor, hasta que finalmente tuvo que admitir que lo había perdido.

Cain miró a su alrededor y se dio cuenta de que había llegado a Twin Peaks, la zona donde vivía Thomas. ¿Qué quería el vampiro aquí? ¿O acaso solo lo había llevado hasta allí para hacerlo perder el tiempo? En cualquier caso, considerando lo cerca que había estado de la casa de Thomas cuando lo perdió de vista, era mejor alertar a Thomas.

Se orientó y giró a la derecha en la siguiente calle, para luego seguir cuesta arriba. Justo en la curva antes de la casa de Thomas, oyó un ruido y se detuvo, quedándose detrás de los arbustos que bordeaban la propiedad. Se asomó desde su escondite y vio cómo la puerta del garaje de Thomas comenzaba a elevarse. Estaba a punto de dar un paso adelante y saludar a Thomas, cuando sus ojos se centraron en la escena que se desarrollaba en el garaje. La sorpresa lo hizo contener la respiración.

Eddie estaba sentado en su motocicleta, con el motor en marcha. Thomas estaba de pie junto a la moto, rodeando a Eddie con los brazos, y sus labios se fundieron con los del vampiro más joven. Eddie se inclinó hacia él, con una mano en la nuca de Thomas, su cabeza inclinada para un beso apasionado, uno que parecía durar una eternidad.

Thomas no vestía más que una bata. Eddie estaba completamente vestido con su ropa de cuero de motociclista. Parecían dos amantes despidiéndose después de hacer el amor. Estaba tan claramente grabado en sus cuerpos como si lo hubieran gritado a los cuatro vientos.

Cain retrocedió detrás de los arbustos, pues no quería seguir observando su íntimo abrazo. Merecían privacidad, y claro que no apreciarían saber que habían sido observados. Después de todo, nadie en Scanguards sabía que eran amantes, lo que solo podía significar que hacían todo lo posible por ocultar su relación. Y a él no le gustaba meterse en los asuntos de los demás. Si Thomas y Eddie no querían que nadie supiera lo que había entre ellos, no sería él quien revelara su secreto.

Lo que sí lo sorprendía era no haber notado antes la química que había entre ellos. Ahora era tan evidente. ¿Cómo se le había escapado todos estos meses que llevaba con Scanguards? Siempre se había considerado un buen observador, capaz de ver más allá de lo que otros intentaban ocultar. Pero, evidentemente, aquellos dos lo habían engañado también a él.

Cain dio media vuelta y tomó en silencio un camino que pasaba entre dos casas para bajar la colina, sin querer que Eddie lo viera cuando pasara en su motocicleta. Llamaría a Thomas por teléfono para informarle sobre el otro vampiro, así no sospecharía que su beso con Eddie había sido presenciado.

34

—————

Eddie estacionó su motocicleta frente a la mansión de Quinn en Pacific Heights y subió corriendo las escaleras. El mensaje que había recibido decía que se apresurara. Tocó el timbre y esperó. Desde dentro ya podía escuchar varias voces. Algo estaba pasando. Antes de que pudiera preguntarse de qué se trataba, Quinn abrió la puerta.

—Llegué lo más rápido que pude —dijo Eddie sin siquiera saludar.

Quinn le hizo un gesto para que entrara.

—Pasa. Eres de los últimos. ¿Thomas se vino contigo?

Eddie se tensó y negó con la cabeza. ¿Alguien sabía lo suyo con Thomas? ¿Alguien había notado algo en la forma en que interactuaban en la oficina?

—No, ¿debía hacerlo?

—Solo pensé que vendría contigo. No contestó el mensaje que le envié.

Eddie se encogió de hombros, intentando aparentar indiferencia, y pasó junto a Quinn en dirección a las voces. La puerta de la sala estaba entreabierta. Eddie la empujó un poco más y recorrió el lugar con la mirada. Se sorprendió al ver a medio Scanguards reunido, y también habían traído a sus esposas.

Giró la cabeza hacia Quinn.

—¿De qué va todo esto?

—Lo sabrás cuando lleguen todos. Así que anda, socializa.

Barrió a la multitud con la mirada y se encontró con la mirada de Samson. Al notar que le hacía gestos para que se acercara, Eddie caminó hacia él y se detuvo justo enfrente.

—Oye, Samson, ¿sabes qué está pasando?

—Ya te enterarás. ¿Cómo te fue en la reunión con Luther? —Los ojos de Samson parecían querer atravesarlo.

Eddie esquivó su mirada y fingió interés por una mancha de polvo en su chamarra de cuero.

—Bien.

—¿Conseguiste lo que querías? —continuó Samson.

No, no había obtenido la respuesta que quería oír, pero tampoco podía contárselo a su jefe sin revelar lo que estaba pasando. Aún no estaba seguro de estar de acuerdo con el rumbo que estaba tomando su vida. Cuando miró más allá de Samson, vio a su hermana hablando con Portia. ¿Cuánta decepción sentiría Nina cuando se enterara de que su hermanito se estaba acostando con Thomas? ¿O acaso ya lo sospechaba? ¿Y el resto de Scanguards? ¿Lo mirarían raro? ¿Lo tratarían diferente? ¿Se burlarían de él como lo hacían los chicos en la preparatoria?

—No pretendo entrometerme —la voz de Samson lo sacó de sus pensamientos.

—No. No, no pasa nada. Todo salió bien. Luther parece estar en buen estado.

—Bueno, muy bien.

Hubo una pausa incómoda, pero Eddie se salvó de tener que decir algo más cuando Nina lo vio y lo saludó con la mano. Le dijo algo a Portia y se dirigió hacia él.

—Discúlpame, ahí está Nina —le dijo a Samson, agradeciendo la excusa, y avanzó hacia su hermana hasta encontrarse con ella a medio camino.

—Hola, Eddie —lo saludó con una sonrisa y un abrazo—. Creo que no te había visto tanto desde cuando vivíamos juntos.

Ella tenía razón. Desde que había empezado a buscarle un departamento, se veían prácticamente todos los días, o al menos hablaban por teléfono. Nina estaba poniendo mucho empeño en la búsqueda, y él se sentía un imbécil por seguirle el juego. Pero no era el momento ni el lugar para decirle qué congelara la búsqueda. Había demasiada gente en la sala que podía escuchar a escondidas.

—¿Ya te hartaste de mí? —le preguntó medio en broma, sonriendo para ocultar su remordimiento de conciencia.

Ella le dio un puñetazo en el costado.

—Ni hablar. ¿Dónde está Thomas? Aún no lo he visto. —Sus ojos recorrieron la habitación.

La actitud defensiva se apoderó de él.

—¿Cómo voy a saberlo? —¿Por qué todo el mundo tenía que preguntarle por Thomas como si fueran pareja?

Nina ladeó la cabeza, mirándolo con curiosidad.

—¿Estás de mal humor?

—¡No, no lo estoy! —Pero si ella seguía con lo mismo, lo estaría muy pronto.

—Hey, amigo —dijo Blake a sus espaldas, posando una mano sobre el hombro de Eddie y dándole una palmada demasiado amistosa—. Nina.

Eddie se volvió para mirar al humano. Ya no estaba molesto con él ni con Oliver por haber filtrado que Thomas sentía algo por él. Blake no podía evitarlo: era un poco torpe. Tenía buenas intenciones, pero como el miembro más nuevo de la extensa familia Scanguards, aún tenía mucho que aprender. Como el cuarto bisnieto de Rose y Quinn, se había unido al grupo de la noche a la mañana y, dadas las circunstancias, se había adaptado sorprendentemente bien.

—Blake. Entonces, ¿de qué se trata todo esto? Samson parecía saber algo, pero no dijo nada —preguntó Eddie.

—Tu conjetura es tan buena como la mía. No puede tardar mucho. Casi todos están aquí. Hasta Wesley. —Señaló hacia la ventana, donde Wesley estaba hablando con su hermano Haven, haciendo gestos exagerados con las manos. Blake se inclinó un poco, bajando su voz estruendosa—. Ha estado practicando su brujería, y no creo que Haven esté muy contento con el resultado de sus experimentos.

Nina acercó la cabeza.

—¿Qué pasó? Pensé que Haven estaba de acuerdo con que Wesley intentara recuperar sus poderes de brujo.

Eddie había pensado lo mismo, y de hecho estaba agradecido por ello: La brujería de Wesley había ayudado a salvar la vida de Thomas cuando luchó contra su creador, Keegan. Si Wesley no hubiera lanzado un hechizo para desconcentrar a Keegan durante la lucha de control mental en la que él y Thomas se habían envuelto, Thomas podría haber perecido en el combate. Incluso ahora, Eddie todavía se estremecía al pensarlo.

—Ya ha recuperado parte de sus poderes. Lo he visto —añadió Eddie.

Blake sonrió con picardía.

—Sí, pero al parecer tiene problemas para controlar sus poderes. Anoche, cuando vino a ver a la bebé, quiso probar unos hechizos con los dos cachorros de Haven y los convirtió en cerditos. Haven estaba furioso, por no decir otra cosa.

—¡Oh, no! —Nina soltó una carcajada.

Eddie no pudo reprimir su propia risa.

—Eso es demasiado cómico.

—Bueno, Yvette no pensó lo mismo. Ahora le da miedo que Wesley esté cerca de la bebé, porque quién sabe en qué podría convertirla.

Nina dejó de reír.

—Tiene un punto.

—¿Ya los volvió a convertir en cachorros? —preguntó Eddie.

Blake señaló con la cabeza a Haven, el brujo convertido en vampiro, y a su hermano brujo.

—No parece. Por lo que alcancé a escuchar, el lugar donde Wesley compra sus ingredientes se quedó sin algo que necesita para el hechizo de reversión.

—¿Quieres decir que esos dos cachorros siguen corriendo por ahí como cerditos? —Eddie casi podía ver la escena en su cabeza.

Blake se rió entre dientes.

—Sí, Tocino y Salchicha andan sueltos por la casa de Haven, volviendo locos a todos.

—¿Tocino y Salchicha? —repitió Nina.

—Sí. ¿Te gustan los nombres? Voy a sugerirles que les cambien el nombre a los cachorros. Y tal vez los nombres se queden incluso después de que Wesley haya logrado convertirlos en perros de nuevo.

En los ojos de Blake brilló la picardía.

Eddie le dio un codazo en las costillas.

—Si haces eso, Haven te va a arrancar el pellejo.

De repente, un hormigueo se extendió por su espalda y Eddie intentó repeler el rayo de deseo que atravesó su cuerpo. No necesitaba voltearse para saber quién se acercaba.

—¿Qué es eso del tocino y la salchicha? —preguntó Thomas, a solo unos pasos de Eddie.

Volteando apenas la cabeza para reconocer la llegada de Thomas, Eddie contestó:

—Blake metiéndose en problemas otra vez, insultando a los cachorros de Haven.

—Bueno, ahora mismo no son cachorros. Más bien son jamón y chicharrón —replicó Blake.

Thomas le dirigió una mirada interrogante.

—¿Quiero saber de qué se trata esto?

Nina negó con la cabeza.

—No, no quieres. Es solo Blake siendo tonto. Otra vez.

—¿Me estás llamando tonto? —preguntó Blake—. ¡Eso es indignante!

Mientras Nina y Blake seguían discutiendo sobre lo que constituía ser un tonto, Thomas se acercó más a Eddie. Eddie sintió como si pequeñas cargas de electricidad saltaran del cuerpo de Thomas al suyo.

—Hola. —La voz ronca con la que Thomas había pronunciado esa única palabra hizo que a Eddie se le secara la garganta en un instante. No se atrevió a responder, sabiendo que no sería capaz de articular una frase coherente. Desde que se la había chupado a Thomas en el garaje, sabía que algo iba a cambiar entre ellos. Cuando sintió el dedo de Thomas dentro de él por un breve instante y se vino sin control, se dio cuenta de que había cruzado un puente del que no había vuelta atrás. Y eso lo asustó muchísimo. Porque si continuaba por este camino, significaría que toda su vida había sido una mentira.

Eddie estaba a punto de devolver el saludo a Thomas, cuando alguien empezó a aplaudir con fuerza para llamar la atención de todos. Se volvió hacia la fuente del sonido como todos los demás, y notó que Oliver y Ursula estaban parados frente a la puerta de la sala, mirando a los reunidos.

—Gracias a todos por venir —empezó Oliver—. Sé que fue algo repentino, pero pensé que si intentaba coordinar con anticipación, nuestros horarios habrían sido aún más caóticos. De todos modos, no quería esperar más. —Sonrió a Ursula, a quien tomaba de la mano—. Le pedí a Ursula que se casara conmigo, y ella dijo que sí.

La multitud estalló de alegría. Unos cuantos chiflidos resonaron por la sala, algunos de los reunidos empezaron a aplaudir, y los que estaban más cerca de la feliz pareja los abrazaron y felicitaron.

—Supongo que Cain me debe cien duros —comentó Thomas, sonriendo.

Eddie asintió.

—Tenías razón.

—Thomas, ¿ya lo sabías? —preguntó Nina.

Se volvió hacia ella.

—Todas las señales estaban ahí.

Eddie puso los ojos en blanco.

—Thomas lo vio comprar el anillo.

Thomas soltó una risita.

—Gracias por socavar mi superioridad. —Le revolvió el pelo a Eddie.

Inmediatamente, Eddie se echó hacia atrás. ¡Mierda! ¿Cómo podía Thomas tocarlo así en público? Su mirada se dirigió a Nina para ver si se había dado cuenta, pero ella parecía estar mirando en dirección a Ursula, intentando tratando de ver su mano, que lucía un enorme anillo solitario de diamante.

—Bueno, otro soltero fuera del mercado —comentó Nina, mirando a Eddie—. Es una chica tan agradable. Bueno, hermanito, ¿y tú? ¿Sales con alguien especial?

Lo invadió el pánico. Nina acababa de darle la oportunidad perfecta para sincerarse, confesarlo todo y decirle al mundo que sí, que estaba saliendo con alguien especial. Y que ese alguien estaba a su lado.

—Y más le vale ser al menos tan agradable como Úrsula, o me voy a llevar una gran decepción —añadió Nina—. No me molestaría convertirme en tía algún día. ¿Te conté sobre el baby shower? La bebé de Yvette es la más linda que he visto en mi vida.

Eddie no pudo tragar más allá del nudo que se había formado en su garganta. Nina no tenía idea de sus inclinaciones. ¿Cómo podía decirle que le gustaba un hombre? Que no había ninguna posibilidad de que algún día se convirtiera en padre, porque no podía imaginarse estar con una mujer otra vez.

—No hay nadie en este momento —se atragantó, sintiéndose como un imbécil por no tener el valor de confesar lo que realmente sentía.

Por el rabillo del ojo vio que los hombros de Thomas se tensaban y su rostro se volvía inexpresivo.

—¿Te importa si te robo a tu hermano un momento, Nina? Tenemos que hablar de su capacitación.

—No hay problema —dijo Nina rápidamente.

Thomas puso una mano en el codo de Eddie y lo arrastró a través de la multitud hasta la cocina, en la parte trasera de la casa, sin decir una palabra.

La cocina estaba vacía. Thomas cerró la puerta detrás de ellos y lo soltó.

—¿Qué carajo fue eso?

Eddie se puso a la defensiva y levantó la barbilla.

—¿Qué era qué?

—No te hagas pendejo. Primero te apartas de mí cuando te toco el cabello, y luego le mientes a tu hermana. Así que no hay nadie especial en tu vida, ¿verdad? Porque yo no soy nadie para ti.

Eddie sintió que se le aceleraban los latidos del corazón.

—¡No dije eso!

—¡Eso es exactamente lo que dijiste! Entonces, ¿qué hay entre nosotros? ¿Solo quieres vivir unas cuantas de tus fantasías homosexuales? ¿Pero sin comprometerte, porque te avergüenza? Así como yo te avergüenzo.

—¡No es cierto! Pero no puedo hacer esto. No puedo decirle a Nina. Ahora no. Todavía no.

—¿Entonces cuándo? ¿Cuándo será el momento adecuado para decirles a tu hermana y a tus amigos que somos amantes?

Eddie retrocedió y su espalda golpeó la encimera de la cocina.

—Sí, amantes. Hemos sido amantes desde el momento en que me besaste en esa obra en construcción, desde el momento en que me dejaste tocarte. Pero no puedes admitirlo, ¿verdad?

Eddie trató de evadir la intensa mirada de Thomas, pero no pudo apartar la cabeza.

—Me estás pidiendo demasiado.

—¿Demasiado? Eddie, lo único que te pido es que seas sincero sobre lo que eres.

—No puedo decepcionar a Nina.

—¿Decepcionar? ¿Es eso lo que sientes? ¿Que admitir que estás conmigo será una decepción para tu hermana? —Las fosas nasales de Thomas se encendieron y sus ojos, de pronto, brillaron con un rojo furioso—. Así que no tienes el valor de levantarte y ser un hombre, pero vas a seguir usándome, ¿es eso? Porque eso es lo que estás haciendo. Vienes a mi cama y me dejas chupártela, besarte y tocarte. Y yo dejo que me la metas, porque quiero darte todo lo que deseas. ¿Cómo se siente cogerte a un gay? —Thomas le lanzó una mirada dolida—. Me utilizas para tener sexo, porque sabes que no puedo rechazarte. Sabes que estoy irrevocablemente enamorado de ti, y por eso crees que puedes hacerme esperar hasta que un día, tal vez, estés listo para ser un hombre. Hasta que un día estés listo para admitir que tú también eres gay. Pues así no funciona.

¿Irrevocablemente enamorado? El corazón de Eddie latía con fuerza. Thomas nunca había hablado de amor. Lujuria y deseo, sí, ¿pero amor? No, nunca había dicho esas palabras.

—¿No escuchaste lo que dijo Nina? Quiere que encuentre una buena chica y tenga hijos. No tiene ni idea.

¿Cómo podía romperle así la ilusión? Se había prometido a sí mismo no volver a decepcionarla. No volver a lastimarla. Pero parecía que tenía que lastimar a alguien: o a Nina, o a Thomas.

—¡Dios nos libre de que tu hermana se entere de que me chupaste la verga y te gustó! —siseó Thomas—. Nunca creí que fueras tan cobarde, Eddie.

—¡No soy cobarde! —gruñó, sintiendo la rabia arderle en las entrañas, sus colmillos hormigueando.

—Entonces toma una puta decisión. ¡Ahora! Si lo que pasó entre nosotros fue para ti algo más que coger y experimentar, entonces tienes que salir del clóset y admitir lo que eres.

Eddie dudó. ¿Admitir que era gay? Se estremeció al pensarlo, recordando las palabras de su madre adoptiva cuando lo descubrió con el otro chico, las burlas en la escuela, el rostro de su hermana. ¿Lo entendería? ¿Lo seguiría queriendo igual? Ella era todo lo que tenía. Su familia.

—Supongo que ya tengo mi respuesta —dijo Thomas, con voz llana y sin emoción—. No significó nada para ti.

Se volvió hacia la puerta lateral que daba al exterior de la casa y giró la manija.

—Por favor, dame tiempo. Por favor, Thomas. Necesito pensarlo.

Sin decir una palabra, Thomas salió y cerró la puerta tras de sí.

Eddie soltó un fuerte suspiro.

—¡Mierda!

No estaba preparado para esto. Había lastimado a Thomas con su incapacidad para comprometerse con su relación. Porque eso era lo que tenían: una relación. Thomas era su novio. Y, por lo que parecía, acababan de romper.

35

Thomas salió de la casa como una tormenta, las palabras de Eddie persiguiéndolo. ¿Qué había que pensar? Eddie quería tener su pastel y comérselo también. Estaba claro que disfrutaba del sexo que tenían, pero quería seguir llevando una vida heterosexual en la superficie, para no agitar el avispero con su hermana y sus amigos. Porque en el fondo, Eddie todavía sentía vergüenza de sus deseos, aunque cuando estaban solos, se había rendido en todos los sentidos menos en uno. Thomas había esperado que esta noche finalmente rompieran esa última barrera, porque estaba casi seguro de que Eddie se habría rendido ante él y le habría permitido tomar su culo virgen. Pero su pelea lo había cambiado todo.

Thomas podría haber mantenido la boca cerrada, sin decirle nada a Eddie sobre cómo lo hacía sentir, pero cuando le respondió a su hermana que no había nadie especial en su vida, Thomas hirvió del coraje. Le dolió escuchar a su amante decir aquellas palabras mientras él tenía que quedarse allí en silencio. Para cuando llegaron a la cocina, ya había sentido su poder oscuro elevarse en su pecho, haciendo imposible retroceder y enjaular a la bestia. Deseaba tener esta confrontación, porque quería que Eddie confesara que tenían algo especial, que lo que crecía entre ellos no era solo sexo, sino afecto, amor. Pero al hacerlo, lo había alejado.

—¡Carajo! —maldijo Thomas y se subió a su motocicleta, insertó y giró la llave, pulsó el botón de arranque y dejó que el motor rugiera. Se adentró en la tranquila calle y bajó la colina a toda velocidad hasta que tuvo que detenerse ante una señal de alto. No había tráfico. Estaba a punto de cruzar la intersección cuando vio una figura oscura emerger de las sombras y situarse bajo la luz de la farola.

La impresión casi le hizo perder el equilibrio sobre la moto. Lo que veía era imposible. Cerró los ojos con fuerza y los abrió de nuevo.

—¡Cristo! —siseó.

El hombre se acercó a él, con un paso casual y relajado.

—No es mi nombre, eso seguro, pero nunca me importó mucho cómo me llamaras, amante, siempre y cuando me hablaras.

Kasper, su creador, el hombre que había muerto ante los ojos de Thomas meses antes, se detuvo delante de la motocicleta. El oscuro poder que irradiaba no dejaba lugar a dudas de que se trataba realmente de su creador.

Thomas volvió a encontrar la voz.

—Estás muerto.

Kasper esbozó una sonrisa melancólica.

—Ah, sí, qué incidente tan desafortunado. Pero no hablemos de eso ahora. Tenemos otras cosas que discutir.

Kasper apagó el motor y sacó la llave. De repente, solo había silencio a su alrededor. De mala gana, Thomas se bajó de la moto y la rodó hasta la acera para estacionarla. Todo su cuerpo estaba tenso y alerta. Su poder oscuro hervía a fuego lento bajo la superficie, y sabía que podría atacar a Kasper en el instante en que sintiera algún peligro.

—Lo único que tenemos que discutir es por qué estás vivo —respondió Thomas. Tenía que haber una explicación. Ningún vampiro había vuelto después de convertirse en polvo—. Te hiciste polvo delante de mí. Te *vi* morir.

—¿Estás seguro de que era yo? —Kasper sonrió.

Thomas entrecerró los ojos. No había ninguna duda.

—Más tarde saciaré tu curiosidad, pero primero hay algo que debemos resolver—. Kasper miró hacia ambos lados de la calle, pero estaba desierta —. Tu amante, Eddie. Me temo que no es sincero contigo.

—¿Cómo...?

Kasper levantó una mano.

—He hecho que mi gente te vigile a ti y a él. —Sacudió la cabeza—. Es lindo, lo reconozco, pero en serio, ¿no ves que solo está jugando contigo?

Desafiante, Thomas adoptó una postura firme.

—No está jugando conmigo. No te metas. Será mejor que me digas qué quieres.

—¿No es evidente? Te quiero de vuelta, mi dulce Thomas. Ya te divertiste. Ya tuviste tus aventuras. Ahora es momento de regresar y reclamar lo que es tuyo. De sentarte a mi lado mientras gobernamos el mundo de los vampiros.

—¡Estás como una puta cabra si crees que volveré contigo!

—No tienes nada más. Escuché tu pelea con tu amante. Pero eso no es todo. Sé lo que él piensa de verdad. Sé lo que hace a tus espaldas. —Sacó un iPhone del bolsillo y lo desbloqueó—. ¿Sabías que ha estado planeando dejarte todo este tiempo?

Ante las palabras traicioneras de Kasper, el poder oscuro que había en el interior de Thomas rugió, deseando estallar hacia la superficie. Lo sintió crecer más fuerte, atraído por el poder que destilaba Kasper.

—¡Estás mintiendo!

—¿Lo estoy? —Presionó algo en su iPhone y luego lo levantó.

Thomas reconoció al instante la voz de Nina saliendo del aparato.

—*¿Qué no te gustó del departamento que te enseñé antes?*

—*No está en el barrio correcto. Ya te dije que no quería vivir en Noe Valley* —replicó la voz de Eddie.

La sorpresa y el temor lo invadieron. Eddie estaba hablando de departamentos con Nina. ¿Por qué?

—*Eso no se considera Noe Valley. Es prácticamente La Misión. Y yo pensé que habías dicho que te gustaría vivir en La Misión* —continuó Nina.

—*Bien. Pero también es demasiado caro. No quiero pagar tanta renta. Solo quiero algo pequeño, solo algo para mí.*

Thomas sintió que su corazón se detenía. No había duda de lo que Eddie estaba diciendo. Quería mudarse. Buscó una explicación. Tal vez era una vieja grabación, algo que Eddie había hablado con su hermana mucho antes de que él y Eddie se convirtieran en amantes.

—¡Esto no prueba nada! —le dijo a Kasper—. No puedes demostrar que esta grabación sea siquiera reciente.

—¿No puedo? —Kasper sonrió perversamente—. Sigue escuchando.

Thomas contuvo la respiración, a punto de protestar, cuando la voz de Nina volvió a sonar por los altavoces del iPhone.

—*Supongo que entonces no te va a gustar la que vi en la Marina.*

—*La Marina está en un vertedero, hermanita. Después del terremoto de hace tres días, no me interesa vivir en nada que no sea roca firme. Hasta la casa de Thomas tembló bastante. No quiero ni saber...*

Kasper apagó la grabación. Pero Thomas no necesitaba oír nada más. Tres días antes hubo un terremoto, el único de importancia desde que Eddie se había mudado con él. Ahora no cabía duda de que la conversación entre Nina y Eddie había tenido lugar esa misma noche. Y Eddie incluso había admitido que necesitaba ver a Nina cuando salió de casa.

Thomas sintió una aguda lanza de dolor alojarse en su pecho. Justo después de hacer el amor en el suelo de su garaje, Eddie había salido a buscar un apartamento para mudarse. Eddie había planeado dejarlo todo este tiempo. Nunca había tenido intención de continuar su relación. Lo único que quería era un poco de experimentación sexual.

La sensación de traición que ahora lo invadía no era algo que hubiera experimentado antes. Sintió que sus manos temblaban y sus rodillas se ablandaban mientras toda esperanza abandonaba su cuerpo. Eddie no lo amaba, a pesar de las intimidades que habían compartido. Todo había sido una ilusión. Una mentira.

La furia se apoderó de él, encendiendo sus células y golpeando la puerta de la jaula en la que mantenía encerrado su poder oscuro.

—Te ha utilizado —dijo Kasper, y su voz penetró en la niebla de la mente de Thomas.

Utilizado. Sí, se sentía utilizado. Como un viejo juguete con el que un niño juega una vez y luego descarta porque sus amigos no lo encuentran aceptable.

—¡Le demostrarás que no lo necesitas! —continuó Kasper, cuyas palabras se hundían más profundamente en la mente de Thomas, abriendo caminos en ella.

—No lo necesito —repitió Thomas. No, no necesitaba a un amante mentiroso y embustero en su vida.

El poder oscuro que había en él estuvo de acuerdo y empujó contra la puerta de su jaula, abriéndola de golpe. Un rugido recorrió su cuerpo.

—Sí, ahora lo sientes, ¿verdad? —insistió Kasper—. Ha estado encadenado por demasiado tiempo, ¿no es así?

Thomas sintió que el poder se dirigía hacia Kasper y que ahora se arremolinaba libremente a su alrededor. Unas chispas brillantes iluminaron las sombras que los rodeaban. Thomas cerró los ojos y dejó fluir la energía, por primera vez en su vida no puso ninguna rienda a la bestia que llevaba dentro.

—¡Bienvenido de vuelta! —Kasper le puso la mano en el hombro, pero Thomas se la sacudió al instante.

Mirándolo fijamente, gruñó:

—¡Me debes una explicación! ¡Habla ahora! Y habla rápido. Puede que no sepa controlar mis poderes como tú, pero ya no tengo nada que perder. ¿Me oyes? Nada. Y eso me hace peligroso.

El rostro de Kasper permaneció impasible ante la amenaza de Thomas.

—Lo que te diga ahora será para siempre nuestro secreto. Ninguno de mis seguidores lo sabe. Y nunca podrán enterarse.

Thomas no respondió. No le haría promesas ni a Kasper ni a nadie. Nunca más. Apretó el puño con fuerza, sus colmillos descendiendo. Un brillo rojizo tiñó su visión. De sus manos brotaron chispas eléctricas.

—¡Habla!

Kasper asintió brevemente.

—El hombre al que mataron los tuyos era mi gemelo idéntico, Keegan.

El corazón de Thomas se aceleró. ¿Gemelos? ¿Había dos de ellos? ¿Cómo era posible que nunca se hubiera enterado de la existencia del gemelo de Kasper?

—Sí, siempre hubo dos de nosotros, pero vivíamos como uno solo. Para todos los demás, éramos conocidos como Kasper. Cambiábamos de lugar para acentuar nuestra fuerza y controlar a nuestros seguidores. Podíamos estar en dos sitios a la vez, dando la impresión de que éramos más poderosos que cualquier otro vampiro. —Hizo una pausa.

Thomas apenas podía creer lo que escuchaba. ¿Era esa la razón por la que a menudo había pensado que Kasper tenía una doble personalidad, siendo amable y cariñoso un minuto y violento y despiadado al siguiente? ¿Porque en realidad eran dos personas distintas que se hacían pasar por una?

—No me malinterpretes. *Éramos* más poderosos que los demás, porque nuestra sangre nos hacía más fuertes. Y el poder oscuro era igual de fuerte en los dos. Nadie podía distinguirnos. Ni siquiera tú, mi dulce Thomas. Ni siquiera tú.

La ira estalló dentro de Thomas.

—Me mentiste todo este tiempo.

Kasper negó con la cabeza, sonriendo.

—Al contrario. Nunca lo hice. Keegan fue quien te causó todo este dolor. Era él quien salía a tirarse a cualquier cosa con falda. No le gustaban los hombres, ¿sabes? Solo le gustaban las mujeres. Así que te puedo asegurar que solo tuviste sexo conmigo y yo te fui fiel.

Se burló Thomas.

—¡Sí, claro! Tú también te cogías a otra gente. —No había olvidado a la mujer que se la había chupado a Kasper la noche en que Thomas se convirtió—. A ti también te gustaban las mujeres. Tú mismo lo dijiste.

—Lo admito, bateo para ambos bandos; sin embargo, después de conocerte, solo dormí contigo. No hubo más hombres, ni más mujeres. Keegan era el que alardeaba de sus hazañas sexuales para que todo el mundo las viera, y yo no podía hacer nada para que entendieras que no había necesidad de tus celos. Él y yo teníamos un acuerdo de nunca revelar que éramos dos personas. Todo dependía de eso. Como uno, éramos fuertes; como dos individuos, hubiéramos fracasado.

Kasper suspiró.

Thomas lo miró fijamente, aturdido por sus revelaciones. ¿Pero realmente cambiaba algo después de tanto tiempo? No cambiaba el hecho de que la razón por la que había dejado a Kasper era porque era cruel y violento, no porque fuera infiel.

—Usaste tus poderes para herir a la gente de la forma más violenta que jamás he visto.

—No. Yo no lo hice. Keegan era el que no podía controlar sus poderes. Sus arrebatos eran violentos. No tenía compasión. Eso era lo que nos hacía tan diferentes. Yo sentía empatía por los demás; él no tenía esa capacidad. Fue lo que finalmente lo llevó a la muerte. Se lo advertí. Pero no me quiso escuchar y siguió un camino del que no pude salvarlo. Lo intenté. Lo seguí y entonces te encontré. No pude interferir en la pelea entre él y tú. Me habría puesto en evidencia y podría haber tenido el mismo final que mi hermano. Pero créeme cuando te digo que no estaba de su lado durante aquel combate, sino que deseaba que ganaras tú.

Thomas sintió un escalofrío que le recorría la espalda. ¿Podía confiar en sus oídos? ¿Había sido realmente Keegan quien había cometido todas esas atrocidades? ¿Kasper estaba libre de culpa? Negó con la cabeza.

—Por favor, no me digas que eras un santo. ¡No eras un santo entonces, y no lo eres ahora! La forma en que mataron a Sergio y a su compañera es obra tuya. ¡No lo niegues!

—Ah, sí, un incidente muy desafortunado. Y el responsable ha sido castigado. Me temo que algunos de mis seguidores aún se aferran a los métodos que les inculcó mi hermano. He intentado reeducarlos desde su fallecimiento, pero algunas de esas costumbres están tan arraigadas que son difíciles de erradicar. Prefiero métodos más limpios para lograr mi objetivo.

—Sí, ¿y cuál es tu objetivo, Kasper? —preguntó Thomas, desconfiando todavía de los motivos de su creador y antiguo amante.

—Ya sabes cuál es. Te lo dije la noche que te conocí. Es que nuestra especie sea aceptada. Ser libres para vivir como queramos, sin persecuciones, sin ataduras. Pensé que tú también querías eso. Por eso te uniste a mí entonces. ¿Ha cambiado eso?

Thomas no respondió inmediatamente. Su deseo más profundo seguía siendo el mismo: que lo quisieran por lo que era y no lo juzgaran solo por ser diferente.

—Tengo el respeto de mis compañeros.

—¿Estás tan seguro de eso?

Thomas entrecerró los ojos.

—¿Qué estás insinuando?

—¿Sabías que Samson tuvo una reunión secreta en casa de Zane la otra noche?

No lo sabía, pero no tenía por qué significar nada.

—Eso es irrelevante.

—Lo dices porque no sabes de qué se habló en la reunión. ¿Sabías que Samson les contó a tus colegas tu secreto?

— Él nunca rompería su promesa —protestó Thomas sin vacilar.

—No seas tan ingenuo. Mira, ese es tu problema. Siempre asumes lo mejor de la gente cuando deberías asumir lo peor. Samson te traicionó, tal como lo hizo Eddie.

—¡No! ¡No puedes demostrarlo! —Thomas intentó aferrarse desesperadamente a la creencia de que su amigo y colega más antiguo había mantenido su palabra.

—¿Igual que no pude demostrar qué Eddie te traicionó? —Kasper soltó una carcajada amarga y volvió a levantar el iPhone—. ¿Quieres escuchar lo que les dijo Samson?

¡No lo hagas! suplicaba una voz en su interior. *No lo escuches. Solo empeorará las cosas. Eddie te traicionó. Todos te han traicionado. No eres nada para ellos. Nada. Todo es una mentira.*

Contuvo la respiración.

¡Siente el poder! ¡Es tuyo!

Thomas sintió una descarga eléctrica recorrer su cuerpo y percibió el poder oscuro de manera física ahora. Lo rodeaba por completo, envolviéndolo, manteniéndolo a salvo, protegiéndolo. Era lo único en lo que podía confiar ahora, porque su confianza en Scanguards y en sus viejos amigos había desaparecido.

Puso su mano sobre el iPhone de Kasper.

—No. No hace falta.

KASPER SOLTÓ un suspiro de alivio y dejó que la tensión fluyera de su cuerpo. Siempre hacía falta mucha energía para influir en otro vampiro sin desencadenar sus instintos de autodefensa y que este contraatacara con control mental. Por suerte, había provocado a Thomas el tiempo suficiente para que su poder oscuro emergiera, y así le había dado una vía de entrada. Kasper había permitido que su propio poder se conectara con el de Thomas para que su antiguo amante aceptara como propios los pensamientos que Kasper había enviado a su mente. Solo había hecho falta un pequeño empujón para empujarlo al límite.

Cuando Thomas había seguido cuestionándolo a él y a sus motivos, había tenido que pensar rápido para darle la vuelta a la situación. Porque a pesar de que Eddie lo había traicionado, Thomas seguía aferrado a su asociación con Scanguards.

Ya no.

Para cuando Thomas descubriera que Samson no había traicionado su confianza, estaría tan inmerso en la atracción del poder oscuro que ya no encontraría forma de salir de él, aunque lo intentara. Kasper se aseguraría de ello. Thomas estaría rodeado por él y de sus seguidores día y noche, y los poderes oscuros colectivos que se arremolinaban en torno a ellos drogarían a Thomas y harían más fuerte su propio poder, hasta que ya no tuviera fuerzas para luchar contra él.

Nada sería lo suficientemente fuerte como para devolverlo. Lo había visto antes con sus otros protegidos, los que habían luchado contra él al principio, solo para perder la lucha. Se habían vuelto leales y dóciles, igual que Thomas. Aunque quizás no dócil, ya que para Thomas tenía otros planes. Porque Thomas era más fuerte que todos ellos juntos. Solo que Thomas aún no lo sabía.

Llevar a Thomas de vuelta a su cama tomaría más tiempo, pero Kasper no era nada si no paciente. Había esperado más de cien años para esto; podía esperar unas semanas más. Y una vez que se hubieran unido por la sangre, el poder de Thomas sería suyo y juntos serían invencibles.

—Ahora vuelve a casa, Thomas, donde perteneces.

36

No había pegado ojo en todo el día. Thomas no había vuelto a casa después de salir furioso de la casa de Quinn. Eddie lo había esperado despierto todo el día, caminando de un lado a otro en la sala y poniendo atención por si escuchaba el sonido familiar de la moto de Thomas acercándose a la propiedad. Pero Thomas no había vuelto. Con cada hora que pasaba, el estado de ánimo de Eddie se volvía más sombrío. ¿Había ido Thomas al Castro a buscar algún humano dispuesto a acostarse con él?

Los celos le quemaban las entrañas, aunque sabía que no tenía derecho a sentir tal emoción. Al fin y al cabo, había sido él quien había alejado a Thomas, y muy probablemente lo había empujado a los brazos de otro hombre. No estaba preparado para la exigencia de Thomas de comprometerse con él en ese mismo instante. No era el momento ni el lugar adecuados. No esperaba que Thomas reaccionara así, que se marchara y desapareciera todo el día. Estaba claro que había herido a Thomas más de lo que pensaba.

Y otra cosa también estaba clara ahora: no quería que la relación con su amante terminara. Y, por supuesto, no quería que Thomas encontrara otro amante. Al pensar en eso, le entraban ganas de morder con saña. Si encontraba a Thomas con otro amante, le arrancaría la garganta a ese desconocido. Esperaba, por el bien de ambos, que Thomas hubiera pasado el día en su despacho de Scanguards para tomarse un respiro, en lugar de ir a revolcarse con otro hombre.

En cuanto se puso el sol, Eddie subió a su motocicleta de un salto y bajó la colina a toda velocidad, ignorando todas las normas de tráfico en su camino hacia la sede de Scanguards. Después de estacionar su moto, pasó como un rayo delante del tipo de seguridad de la puerta, mostrando su identificación, y subió las escaleras hasta el último superior, demasiado impaciente para esperar el elevador.

En el piso ejecutivo, recorrió el largo pasillo y se dirigió a la oficina de Thomas. La puerta estaba cerrada. Sin llamar, la abrió y entró.

El despacho estaba vacío. Olfateó, pero no había ningún rastro fresco que indicara que Thomas había estado aquí en las últimas doce horas.

—¡Carajo! —maldijo.

Respiró hondo un par de veces para calmarse y alcanzó su celular, pero se detuvo. ¿Le contestaría Thomas si supiera que era él? Además, ¿qué le diría por teléfono? Esta era una conversación en la que tenía que mirarlo a los ojos. Frustrado, guardó el teléfono de nuevo en su bolsillo y salió de la oficina, cerrando la puerta tras de sí.

En el pasillo, pasó corriendo junto a Cain.

—Hey, Eddie, ¿qué pasa?

Eddie ni siquiera le devolvió la mirada y siguió caminando.

—Nada. Tengo que hacer un mandado.

Entonces empujó la puerta de la escalera y bajó corriendo, saliendo por una salida lateral para no encontrarse con nadie más y retrasarse. Tenía que encontrar a Thomas antes de que la situación escalara aún más.

En cuestión de minutos llegó al Castro, donde estaban los lugares favoritos de Thomas. Aquí es donde ligaría con los chicos. La zona estaba llena de gays de todas las edades. Con lo guapo que era Thomas, no tendría ningún problema para encontrar compañero de cama en cuestión de segundos. Los tipos siempre se le insinuaban. Eddie lo había visto a menudo cuando patrullaban juntos. A Eddie siempre le había molestado, y ahora se preguntaba si ya entonces había sentido celos. Ahora podía admitirlo: la idea de que Thomas estuviera en este momento en los brazos de otro hombre lo estaba consumiendo por dentro.

Uno por uno, Eddie buscó en los bares del Castro y mantuvo los ojos abiertos en busca de alguna señal de la motocicleta de Thomas. En los bares donde conocían a Thomas, llegó a preguntar a los camareros si lo habían visto, pero la respuesta era siempre la misma.

—Hace tiempo que no viene.

Desanimado, Eddie salió del último bar del Castro y regresó a su moto. Cuando llegó a ella, cerró los ojos un momento. ¿Dónde se había metido Thomas? Si no había estado en el Castro ligándose a un tipo, ¿entonces dónde estaba?

Un pensamiento terrible invadió su mente. ¿Y si Thomas se hubiera hecho daño a sí mismo? ¿Y si el rechazo había sido demasiado para él? Con las manos temblorosas, sacó su celular de la chamarra y marcó el número de Thomas.

—Por favor, contesta —se susurró a sí mismo.

Pero el teléfono no hizo más que sonar y sonar hasta que pasó al buzón de voz de Thomas.

GABRIEL tecleó su contraseña por segunda vez, pero el aviso volvió a parpadear en su pantalla: *su contraseña ha expirado*.

—¡Mierda! —maldijo. Los procedimientos de seguridad en el departamento de informática de Scanguards eran tan estrictos que todos los empleados tenían que cambiar su contraseña una vez al mes, y si se pasaban del periodo de gracia de dos días, tenían que pedirle al departamento que la restableciera.

Gabriel marcó al servicio de soporte de informática y tamborileó con los dedos sobre el escritorio.

—Soporte informático —contestó una voz masculina aburrida.

—Sí, soy Gabriel Giles. Necesito que restablezcan mi contraseña.

—Un momento —dijo.

—¡No me pongas en espera! —respondió Gabriel, pero ya era demasiado tarde. Se escuchó un clic en la línea, y ahora una insípida música de elevador sonaba en sus oídos.

Gabriel gruñó. ¿Acaso este idiota informático no sabía con quién estaba hablando?

Los segundos pasaron, y de repente hubo otro clic en la línea.

—Lo siento, señor Giles, pero no tengo acceso a los perfiles de seguridad de los ejecutivos. Esos los maneja exclusivamente Thomas. Puedo transferirlo con él.

—¡No te molestes!

Gabriel colgó el teléfono de golpe y se levantó de su escritorio. Como director, no debería tener que saltar tantos obstáculos solo para acceder al sistema. Refunfuñando para sí mismo, salió de su oficina y se dirigió a la que tenía al lado. La placa junto a la puerta decía: *Thomas Brown, Director de Informática.*

Gabriel tocó con impaciencia y abrió la puerta sin esperar respuesta.

—Thomas, tienes que... —Se detuvo en seco. El despacho estaba vacío.

Molesto, dio media vuelta y sacó su celular del bolsillo, marcando rápidamente el número de Thomas. La línea sonó varias veces.

—*Has llegado al buzón de Thomas. Déjame un mensaje* —resonó la grabación en su oído.

—¿Dónde estás? —bramó Gabriel al teléfono—. Necesito que restablezcan mi puta contraseña.

Colgó el teléfono y miró hacia el pasillo, viendo a Cain doblar la esquina.

—¿Has visto a Thomas? —gritó a Cain.

—No, no lo he visto. ¿Ya le preguntaste a Eddie? Salió de la oficina de Thomas hace un rato.

Gabriel dio las gracias con la cabeza y marcó el número de Eddie.

El teléfono sonó varias veces antes de que Eddie contestara.

—¿Gabriel? ¿En qué puedo ayudarte?

—¿Dónde está Thomas? Mi puta contraseña ya expiró y él es el único que puede restablecerla.

Hubo una pausa, y Gabriel casi pensó que la conexión se había interrumpido.

—¿Eddie?

—Este... Gabriel... Thomas no llegó a casa anoche. No lo he visto desde la fiesta en casa de Quinn.

—¿Qué? —La incredulidad lo recorrió.

—No sé dónde está Thomas, y no contesta su teléfono.

Por el rabillo del ojo, notó que Cain se acercaba, con la curiosidad reflejada en su rostro.

—¿Y no lo reportaste?

—Oye, tiene derecho a la intimidad.

La ira se apoderó de Gabriel.

—¡No hay intimidad, carajo! Si alguien de Scanguards desaparece, hay que seguir un protocolo. ¡Deberías saberlo!

Encabronado, colgó la llamada y se encontró con la mirada inquisitiva de Cain.

—¿Qué está pasando?

Gabriel señaló el teléfono.

—Thomas no ha vuelto a casa. Desapareció después de la fiesta.

—¿Quieres decir que ni siquiera Eddie sabe dónde está? —La voz de Cain estaba teñida de sorpresa—. Pero...

—Tenemos que encontrarlo.

—¿Crees que le pasó algo? —preguntó Cain.

Gabriel ignoró la pregunta, sin querer pensar en las muchas posibilidades de lo que podría haber ocurrido. Esperaba que Thomas simplemente se hubiera ido de juerga, disfrutando de un día de sexo y sangre, y que siguiera en la cama de algún tipo, aunque Thomas era demasiado concienzudo como para no haber llamado a la oficina y avisar dónde podrían encontrarlo en caso de emergencia.

—Averigua si dejó algún mensaje en la recepción —indicó Gabriel a Cain.

—En eso estoy.

37

Samson estaba sentado en su despacho de Scanguards, tras haber sido alertado sobre la desaparición de Thomas horas antes, cuando la puerta se abrió de golpe.

—¡Ahora dime qué está pasando realmente! —tronó Gabriel, entrando como un torrente y golpeando su puño contra el escritorio de Samson. —¡Y ya no salgas con más mamadas!

Samson se levantó de un salto, fulminándolo con la mirada.

—¿Qué carajos es esto?

—Te diré qué es esto: Cain acaba de llamar desde su patrulla. Vio a Thomas en el cuartel general de Xander, en Chinatown. Y parecía estar allí por su propia voluntad.

—¡Ah, mierda! —maldijo Samson—. Temía que esto sucediera. —Se pasó la mano por su espeso cabello oscuro.

—¿Qué carajos quieres decir?

Samson señaló una silla.

—Siéntate, Gabriel.

Gabriel cruzó los brazos sobre el pecho.

—Prefiero quedarme de pie.

—Como quieras. —Samson hizo una pausa—. Thomas vino a verme la otra noche. Después de enfrentarse a Xander. Todo lo que les dije a ti y a los demás cuando nos reunimos en casa de Zane es cierto. Pero omití algo. Me temo que Thomas lleva dentro de sí un poder oscuro, el mismo que tenía su creador. El mismo que controla a Xander y a su gente. Thomas ha luchado por suprimir este poder toda su vida. Pero ahora que estos vampiros llegaron aquí, su poder los percibe y se siente atraído hacia ellos. Me dijo que cada vez le resulta más difícil no actuar bajo su influencia, no sucumbir a su atracción.

—¡Carajo! —siseó Gabriel—. ¿Por qué no nos advertiste? Podríamos haber tenido a alguien vigilando a Thomas día y noche. ¡Podríamos haber evitado esto!

—No podía decírtelo. ¡Le di mi palabra!

—¡Al carajo con eso! ¡Mira en lo que nos metió! Thomas se ha unido a ellos!

—No lo podemos saber con certeza —protestó Samson, pero sabía que hablaba más por esperanza que por convicción.

—Tenemos que hacer algo —lo instó Gabriel.

Samson asintió, sintiendo el peso de la responsabilidad sobre sus hombros.

—Tenemos que convencerlo de que vuelva con nosotros.

Samson salió de las sombras cuando por fin vio que se abría la puerta. Había enviado varios mensajes al celular de Thomas, y más tarde le envió un correo electrónico después de darse cuenta de que Thomas había apagado el teléfono. Parecía que Thomas finalmente estaba respondiendo al salir de la casa en Chinatown.

Detrás de Samson, sus amigos Amaury, Gabriel y Zane permanecían en un segundo plano, aunque se daba cuenta que Thomas sería capaz de percibirlos, al igual que Samson se daba cuenta de que Thomas no estaba solo. Permaneciendo a la sombra de la entrada cubierta, demasiado lejos para ver su rostro, se erguía otro vampiro.

Samson cruzó hasta la mitad de la calle y recorrió su entorno una vez más. A esa hora de la noche, casi no había tráfico, y como las tiendas en esta pequeña calle lateral estaban cerradas, no parecía haber nadie más alrededor.

—¿Qué quieres? —preguntó Thomas con palabras cortantes, borrando de su voz la amabilidad que normalmente lo caracterizaba, como si fueran extraños. No, peor: como si fueran enemigos.

—Tenemos que hablar, a solas. —Samson señaló al desconocido en las sombras.

—Si así fuera, tú también habrías venido solo —replicó Thomas, desviando la mirada más allá de los hombros de Samson.

—Todos somos amigos…

—Los amigos no rompen sus promesas —interrumpió Thomas. Un gruñido escapó de su garganta—. Los amigos no traicionan a los amigos.

—¡No te traicioné! Es el poder oscuro dentro de ti el que habla. ¡Tienes que luchar contra él, Thomas!

—No, al contrario. Ya no tengo que luchar más. Porque ya no tengo nada que perder. —Su mandíbula se tensó en una línea dura, como si estuviera ahogando una emoción tan poderosa que estaba a punto de desbordarlo.

—Eso no es cierto, Thomas. Tienes una vida maravillosa con nosotros. Todos en Scanguards te quieren y te respetan. ¡Te necesitamos!

Thomas soltó una carcajada amarga.

—¿Una vida maravillosa? Para ti es fácil decirlo, Samson. Y para todos ustedes también —añadió, mirando hacia las sombras donde sus tres colegas permanecían en silencio—. Todos tienen a alguien que los quiere. Un compañero. ¡Yo no tengo nada! ¿Entienden? ¡Nada! La única persona que he amado me traicionó. ¿Sabes cómo se siente eso?

Por un segundo, Samson no entendió de quién hablaba Thomas. Luego se arriesgó a adivinarlo.

—¿Eddie?

El dolor en los ojos de Thomas confirmó que tenía razón.

—Pero siempre supiste que Eddie nunca podría ser tuyo. Es hetero. —Y Thomas siempre lo había aceptado. Samson lo sabía. Entonces, ¿por qué de repente era un problema?

—Déjame en paz, Samson. No puedo seguir así. No puedo vivir como tú quieres que viva.

—¡No hagas esto, Thomas! ¡Ese no eres tú! —Señaló a la persona detrás de Thomas—. Tú no eres como ellos. No eres cruel. No eres malvado.

—¿Cómo lo sabrías? Nunca te he mostrado lo que he ocultado toda mi vida. Solo has visto lo que te he permitido ver. ¡Todos ustedes! ¡No me conocen en absoluto! —Thomas se dio la vuelta.

Samson hizo una señal a sus amigos, y ellos se precipitaron. Si Thomas no venía voluntariamente, lo obligarían.

—¡Vuelve con nosotros!

Thomas giró sobre sus talones, sus ojos brillando de un rojo intenso mientras los clavaba en Samson.

—¡Mierda! —maldijo Samson, dándose cuenta de lo que estaba a punto de pasar. Se preparó para el ataque, pero no había defensa contra él.

El primer rayo de dolor taladró en su mente, casi cegándolo, y el segundo lo lanzó varios metros hacia atrás. Cayó de espaldas, rompiéndose una costilla al chocar contra el bordillo.

Amaury, Zane y Gabriel cargaron hacia delante, pero un rayo que salía de las manos extendidas de Thomas los detuvo.

—¡Ni un paso más, o morirán todos!

La incredulidad invadió a Samson mientras se levantaba. Este no era Thomas. No era el amable motociclista que había conocido toda su vida. Alguien movía los hilos entre bastidores, y mientras no pudieran separar a Thomas de su titiritero, no podrían sacarlo del camino que había elegido.

—Nos vamos. Por ahora —concedió Samson.

Pero volverían, y la próxima vez traerían un ejército. Costara lo que costara, recuperarían a Thomas.

—Estoy orgulloso de ti —dijo Kasper, dándole una palmada en el hombro.

Thomas se sacudió la mano y se dirigió a la chimenea de la sala, donde un fuego lento ardía. A pesar de ello, sintió un escalofrío que le calaba los huesos. Lo había sentido desde que se unió a Kasper. Como si todo el calor lo hubiera abandonado y ahora el hielo corriera por sus venas.

—No era necesario que estuvieras afuera conmigo. ¿O no confiabas en que yo pudiera manejarlos?

—No confío en ellos —esquivó Kasper—. Y tenía razón. Estaban tratando de llevarte de vuelta a su lado. Por la fuerza, al parecer. ¿Son esas acciones de amigos?

En su interior, el poder oscuro se agitaba, empujando la furia hacia su pecho.

—No.

—Protejo a los que amo. —La voz de Kasper se redujo a un murmullo ronco y Thomas sintió que se acercaba. Hasta ahora, había evitado todos los intentos de Kasper por intimar físicamente, y ahora tampoco estaba de humor para eso.

—Quiero estar solo.

Kasper suspiró y se detuvo.

—Muy bien. Descansa un rato. Hay mucho por hacer. Y necesito que estés bien descansado.

Thomas asintió y esperó a que Kasper saliera de la habitación antes de apoyar la frente en la chimenea y las manos a ambos lados. Le dolía la cabeza por la pelea con Samson. Y su corazón latía con frenesí. No le gustaba cómo se sentía, cómo el poder oscuro lo hacía indiferente a los sentimientos y preocupaciones de los demás. No sentía nada, solo vacío. ¿Así sería su vida ahora? No podía vivir así. Los pequeños rastros de escrúpulos que surgían de su corazón crecían y se hacían cada vez más presentes.

Se sobresaltó al instante y sintió que el poder oscuro de su interior luchaba contra los escrúpulos que seguían invadiendo su mente. Había sido capaz de vencer al mal que llevaba dentro durante tantos años, pero parecía que esa habilidad lo había abandonado. Se sentía bajo su dominio, cautivo y atado. ¿No había vuelta atrás para él? ¿No había forma alguna de recuperar su humanidad?

Miró la leña apilada junto a la chimenea, y se agachó para echar otro trozo al fuego, cuando sintió algo en su bolsillo. Metió la mano y palpó la estaca que llevaba siempre consigo. La sacó del bolsillo y se quedó mirándola.

Tal vez había una forma de derrotar al poder y destruir el control que ejercía sobre él.

Agarrando con fuerza la estaca con su mano derecha, se llevó la punta al pecho. Tragó con dificultad, colocó su otra mano sobre ella y respiró hondo. Pensó en Eddie y en la forma en que lo había mirado la noche antes de irse: con una promesa en los ojos. Sin embargo, todo había sido una mentira.

Sintió que un sollozo le arrancaba el pecho y cerró los ojos. Con todas sus fuerzas, empujó la estaca contra su corazón, pero encontró resistencia. Sus manos trabajaban contra un enemigo invisible, luchando por mantener el control de la estaca, esforzándose por no ser rechazadas. La tensión en sus hombros aumentó y, con una violenta sacudida, sus manos se apartaron, perdiendo el agarre de la estaca. La estaca cayó al fuego y Thomas fue arrojado hacia atrás. La incredulidad lo invadió. Su poder se estaba volviendo tan fuerte que ahora controlaba su cuerpo, y no le permitía quitarse la vida, porque hacerlo extinguiría el poder mismo. Y el poder quería sobrevivir.

—Thomas —la voz de Xander irrumpió desde atrás.

Thomas volteó, furioso por la interrupción, y lanzó una mirada asesina al vampiro. En su interior bullían pensamientos asesinos, y estiró los brazos hacia él, gruñendo.

—¡Dije que quería estar solo!

Ante sus ojos, las manos de Xander rodearon su propio cuello y empezaron a apretarlo. Xander lo miró fijamente, atónito ante sus propias acciones. Pero Thomas siguió ejerciendo el control mental sobre él y lo hizo apretar con más fuerza. Los intentos de Xander por defenderse con su propio control mental fueron inútiles. De hecho, Thomas apenas sentía poder alguno procedente de él, mientras que la noche que había entrado por primera vez en esta casa, Xander había luchado fácilmente contra él. Nada de ese poder era evidente ahora.

¿Era posible que Xander hubiera tenido ayuda esa noche? ¿Había sido Kasper capaz de canalizar su propio poder a través de Xander para ayudar a su seguidor a derrotar a Thomas? ¿Para engañarlo y hacerle creer que todos sus seguidores eran más fuertes y poderosos de lo que eran?

Thomas soltó a Xander, quien bajó los brazos y tosió.

—¡Fuera de mi vista! ¡O te aplastaré! —advirtió.

Con cara de pánico, Xander salió tropezando de la habitación.

En el interior de Thomas, el poder oscuro empezó a asentarse. Por ahora había obtenido lo que quería. Había demostrado su superioridad y había sido apaciguado. ¿Pero por cuánto tiempo?

38

———

Eddie oyó el timbre de su celular a través del casco equipado con Bluetooth mientras circulaba entre el tráfico ligero. Había estado rastreando sin rumbo la ciudad en busca de Thomas. Sin éxito. Cada hora que pasaba se sentía peor, porque sabía que esto era culpa suya. Thomas había desaparecido por su culpa, así que era su responsabilidad encontrarlo.

Respondió la llamada.

—¿Sí?

—Pensé que debías saberlo. Sabemos dónde está Thomas —dijo Cain.

El corazón de Eddie dio un salto, sintiendo que un peso se alzaba de sus hombros. Ahora todo saldría bien. Iría a verlo, hablaría con él. Le confesaría lo que realmente sentía en su corazón y le pediría disculpas.

—¿Dónde?

—Eh... está con Xander y su gente.

La conmoción hizo que se le parara el corazón.

—¿Lo capturaron? ¡Carajo! —Sus manos se enroscaron en garras y sus colmillos descendieron. Atraparía a esos bastardos y los despellejaría vivos si habían lastimado a Thomas.

—No, Eddie. No lo hicieron.

—Pero acabas de decir...

—Se unió a ellos —interrumpió Cain.

—¿Se unió? ¡Él nunca lo haría! —Eddie trató de asimilar la información mientras reducía la velocidad de su motocicleta.

—Me temo que sí. Pensé que querrías saberlo, dado que tú y él... —Hubo una pausa incómoda al otro lado de la línea—. Escucha, no es asunto mío, pero si lo amas, quizás sea momento de ayudarlo. Si alguien puede llegar a él, eres tú.

Atónito, Eddie aspiró una bocanada de aire. ¿Cómo podía saber Cain que amaba a Thomas cuando él mismo acababa de darse cuenta?

—¿Cómo te enteraste?

—Los vi besándose en su garaje. No era mi intensión espiarlos; simplemente pasaba por ahí.

—¡Carajo! —siseó Eddie.

—Oye —dijo Cain rápidamente—, no te estoy juzgando. Cada uno hace lo que quiere. Solo digo que si hay algo que deban aclarar para reconciliarse...

—¿Reconciliarnos?

—Es bastante obvio. Cuando estaban en la fiesta de Oliver, había cierta tensión. Y luego Thomas se fue temprano. Escucha, no me importa de qué se trate esto. No es asunto mío. Pero si hay algo que puedas hacer... Samson lo intentó, pero no logró hablar con él. Amaury me dijo que Thomas afirma que ya no tiene nada que perder.

—Ah, mierda —maldijo Eddie. Thomas había perdido la cabeza por su culpa—. No hace falta que digas nada más. ¿Quién está de guardia en Chinatown?

—Jay, ¿por qué?

—Llámale y dile que lo relevaré en quince minutos.

—¿Qué estás planeando?

Lo que había estado planeando todo el tiempo.

—Voy a hablar con Thomas. —Y si hablar no era suficiente, quizás tendría que arrodillarse. ¿No había dicho Thomas una vez que no le parecía anticuado arrodillarse? Bueno, de repente, a Eddie tampoco le parecía anticuado.

Eddie giró su motocicleta y se dirigió a Chinatown, llegando en tiempo récord. Estacionó la moto y caminó hacia la oscura entrada donde Jay lo esperaba.

—¿Algún movimiento? —preguntó Eddie a modo de saludo.

Jay negó con la cabeza.

—Nadie ha entrado ni salido en las dos horas que llevo aquí. Es todo tuyo.

Eddie levantó la mano, despidiéndose de él, y miró la casa al otro lado de la calle. Las luces estaban encendidas en varias habitaciones, pero no detectó movimiento alguno dentro. Se pasó una mano por el cabello, apartándolo de su rostro, y se dio cuenta de que era un gesto que había adoptado de Thomas.

Durante los muchos meses que habían vivido juntos, se había acostumbrado tanto a Thomas. Lo que comenzó como una mentoría se había transformado en una amistad, y ahora que había alejado a Thomas, por fin entendía cuánto significaba esa amistad para él. Pero la amistad por sí sola ya no era suficiente. En la última semana, sus sentimientos por Thomas se habían intensificado, y habían pasado de la amistad al amor en un abrir y cerrar de ojos. Había llegado el momento de ser un hombre, como Thomas había exigido. Ahora estaba listo.

Con pasos decididos, Eddie cruzó la calle y subió los pocos escalones hasta la puerta de entrada de la casa. Tocó el timbre, una, dos, tres veces. Aguzó el oído, pero no escuchó ningún sonido del interior.

—¡Thomas! —gritó—. ¡Soy yo, Eddie!

Estaba convencido de que Thomas lo oiría. Aun así, nadie se acercó a la puerta. Frustrado, exhaló. Pero no se rendiría ahora. Había llegado hasta aquí y no dejaría que una puerta endeble lo detuviera.

Miró a su derecha. O a una ventana. Apoyándose en la barandilla con una mano, levantó la pierna y lanzó una patada con su bota contra el cristal, que se hizo añicos con el impacto. Metió la mano por el hueco y desbloqueó la ventana, luego la abrió de un empujón. Levantándose, se arrastró a través de la estrecha abertura.

Una vez dentro, se levantó de un salto, dispuesto a defenderse por si alguno de los hombres de Xander ya lo esperaba, pero, para su sorpresa, estaba solo en el vestíbulo. Incluso un humano debería haber oído su entrada forzada. En una casa llena de vampiros, se le habrían echado encima como perros al cartero. Algo andaba mal.

Con las tripas contraídas por la inquietud, se adentró en la casa. En este piso, había una gran sala de estar con la puerta abierta de par en par. Estaba cálida, pero igualmente vacía. Eddie miró la chimenea: aún crepitaba un fuego lento, prueba de que quienquiera que hubiera estado aquí no podía haberse ido hacía mucho.

Eddie giró y continuó su búsqueda, con los sentidos alerta para prepararse ante una posible emboscada mientras subía las escaleras. La mayoría de las habitaciones del segundo piso eran dormitorios intercalados con varios baños. Las ventanas estaban cubiertas con pesadas cortinas, y el desorden de las habitaciones indicaba que los residentes se habían marchado a toda prisa. ¿Pero cómo?

La casa había estado vigilada desde que descubrieron que era el cuartel general de Xander. Y Jay había confirmado que nadie había entrado ni salido.

Su inspección del último piso no arrojó más resultados. Estaba tan vacío como los demás pisos. Frustrado, bajó al primer piso y miró a su alrededor una vez más. Volvió a la sala, dejando que sus ojos recorrieran los muebles y las paredes revestidas de madera. Luego volvió al pasillo. La puerta del baño de invitados estaba abierta. Además de un retrete y un lavabo, una pared estaba adornada con un gran espejo que iba del suelo al techo. Eddie no se vio reflejado en él y se apartó de aquel objeto inútil.

Un pensamiento errante penetró en su mente. Si aún tuviera que afeitarse, probablemente le habría costado mucho hacerlo sin la ayuda de un espejo. Los vampiros no se reflejaban en los espejos, así que era raro que un vampiro tuviera alguno en su casa.

Eddie giró de nuevo hacia el baño de invitados. Entró y miró el lavabo. Faltaba el espejo de encima, como en muchas casas de vampiros. Volvió a mirar el espejo de cuerpo entero. No pertenecía a este lugar. Si alguien se había tomado la molestia de quitar el espejo sobre el lavabo, ¿por qué había dejado el espejo grande ahí? No tenía sentido. A menos que el espejo sirviera para otro propósito.

Con el corazón latiendo más rápido de lo habitual, pasó las manos por el marco del espejo, buscando hendiduras o ganchos, cuando sus dedos encontraron una ranura en un lado. Presionó contra ella y escuchó un clic. Agarró el marco y tiró del espejo hacia él, alejándolo de la pared, y miró detrás de él. Un túnel oscuro se abrió ante él. Olfateó y percibió el olor de los vampiros que lo habían usado recientemente.

Su visión de vampiro le bastó para ver dentro del túnel y darse cuenta de que estaba vacío. Sin vacilar, entró en él y lo siguió alrededor de una curva. Según sus cálculos, tenía al menos treinta metros de largo, probablemente más, y cuando se detuvo de repente tras otra curva, se encontró frente a una puerta. Prestó atención a los sonidos, y escuchó coches pasar.

Atónito, giró la manija y tiró de la puerta hacia él, abriéndola solo un poco para asomarse al exterior. Estaba a nivel de la calle. Abrió más la puerta y salió a la acera, buscando una señal de tráfico. La encontró al instante y se dio cuenta de que el túnel oculto lo había llevado a una calle paralela a la del cuartel general de Xander. Los vampiros se habían escabullido por allí mientras Scanguards vigilaba la fachada, ignorantes de la ruta de escape secreta.

—¡Mierda! —maldijo, y sacó su celular del bolsillo.

Mientras marcaba rápidamente el número de Gabriel, corrió de regreso a donde había estacionado su motocicleta.

—¿Sí? —La voz tensa de Gabriel resonó al otro lado de la línea.

—La casa de Chinatown está vacía. Thomas se ha ido. Todos se han ido. —Las palabras de repente cobraron sentido, y el corazón se le estrujó como si alguien lo apretara con un puño de hierro. Necesitaba encontrar a Thomas.

—¿Cómo carajos...?

—Encontré un pasadizo secreto que lleva a la calle de atrás —lo interrumpió Eddie.

—¡Mierda!

Al llegar a su motocicleta, Eddie se montó en ella, insertó la llave en el encendido, la giró y pulsó el botón de arranque. El motor rugió, y él levantó el caballete de una patada.

—Estaré en el cuartel general en quince minutos.

Sin esperar la respuesta de Gabriel, cortó la llamada.

Ahora solo podía esperar que Thomas no hubiera desactivado el chip GPS de su celular todavía. Tenía que darse prisa para llegar al laboratorio informático de Scanguards y rastrear su ubicación a través del teléfono. Rápidamente, Eddie marcó el número del laboratorio informático para que comenzaran a preparar el rastreo. Ni siquiera quería pensar qué haría si eso no funcionaba, porque la idea de perder a Thomas le dolía más de lo que jamás había imaginado. Thomas era su mejor amigo y el único amante que había deseado. Necesitaba a Thomas como a su próximo aliento, y vivir sin él el resto de la eternidad era inimaginable.

39

Se abrieron las puertas del ascensor y Eddie irrumpió en el piso ejecutivo de la sede de Scanguards. Ya había estado en el laboratorio informático y había rastreado el teléfono de Thomas, con resultados decepcionantes: Thomas había desactivado su teléfono, por lo que era imposible localizarlo.

El piso bullía de actividad. Casi choca con Nina cuando ella venía doblando una esquina.

—¡Eddie!

—¡Carajo, Nina! ¿qué haces aquí? Ni siquiera tienes permiso de estar en este piso.

Nina puso los ojos en blanco.

—Para tu información, la norma de "no humanos en el piso ejecutivo" no aplica a las parejas con vínculos de sangre. Además, ¿se te olvidó que íbamos a vernos?

Eddie se pasó una mano temblorosa por el cabello y por la nuca, sintiendo el sudor que ahí se había acumulado.

—¿Para qué? —Su mente estaba en blanco.

—Para ver ese departamento cerca del paseo marítimo. Te lo dije. No me digas que ya se te olvidó. Dios, ¿a poco no puedes apuntar eso en tu agenda?

Eddie suspiró. Quizás este era un momento tan bueno como cualquier otro para sincerarse.

—Nina, no me voy a mudar.

Ella lo miró fijamente, con ojos desorbitados por la sorpresa.

—¿Qué?

Eddie tomó su brazo con la mano y la llevó a la sala de fotocopias.

—Tenemos que hablar.

Nina lo miró, con el ceño fruncido.

—Odio cuando alguien empieza una conversación así. Nunca termina bien.

—Puede que tengas razón —él admitió, dudando un momento. Se balanceó sobre los talones y se metió las manos en los bolsillos —. Hay algo que debes saber. —Respiró hondo—. Nina, soy gay. Y Thomas es mi amante.

Expulsó un suspiro y apartó la mirada, sin querer ver la decepción en los ojos de su hermana. Ella no dijo una sola palabra, solo lo recibió con un silencio atónito. Él tragó más allá del nudo que tenía en la garganta.

—Lo siento —murmuró—. No fue mi decisión. Simplemente sucedió. Y no puedo deshacerlo. Soy lo que soy. No quería decepcionarte de nuevo.

Cuando una mano suave tocó su antebrazo, levantó la cabeza de un golpe.

Nina lo miró, sus ojos marrones fijos en él.

—¿Decepcionarme? Oh, Eddie, no me decepcionas. Eres mi hermano, mi familia. Te quiero pase lo que pase. —Suspiró—. Parece que mi *gaydar* está completamente apagado estos días. Realmente no lo vi venir.

Él le devolvió una tímida sonrisa. ¿Lo estaba aceptando tal como era?

—¿Cuánto tiempo llevas ocultándome esto?

Se encogió de hombros.

—No estoy seguro, hermanita. Creo que siempre lo supe, pero lo reprimí tanto que nunca me di cuenta de lo que pasaba dentro de mí. Pero cuando me convertí, todo cambió. Mis... este... deseos se hicieron más fuertes, ¿sabes? Y luego, cuando escuché a alguien decir que le gustaba a Thomas, supongo que desencadenó algo en mí.

—¿Escuchaste a alguien?

—Larga historia. Ya no importa. Sucedió, y ahora lo agradezco. Pero la cagué, Nina. La cagué de manera monumental. —Suspiró con pesadez y se llevó las manos a la cara, conteniendo el sollozo que quería escapar de su pecho.

Nina se acercó a él y le acarició la mejilla.

—¿Cómo la cagaste?

Él la miró a los ojos y en ellos vio preocupación. Y algo más: aceptación. ¿Cómo pudo dudar alguna vez de que ella seguiría queriéndolo?

—Thomas quería que saliera del clóset y admitiera que soy gay. No pude hacerlo. Lo rechacé, Nina. Lo lastimé. Por eso se pasó al otro bando. Se unió a los vampiros que están cometiendo esos crímenes por toda la ciudad. Porque fui demasiado cobarde para levantarme y decirle a todos que lo amo. Demonios, ni siquiera pude decirle a Thomas que lo amo.

—¿Pero lo amas?

Eddie asintió.

—Con todo mi corazón. No puedo perderlo, Nina. No puedo.

Nina lo rodeó con los brazos.

—Entonces tendrás que hacer todo lo que esté en tus manos para recuperarlo.

Él la abrazó con fuerza.

—Lo que sea que necesites, estaré ahí para ti —susurró ella.

—Gracias. —De mala gana, la soltó. Luego abrió la puerta del pasillo—. Ahora deberías irte a casa. Tenemos muchas cosas que resolver esta noche.

Ella asintió y le siguió hasta el pasillo.

—Llámame en cuanto sepas algo.

—Lo haré. Y siento haberte hecho buscar departamentos.

Ella le respondió con una sonrisa, y él la vio caminar hacia el ascensor.

Detrás de él se abrió una puerta.

—¡Eddie! Estás aquí.

Eddie se volteó y vio que Gabriel le hacía señas que entrara a su oficina, con el rostro sombrío.

—Acabo de llegar.

—Bien. Antes de que hagas cualquier otra cosa, tienes que reactivar mi contraseña. Los idiotas de informática dijeron que no tienen acceso, y no puedo hacer nada sin entrar a nuestros sistemas.

Eddie pasó junto a Gabriel y se dejó caer en la silla que había detrás de su escritorio, abriendo una nueva ventana en el monitor.

—Debería poder entrar. Thomas me dio acceso a los perfiles de la administración.

—Es la mejor noticia que he oído en toda la noche —contestó Gabriel, mirando por encima del hombro de Eddie.

Eddie se conectó al sistema de control y navegó hasta la pantalla correcta, desplazándose por la lista de nombres hasta encontrar el de Gabriel.

—Aquí estás —murmuró para sí y seleccionó el perfil de Gabriel. Apareció una nueva pantalla y Eddie empezó a escribir. Presionó la tecla de *enter*, pero la línea que había rellenado no se completó con la nueva contraseña. En su lugar, sonó un pitido.

—¿Qué carajos? —maldijo, y volvió a teclear la contraseña. Sonó otro pitido.

—¿Qué está pasando? —preguntó Gabriel.

—No lo sé. —Eddie sintió el sudor correr por su nuca y desaparecer bajo el cuello de su camiseta. La sospecha trepó por su columna vertebral como una hiedra de rápido crecimiento y se enroscó alrededor de su cuello como una boa constrictora. Minimizó la ventana y abrió otra diferente, luego inició sesión en ella. Hizo clic en el primer icono que apareció e intentó abrirlo, pero una ventana emergente le indicó *acceso denegado*. La vista hizo que se helara la sangre en sus venas.

—¡Mierda! ¡Mierda! ¡Mierda!

Hizo clic en el siguiente icono e intentó abrirlo, pero ocurrió lo mismo.

—Eddie, ¿qué está pasando? —preguntó Gabriel, con la voz más agitada que antes.

—Me revocaron el acceso a los nodos de datos.

—¡En español, por favor! —ladró Gabriel.

—Ya no puedo hacer nada en nuestro sistema informático.

—¡Pero si acabas de iniciar sesión! —protestó Gabriel.

Eddie apretó los dientes.

—Y ahora alguien me sacó.

—¿Quién?

Eddie volteó para mirar por encima del hombro, clavando la mirada en Gabriel.

—Thomas. —Más pitidos lo hicieron volver a mirar la pantalla. Más ventanas aparecieron, y todas decían *acceso denegado*—. Está revocando el acceso de todos. Gabriel, nos está cerrando el sistema.

—¡Oh, carajo! —maldijo Gabriel—. ¿Qué está planeando?

Antes de que Eddie pudiera contestar, empezó a sonar una alarma ensordecedora. Estaba acompañada de luces estroboscópicas en el pasillo. Él supo al instante lo que significaba.

—Nos está encerrando.

—¡Detenlo! —gritó Gabriel.

Eddie se levantó de un salto.

—Tengo que ir a los servidores del sótano.

Mientras corría hacia el pasillo, otros salían corriendo de sus oficinas.

Samson salió disparado de su despacho.

—¿Quién está haciendo esto?

—Thomas. ¡Nos está cerrando el sistema! —replicó Eddie mientras corría junto a él y empujaba la puerta de la escalera para abrirla.

Sabía que el ascensor ya estaría desactivado. Su corazón se detuvo un instante. ¿Habría logrado Nina bajar a tiempo y salir del edificio? La preocupación por su hermana lo hizo correr más rápido. La sala de servidores era el único lugar donde podría entrar al sistema por una puerta trasera y detener a Thomas.

Eddie llegó al sótano y agarró la manija de la puerta que daba al pasillo, pero fue lanzado instantáneamente contra la pared. Una descarga eléctrica lo había catapultado hacia atrás. La puerta estaba electrificada.

—¡Carajo!

Se esforzó por recuperar el aliento y se levantó con las piernas temblorosas, apoyándose un momento con las manos en los muslos. Las cosas estaban peor de lo que había esperado. Thomas estaba usando todas las armas a su disposición.

Eddie se apresuró a subir las escaleras de nuevo, llegando al piso ejecutivo unos instantes después. Gabriel, Samson, Zane y varios más se congregaban en el pasillo. Voltearon a mirarlo cuando entró corriendo, sus ojos llenos de preguntas.

—¡Thomas está en el edificio!

—¿Lo viste? —preguntó Samson.

Eddie negó con la cabeza.

—Selló el sótano. La puerta de acceso está electrificada. Debe de estar en la sala de servidores.

Las maldiciones rebotaban contra las paredes del pasillo.

—Nos tiene agarrados de las bolas —dijo Samson, con la boca torcida en una línea severa.

De repente, se escucharon fuertes golpes desde donde estaba el ascensor, acompañados de una voz débil.

—¡Socorro! ¡Ayúdenme!

Un rayo de pánico atravesó a Eddie mientras corría hacia el ascensor, justo cuando Amaury llegaba corriendo desde el otro lado.

—¡Nina! —gritó Eddie, pero su voz fue ahogada por la de Amaury.

—¡Nina! ¡*Chérie*! ¡Te vamos a sacar de ahí!

40

Thomas miró por encima del hombro, observando cómo Kasper daba instrucciones a sus hombres para que revisaran todas las habitaciones del sótano y vigilaran la puerta electrificada que conducía a las escaleras. Xander se quedó cerca, esperando.

Con todos los discípulos de Kasper reunidos en tan estrecha proximidad, Thomas ahora sentía sus poderes con mayor intensidad. De hecho, casi podía aislar qué hilo de poder pertenecía a cada vampiro, como si fueran cintas de colores colgando de un palo de mayo. El poder que emanaba de Kasper era, por mucho, el más fuerte, y su propio poder se sentía atraído por él como por un imán.

Thomas había utilizado su tarjeta de acceso para entrar al edificio a través del estacionamiento, asegurándose, mediante una conexión remota a la intranet de Scanguards, de que su acceso no hubiera sido restringido. No es que tuviera que preocuparse por eso: no había nadie en toda la compañía capaz de bloquearle el acceso. Nadie tenía un nivel de autorización informática superior al suyo. Además, los había tomado por sorpresa al atacar donde creían estar más seguros. No lo habían visto venir.

Kasper le había sembrado la idea de que una toma de control limpia sería lo mejor para todos.

—Ha llegado la hora de presentar nuestras demandas —dijo Kasper ahora, volviéndose hacia él—. Todo está en su lugar, ¿verdad?

Thomas asintió lentamente, volviendo a mirar los monitores de vigilancia que tenía en frente. Comprobó todos los puntos de entrada y verificó que estuvieran bloqueados. Nadie podría entrar o salir del edificio sin su permiso.

—Todo está listo. Nadie se mueve sin que yo lo sepa.

—Entonces pongamos este espectáculo en marcha.

Thomas tecleó una orden en el teclado que tenía delante y luego acercó el micrófono a su boca.

—¿Te escuchará Samson sin importar dónde esté? —preguntó Kasper.

—El intercomunicador transmite a cada habitación del edificio. Todos escucharán lo que tengo que decir.

—¡Hazlo!

Thomas presionó el botón en la base del micrófono. Inhaló lentamente.

—Para ahora, probablemente todos saben que he tomado el control de este edificio. —Intercambió una mirada con Kasper, antes de continuar—: Samson, por fin encontré el camino de vuelta a mis raíces. Soy lo que soy. Y Kasper me ha mostrado el camino. Ya no puedo negar el poder que hay en mí. Y ahora, con Kasper a mi lado, he reclamado ese poder. Ya no me esconderé de él.

Thomas cerró los ojos un instante, sintiendo una extraña sensación en su estómago que intentaba subir hacia su pecho. Usando su poder oscuro, la forzó a bajar.

—Les ayudé a construir esta compañía, y ahora me doy cuenta de que ninguno de ustedes es digno de dirigirla. Hoy lo he demostrado. Ahora son mis prisioneros. Si se hubieran molestado en limitar mi autoridad y establecer controles para impedir que sobrepasara mi dominio, esto nunca habría ocurrido. Pero, así como están las cosas, me permitieron implementar medidas de seguridad que ahora uso en su contra. No debieron confiar en mí.

Porque la confianza era algo peligroso. Él había confiado en Eddie para mantener su corazón a salvo, y Eddie lo había echado a los perros. Eddie lo había traicionado de la peor forma posible. El dolor, aún fresco y siempre presente, le clavó otra dolorosa lanza en el corazón. Había esperado que, al reclamar su poder oscuro y ejercerlo, el dolor desaparecería, tal como habían desaparecido todos los demás sentimientos de preocupación por sus compañeros vampiros. Donde antes había sido un hombre compasivo, ahora solo había un vacío. No sentía nada. Nada excepto el dolor de la traición de Eddie. Nada podría borrarlo jamás.

—No los aburriré más. Esto es lo que harás, Samson. Firmarás la transferencia de Scanguards a mi nombre. Amaury y Gabriel harán lo mismo con sus intereses en la empresa. Tienen diez minutos. Estoy abriendo el intercomunicador en tu oficina para que respondas.

Estaba a punto de presionar el botón del intercomunicador para apagar el micrófono cuando Kasper lo detuvo y se inclinó hacia él.

—Me temo que mi querido Thomas es demasiado amable. Este es Kasper, su creador. Y yo soy un poco menos paciente que él. Entréguennos la empresa o el humano atrapado en el elevador morirá. —Una sonrisa se extendió por sus labios, y luego presionó el botón, silenciando el interfono.

La mirada de Thomas se dirigió rápidamente a los monitores que tenía delante, buscando la transmisión de video que mostraba el interior del ascensor. Los rizos rubios de Nina eran fáciles de distinguir contra el forro oscuro del interior.

Atónito, levantó la vista hacia su creador. Kasper le había asegurado antes que nadie moriría esta noche.

<hr>

Eddie intercambió una mirada frenética con Amaury.

—¡Mierda! —maldijo Eddie—. ¡Tenemos que sacarla de ahí ahora!

Las uñas de su cuñado ya se habían convertido en garras, y ahora intentaba clavar sus bordes afilados entre las dos puertas para tratar de separarlas. Los músculos de su cuello se tensaron mientras respiraba con dificultad.

—¿Dónde está el puto desbloqueo manual? —gritó Eddie, corriendo hacia Amaury y arrodillándose a su lado para intentar hacer lo mismo, pero más abajo. Pero las puertas no cedían.

—Hay un panel en alguna parte —respondió Cain desde atrás.

—¡Encuéntralo! —ordenó Amaury.

Eddie oyó la voz angustiada de Nina desde el interior del ascensor.

—¡Sácame de aquí, Amaury, por favor! ¡Antes de que él lo haga!

Eddie casi había olvidado que el intercomunicador también se escuchaba en el ascensor. Nina había escuchado cada palabra de la amenaza de Kasper.

La expresión de Amaury era sombría.

—Todo irá bien, *chérie*. Ya casi llegamos —mintió. Luego, en un susurro dirigido a Eddie, con el rostro lleno de angustia, añadió—: No puedo perderla.

Su última palabra fue ahogada por la voz de Samson que resonó en el intercomunicador.

—Thomas, detén esta locura. Sabemos que esto no es obra tuya. Estás siendo manipulado. Sea quien sea el hombre que dice ser Kasper, sabes que no puede ser él. Kasper está muerto. Ya no tiene poder sobre ti. Podemos resolver esto. Somos amigos. Nunca lastimarías a tus amigos.

Entonces la voz de Thomas intervino de nuevo. Eddie sintió que su corazón sangraba al escucharla, fría y carente de emoción.

—Te equivocas, Samson. Kasper está muy vivo. Él y yo somos el uno para el otro. Él puede darme el amor que necesito. El amor que merezco.

Eddie supo al instante que las últimas palabras iban dirigidas a él, no a Samson. Thomas ansiaba su amor, y era culpa de Eddie que ahora se volviera hacia un hombre malvado como Kasper. Eddie no sabía cómo Kasper podía seguir vivo cuando lo había visto morir ante sus propios ojos. Pero lo que sí sabía era que Kasper era malvado. El propio Thomas lo había dicho después de su lucha de control mental con él unos meses antes. Thomas odiaba a su creador.

—Revisa la impresora de tu oficina, Samson —continuó Thomas por el interfono—. El contrato está ahí. Fírmenlo tú, Gabriel y Amaury. Cuando hayan terminado, avísenme.

Se escuchó un clic y se hizo el silencio en el suelo. Lo único que Eddie podía oír era la respiración agitada de Amaury, quien seguía intentando separar las puertas.

—Las puertas del ascensor no se abrirán —dijo Kasper por los altavoces—. Es inútil intentarlo. Y el mecanismo de liberación manual que buscan ha sido desactivado.

Entonces, un ruido estruendoso procedente del elevador, junto a un grito desgarrador de Nina, rasgó el pasillo. Al cabo de un segundo, el sonido cesó, pero el llanto de Nina se oía a través de las puertas.

—Firmen los putos papeles, o la próxima vez no la dejaré caer medio piso. La dejaré caer hasta el sótano —anunció Kasper.

—¡Voy a matar a ese maldito bastardo! —gritó Amaury.

—Voy a firmar los papeles —sonó la voz de Samson por el altavoz.

Eddie corrió hacia la puerta abierta de la oficina de Samson, observando cómo su jefe sacaba varias hojas de papel de la impresora.

—¡No lo hagas!

Samson se dio la vuelta.

—Ya lo oíste. Va a matar a tu hermana si no cedo a su demanda.

—Y también la matará una vez que firmes. Si este hombre es realmente Kasper, y no tengo ni idea de cómo es posible, pero si ese hombre en el sótano es el creador de Thomas, entonces es malvado hasta la médula. Nos matará a todos y cada uno de nosotros simplemente porque puede. Está jugando con nosotros, ¿no lo ves? Está disfrutando del poder que Thomas le dio sobre nosotros. Nosotros somos los ratones y él es el gato. La única persona que puede detenerlo es Thomas.

Samson golpeó el escritorio con el puño.

—Thomas está bajo su control. Pude sentirlo cuando lo confronté en la casa. No es él mismo. Dijo que ya no tiene nada que perder. Thomas no nos va a ayudar. Lo hemos perdido. Lo único que podemos hacer es intentar salvar a Nina nosotros mismos.

Eddie negó lentamente con la cabeza.

—Hay otra manera. —Caminó alrededor del escritorio de Samson y tomó el micrófono—. Lo traeré de vuelta. Porque yo soy la razón por la que nos dejó.

Samson se hizo a un lado, con cara de curiosidad. Cuando Eddie miró más allá de él, vio a sus colegas en la puerta.

—¿Qué está pasando? —preguntó Zane.

Eddie se sentó en la silla de Samson, se inclinó sobre el micrófono y presionó el botón.

—Thomas, soy Eddie. Sé que probablemente no quieras escucharme ahora, pero hay algo que tengo que decirte a ti y a todos aquí en Scanguards. —Hizo una pausa, armándose de valor—. Soy gay, y ya no me avergüenzo de ello. Gracias a ti, por fin he encontrado quién soy realmente.

Notó las miradas de sorpresa de sus compañeros, pero siguió concentrado en su discurso.

—Thomas, lamento lo que pasó en la fiesta de Oliver. Me equivoqué al rechazarte. Tenía miedo. Pero ya no tengo miedo. Thomas, te amo. No solo como amigo. Te amo como mi compañero, mi amante, mi eternidad. No quise lastimarte. Te suplico que me perdones. Una vez dijiste que por la persona correcta caerías de rodillas. Thomas, si vuelves a mí, yo caeré de rodillas. Porque eres la única persona que siempre he querido y necesitado. Te amo.

Eddie presionó el botón para silenciar el intercomunicador y levantó la vista. Sintió humedad en sus ojos, pero no sintió vergüenza cuando miró a sus colegas. Con comprensión en los ojos, ellos lo miraron de vuelta.

41

—Te amo.

Las palabras de Eddie resonaron en la mente de Thomas, rebotando en su interior como una bala perdida. ¿Estaba alucinando o realmente acababa de escuchar a Eddie confesarle su amor delante de todo Scanguards? Eddie sabía que el interfono transmitiría sus palabras a cada rincón del edificio. Aun así, las había dicho. Había salido del clóset públicamente.

—¡No es posible que creas lo que está diciendo! —Kasper espetó a su lado—. Es obviamente una artimaña para que entregues el control de Scanguards. —Señaló con el dedo hacia el altavoz del que habían salido esas palabras—. Te está mintiendo. En cuanto te rindas, se va a retractar. Seguro sus colegas lo incitaron porque saben lo que sientes por él. Todo es una mentira. Él no te ama. ¡No como yo!

Thomas reconocía la desesperación cuando la olía. Y Kasper estaba desesperado por salvar el día. Eso significaba que Kasper también había oído la sinceridad de las palabras de Eddie. Eran ciertas. Thomas lo sentía en su corazón, que se calentaba mientras luchaba contra el poder oscuro que lo rodeaba. De repente, sintió una fuerza invasora. Era sutil, pero la reconoció al instante: Kasper se había colado en su mente y se ocultaba entre las capas de los poderes oscuros de Thomas. Ahora lo reconocía tan claramente, casi como si sentir el amor de Eddie le hubiera abierto los ojos y levantado el velo que lo había cubierto durante los últimos días. Justo como el amor de Eddie le daba ahora la fuerza para rechazar el poder oscuro.

Ahora solo había una cosa que podía hacer.

—Tienes razón, Kasper. Es una artimaña. Y voy a decirle exactamente lo que pienso al respecto.

Kasper sonrió con una mueca de autocomplacencia.

—Ese es mi hombre.

Thomas presionó el botón del intercomunicador y eligió sus palabras con cuidado.

—Bonito discurso, Eddie. Te felicito. Ojalá fuera cierto. Aunque lo fuera, ya es demasiado tarde. Porque, verás, genio de la informática, la contraseña siempre fue *yo amo a Eddie*. Puedes quedarte con eso, ya no la voy a necesitar. Así que te dejo para que lo medites, aspirante a informático. Porque esto es lo último que escucharás de mí hasta que todo esto termine. —Apagó el micrófono.

—¿Qué carajos fue esa basura? —Kasper gruñó, lanzándole una mirada furiosa.

—Como dije, le di mi opinión sobre la mierda que me hizo tragar. Le di de comer la misma basura que me lanzó. Ya lo entenderá.

Thomas lo esperaba de todo corazón, porque lo que había escondido en su confuso discurso era su contraseña para acceder a los sistemas de la empresa. Como Thomas había deshabilitado los accesos de todos los demás, ahora solo su propia cuenta tenía el control de Scanguards. Si Eddie descubría que acababa de recibir la contraseña de Thomas, podría tomar el control. Mientras tanto, Thomas tenía que ganar tiempo.

Con un ojo en la pantalla de la computadora, Thomas se levantó y puso una mano sobre el brazo de Kasper. Luego hizo una señal a Xander, quien estaba parado a unos metros de ellos.

—¿Por qué no le pides a Xander que ayude a los demás a vigilar las puertas? —Acarició sugerentemente el brazo de Kasper.

Una chispa se encendió en los ojos de Kasper. Sin apartar la mirada de Thomas, dio la orden.

—Xander ve a reunirte con los demás.

Thomas esperó a que Xander saliera de la habitación. La puerta seguía abierta, pero no importaba. Había una ilusión de privacidad, y era todo lo que Thomas necesitaba en ese momento.

—No quiero que haya más mentiras entre nosotros —empezó Thomas, y retiró su mano del brazo de Kasper.

Una mirada de decepción fue la respuesta de Kasper.

—No hay mentiras entre nosotros.

—Hay cosas que no me has explicado. Y si esto va a funcionar entre nosotros, tengo que saberlo todo.

—Pero ya lo sabes todo —protestó Kasper.

Thomas se dio la vuelta, echando un vistazo furtivo a la pantalla de la computadora para ver si pasaba algo. Pero el cursor parpadeaba de manera constante.

—Me dijiste que Keegan fue quien cometió todas esas atrocidades. Y afirmaste que tus seguidores seguían haciendo lo mismo, y que tú no ordenaste la tortura de Sergio y su compañera.

Oyó una rápida respiración detrás de él.

—No me malinterpretes, no tengo nada contra un poco de tortura cuando está justificada —mintió Thomas—. Pero espero que seas sincero conmigo al respecto. ¿Cómo podemos ser compañeros si me ocultas cosas? —Hizo una pausa—. Y si quieres un vínculo de sangre, tienes que ser sincero conmigo.

Se volvió para mirar a Kasper, observando su expresión de sorpresa. Sí, había adivinado bien: Kasper no solo lo quería de vuelta, sino que quería un vínculo, uno que fuera más fuerte que cualquier otra cosa, uno que los hiciera a ambos más poderosos al combinar sus poderes oscuros.

—Quieres un vínculo de sangre, ¿verdad? —Volvió a poner la mano en el brazo de Kasper.

—¡Sí! —Kasper se acercó como si quisiera besarlo, pero Thomas giró la cabeza hacia un lado.

—Entonces dime la verdad. Cuéntamelo todo. Como futuro compañero tuyo, me lo merezco. —Thomas casi se atragantó con las palabras. No podía imaginar nada más vil que unirse a Kasper. No quería volver a estar en contacto con semejante maldad.

Mientras esperaba la respuesta de Kasper, Thomas percibió un movimiento en la pantalla de la computadora. Líneas de código se desplazaban por ella. Reprimió el suspiro de alivio que quería brotar de su pecho. Pronto acabaría todo esto.

—Bueno, si lo pones así —cortó Kasper—, tienes razón, por supuesto. Keegan y yo éramos mucho más parecidos de lo que me gustaría admitir. Aparte de nuestros apetitos sexuales, claro. Esos eran muy diferentes. Pero el poder oscuro en nosotros ansía los mismos tributos. Tú también lo sientes en ti, ¿verdad?

Thomas asintió automáticamente, sin dejar de evitar la mirada de Kasper.

—Siento el impulso de lastimar a alguien. —Y eso ni siquiera era mentira.

—Sí, se siente bien, ¿verdad? Igual que se sintió bien cuando obligué a Sergio a lastimar a su compañera.

—¿A poco tú estabas allí? —Thomas reprimió el impulso de rebanarle la garganta a Kasper al saber que él mismo había cometido tal acto.

—Nunca me pierdo una oportunidad como esa. Cuando me di cuenta de que Sergio no iba a cooperar, llamé a algunos de mis seguidores para que observaran y aprendieran. —Kasper se inclinó más cerca, bajando la voz—. De vez en cuando, tendrás que hacer cosas similares para mostrarles quién es el maestro. Si no te temen, empezarán a creer que son más poderosos que tú. Nunca querrás que eso suceda.

La bilis subió por el estómago de Thomas. Forzó unas palabras de sus labios para seguir ganando tiempo para Eddie y sus colegas.

—Como cuando mataste a Wu, tu abogado.

—Se lo merecía. Bastardo codicioso. Y qué comadreja más llorona. Descubrió que yo tenía un hermano gemelo y estaba a punto de decírselo a Xander y a los demás. Habría minado mi autoridad.

—Entiendo. Y cuando Keegan vino a San Francisco, lo seguiste.

La sonrisa se hizo evidente en la voz de Kasper cuando respondió:

—Como te dije antes, así es como te encontré. Al principio, quería ayudar a mi hermano, pero cuando me di cuenta contra quién estaba luchando, tuve que tomar una decisión. Decidí no intervenir. No podía dejarte morir. Además, me estaba hartando de compartir el trono con él. Sus payasadas me ponían los nervios de punta. Hermano o no, tenía que irse. Entre tú y yo, Scanguards me hizo un favor al deshacerse de él. Y como ventaja añadida, también mataron a los hombres que estaban con él. No hubo más testigos y, cuando volví con mis seguidores, no sospecharon nada. Nadie supo de la muerte de Keegan, porque para ellos nunca existió Keegan.

—Así que todo te salió perfecto —concluyó Thomas.

—No podría haberlo planeado mejor. Ahora tú y yo estamos reunidos. —La mano de Kasper se acercó a la barbilla de Thomas y atrajo su rostro hacia él. Bajó los labios y Thomas sintió un escalofrío helado recorrer su columna vertebral.

Un estruendo llegó desde afuera, y Kasper de repente se apartó.

—¿Qué carajo es eso? —gritó al pasillo.

—¡El elevador! —gritó Xander—. ¡Se está moviendo!

—¡Mierda! —maldijo Kasper, y volvió a mirar a Thomas—. ¡Haz que se detenga! —ordenó.

Thomas usó ambas manos para catapultar a Kasper lejos de él, estrellándolo contra un escritorio.

—¡No!

Los ojos de Kasper se abrieron de par en par, iluminados por el reconocimiento.

—¡Me traicionaste!

—¡Y ahora voy a destruirte! —prometió Thomas, concentrando todo su poder mental en su creador, justo cuando oyó la campanilla del elevador anunciando que había llegado al sótano—. ¡Vete al infierno, Kasper, donde perteneces!

42

Eddie asintió a Samson, dándole la señal para abrir la puerta. Al abrirse, Eddie y Amaury irrumpieron en el corredor del sótano, con sus armas de pequeño calibre apuntando al frente mientras descargaban una ráfaga de balas de plata hacia los vampiros desprevenidos que disparaban al elevador vacío mientras sus puertas se abrían.

Varios de sus oponentes cayeron al instante, desintegrándose lentamente a medida que las balas de plata los consumían desde dentro, hasta que sus cuerpos no fueron más que cenizas. Los demás buscaron refugio en las oficinas que bordeaban el pasillo.

—¿Dejaste alguno para mí? —gritó Zane mientras entraba corriendo al pasillo.

Eddie señaló una de las puertas abiertas por donde había desaparecido uno de los vampiros.

—Adelante, con confianza.

Mientras Zane se acercaba a la habitación, cubierto por Samson, Eddie cruzó miradas con Amaury y señaló otra puerta. Amaury asintió.

Eddie se pegó a la pared junto a la puerta, respiró hondo, y se preparó para el asalto. A la velocidad de un vampiro, giró sobre sí mismo y se metió bajo el marco de la puerta. Sus ojos detectaron a su enemigo al instante. Su arma apuntaba directamente al objetivo, pero antes de que pudiera apretar el gatillo, un destello de energía le atravesó la cabeza como si alguien le hubiera clavado un cuchillo. El instinto le decía que el vampiro lo estaba atacando con control mental, aunque nunca había experimentado algo así de primera mano.

El dolor que lo atravesó fue algo que jamás había sentido. Sus rodillas se doblaron, y la mano que sujetaba el arma bajó. Al mismo tiempo, su mente intentó rechazar el ataque. Pero no estaba preparado.

¡Mierda!

El vampiro le dedicó una sonrisa desagradable, luego levantó la pistola y apuntó a Eddie. Congelado por el control mental que el vampiro ejercía sobre él, Eddie no podía moverse. Carajo, moriría aquí sin haber tenido la oportunidad de volver a sentir los brazos de Thomas una vez más.

El sonido de una bala pasó veloz junto a él y, de repente, las cadenas invisibles que lo mantenían inmóvil se soltaron y el dolor de cabeza cesó. Aturdido, miró fijamente a su atacante y vio sangre brotar de una herida en su frente. Los ojos del vampiro lo miraron con una expresión vacía, y entonces su rostro empezó a desmoronarse desde dentro, cenizas desprendiéndose de su piel, hasta que colapsó en un montón de polvo.

—De nada —dijo Amaury desde detrás de él.

Eddie se volvió y asintió agradecido a su cuñado.

—Vamos por el resto.

Al asomarse al pasillo, vio a más personal de Scanguards, con armas en sus manos, entrar corriendo por la puerta de las escaleras.

Eddie corrió en la otra dirección, dirigiéndose a la sala de servidores. Amaury le pisaba los talones. Ante la siguiente puerta abierta, se detuvo y se asomó, viendo a Zane luchar contra uno de los asaltantes mientras Samson había caído de rodillas, llevándose las manos a las sienes, con el rostro distorsionado por la agonía.

—¡Carajo! —Eddie maldijo y apuntó al vampiro que luchaba con Zane, pero este estaba en medio. Eddie no tenía un tiro claro. Dudó un momento, pero luego tomó una decisión.

—¡Zane, agáchate!

Al instante, Zane se tiró al suelo, despejando una línea de tiro. Eddie apretó el gatillo y la bala de plata dio en el blanco. Sus horas en el campo de tiro habían valido la pena.

No esperó a ver cómo el vampiro se desintegraba en cenizas, sino que se precipitó hacia el final del pasillo, donde estaba la sala de servidores. Incluso antes de llegar a la puerta abierta, ya sabía lo que estaba pasando dentro. Las chispas que saltaban por la habitación iluminaban el corredor en ráfagas intermitentes.

Cuando se asomó a la habitación, le invadió una sensación de *déjà vu*. Había visto exactamente la misma escena unos meses antes. Thomas estaba enfrascado en una lucha mental con su creador, Kasper, o Keegan, como se había hecho llamar entonces. Y el hombre era exactamente igual a Keegan. Cómo era posible, Eddie no lo sabía y no le importaba. Lo único que le importaba era terminar esta pelea y salvar a Thomas.

Sin vacilar, apuntó. Pero, al igual que Zane, Thomas giró alrededor de su oponente, sin dejarle un tiro claro.

—¡Thomas! —gritó—. ¡Agáchate!

Pero Thomas no reaccionó, demasiado concentrado en la lucha mental. Era cuestionable si siquiera lo había escuchado.

—¡Carajo! —maldijo Eddie y apuntó a Kasper con la pistola.

Su mano temblaba y el sudor le corría por la frente. Entonces, una mano tranquila tocó su hombro.

—Espera —dijo Zane, con voz calmada. —Apunta hacia donde va a estar, no hacia donde está ahora. Luego aprieta el gatillo. Como te enseñé. Lo que dijo Portia es cierto. Te felicité por ser un excelente tirador.

La confianza de Zane en él le dio fuerzas, y obligó a su corazón a latir más despacio, respirando con calma.

—Solo aprieta —repitió Zane.

Calmando su mente, Eddie cedió el control a su cuerpo y disparó el arma. Su corazón se detuvo. Las chispas que electrificaban el aire cesaron. La lucha de control mental había terminado.

Eddie miró fijamente a Thomas y Kasper, buscando el lugar por donde había entrado su bala. De repente, Kasper giró la cabeza, y el impacto recorrió el cuerpo de Eddie como una ola. ¿Había fallado?

Entonces, un hilo fino de sangre brotó de la oreja de Kasper y corrió por su cuello. Como si estuviera viendo una película en cámara lenta, Eddie observó cómo el cuerpo de Kasper se desintegraba en cenizas desde adentro hacia fuera.

Eddie sintió que su cuerpo temblaba incontrolablemente y se agarró al marco de la puerta para sostenerse. Entonces sus ojos se fijaron en los de Thomas y la fuerza volvió a sus extremidades. Se apartó de la puerta y dejó caer la pistola sobre el escritorio más cercano.

Con paso decidido, caminó hacia Thomas, deteniéndose justo delante de él.

—No me importa quién nos vea; tengo que hacer esto.

Poniendo su mano en la nuca de Thomas, lo acercó y hundió sus labios en los de él, sellando la boca de Thomas con un beso apasionado. Eddie deslizó su lengua entre los labios entreabiertos de su amante, saboreando el sabor masculino y los poderosos movimientos con los que Thomas respondía a su beso. Unos brazos fuertes lo atraparon, sujetándolo con firmeza. Eddie gimió al sentir el duro cuerpo de Thomas rozar contra el suyo. Deslizó una mano sobre el trasero de Thomas y lo apretó, acercándolo más y haciéndole consciente de su necesidad.

Cuando Thomas finalmente lo empujó, rompiendo el beso y distanciándose un poco, Eddie apenas lo permitió a regañadientes.

—Tenemos que parar —susurró Thomas contra sus labios—. No estamos solos.

Solo ahora, Eddie oyó un carraspeo a sus espaldas.

—No me avergüenzo de ti. De nosotros.

Thomas le sonrió, sus ojos brillando con afecto, reconociendo su declaración sin palabras. Luego, acarició la mejilla de Eddie con los nudillos.

Eddie se dio la vuelta para encarar a sus colegas, que estaban todos de pie dentro de la sala de servidores, mirando en distintas direcciones, algunos mirándose los zapatos, ligeramente avergonzados. Nina estaba entre ellos, sonriéndole alegremente, con el miedo que había sentido en el ascensor borrado de su rostro. Él le devolvió la sonrisa.

—Ya pueden voltear a ver —dijo Eddie.

Varios pares de ojos se posaron en él y en Thomas. Luego, deliberadamente, él tomó la mano de Thomas entre las suyas, ganándose una sonrisa de su amante.

Thomas suspiró.

—Lo siento por lo que pasó. No tenía control sobre lo que estaba haciendo. Kasper... —Thomas señaló el lugar donde la ceniza de su creador cubría el suelo.

Samson asintió.

—Al final hiciste lo correcto, dándole tu contraseña a Eddie.

—Tardé unos minutos en darme cuenta. Primero pensé que te habías vuelto completamente loco. Nunca me habías llamado genio de la informática ni aspirante a informático. No tenía sentido —explicó Eddie.

—Ese era el punto —confirmó Thomas—. Sabía que intentarías descifrarlo porque te lo dije como un acertijo. Sé cómo funciona tu mente.

Eddie asintió, luego señaló el montón de cenizas en el suelo.

—¿Y él? ¿Quién era?

Thomas suspiró.

—Kasper, mi creador.

—¡Pero Kasper ya había muerto! ¡Rose le disparó hace meses! —protestó Eddie.

Thomas negó con la cabeza.

—Eso es lo que todos pensábamos. Pero el vampiro que murió esa noche no era Kasper, sino su gemelo, Keegan. Nadie sabía que tenía un gemelo, ni siquiera yo. Nos engañó a todos.

Unos gruñidos de sorpresa resonaron en la sala.

—¿Ahora ya se acabó? —preguntó Samson.

Thomas miró a su jefe durante un largo momento.

—No lo sé, Samson. Honestamente, no lo sé. El poder oscuro sigue dentro de mí. Siempre estará ahí.

—Pudiste derrotarlo esta noche. Desafiaste a Kasper dándole a Eddie tu contraseña. Y luego atacaste a Kasper. Debe haber una razón por la que pudiste luchar contra eso —sugirió Samson.

Eddie miró intensamente a Thomas, quien se volvió hacia él y le clavó los ojos.

—Había una razón. Cuando confesaste tu amor por mí, me sentí más fuerte, y pude luchar contra la influencia que Kasper tenía sobre mí. Pude luchar contra el poder oscuro dentro de mí porque tu amor llenó mi corazón.

Eddie apretó la mano sobre el corazón de Thomas.

—Entonces nunca más tendrás que preocuparte por que el poder oscuro dentro de ti te controle. Porque mi amor siempre estará ahí. —Se inclinó hacia él.

—Hey, chicos, antes de que se besen de nuevo —interrumpió Gabriel —, ¿podrían restablecer nuestros accesos para que podamos volver a poner este sitio en orden y limpiarlo?

Thomas sonrió satisfecho.

—Creo que eso se puede arreglar.

43

———

Thomas se envolvió la toalla alrededor de la cintura como de costumbre y salió del baño. El dormitorio estaba bañado por la suave luz de una lámpara de noche. Sus ojos recorrieron la cama y se deleitaron con la escena que tenía delante.

—Ahora sé que siempre he soñado con esto: esperarte en tu cama —dijo Eddie, quitándose el fino edredón del cuerpo y apartándolo a un lado—. Desnudo. —Rodeó su erección con la palma de su mano y la acarició sugerentemente—. Y duro.

Thomas dejó que sus ojos recorrieran el cuerpo desnudo de Eddie, su pecho definido y sin vello, sus marcados músculos abdominales, el mechón de pelo rubio oscuro que rodeaba su miembro, y bajó hasta los fuertes muslos que pronto envolverían sus caderas cuando Thomas se zambullera en él.

Thomas sintió el impulso de pellizcarse para asegurarse de que no era un sueño. Pero sabía que lo era: un sueño que por fin se había hecho realidad. Eddie yacía en su cama, desnudo y hambriento de sexo. No, no solo de sexo, se corrigió a sí mismo, hambriento de hacer el amor. Pero antes de tocar a Eddie, tenía que hacer una cosa.

Con el corazón latiéndole en la garganta, Thomas se acercó a la cama, pero en lugar de unirse a Eddie, se arrodilló y llevó la mano frente a su cuerpo, revelando la pequeña caja de terciopelo que sostenía.

Eddie se incorporó al instante y se acercó al borde de la cama, apoyando los pies al suelo, con los ojos muy abiertos al darse cuenta de lo que Thomas pretendía hacer.

—Thomas...

—Por favor, déjame hacerlo a mi manera —instó Thomas, clavándole los ojos.

En silencio, Eddie asintió.

—Te amé desde el momento en que te vi por primera vez. Mi corazón se rompió en ese mismo instante, porque estaba convencido de que nunca podrías corresponder mis sentimientos. Pero soy un masoquista, así que te acepté de todos modos. Antes fui mentor de otros vampiros, pero nunca vivieron conmigo. Pero a ti... te quería cerca. Aunque cada día estaba lleno de dolor, la alegría agridulce que experimentaba cuando estabas conmigo lo compensaba todo.

Eddie deslizó sus dedos sobre los labios de Thomas.

—Lo siento mucho. Estaba tan ciego. Todos lo veían, todos menos yo.

Thomas tomó la mano de Eddie y besó las yemas de sus dedos.

—Nadie estaba destinado a ver lo que yo sentía por ti. Estaba decidido a mantener esos sentimientos bajo llave. Pero no se puede encerrar el amor. Siempre encuentra un camino. Eddie, sé que todo esto ha sido un torbellino para ti, pero para mí, esto ha sido algo que llevo esperando mucho tiempo. Solo tenerte en mi cama nunca iba a ser suficiente para mí.

Eddie separó los labios y se inclinó más hacia él, bañando con su aliento el rostro de Thomas.

—Cada palabra que dije por el intercomunicador la dije en serio. Cada palabra.

Thomas sonrió, con el corazón cálido por las palabras tranquilizadoras de Eddie. Bajó la mirada hacia la caja que sostenía y la abrió, revelando el anillo de platino que descansaba sobre un cojín de terciopelo rojo.

Una inhalación brusca lo hizo mirar a Eddie, quien observaba el anillo con asombro.

—Compré esto la noche que me la chupaste en el garaje. Supe entonces que nuestra relación estaba cambiando. Y quería que supieras que no eras solo otro amante para mí. Quería que supieras que, si te comprometías conmigo, pondría el mundo a tus pies.

La mano de Eddie en su barbilla lo acercó aún más.

—No quiero el mundo. Solo te necesito a ti. Ahora lo sé. —Luego sonrió —. Entonces, ¿vas a continuar con esta propuesta o necesito arrodillarme yo y pedírtelo a ti?

—Eres impaciente, ¿lo sabías?

—Sí, porque perdí más de un año sin hacerte el amor. Tengo que ponerme al día. —Eddie rozó los labios de Thomas con los suyos y volvió a apartarlos. Sus miradas se cruzaron—. Pídemelo para que pueda hacer por fin lo que tengo que hacer.

Una lanza de emoción atravesó a Thomas, y contuvo las lágrimas de alegría que amenazaban con desbordarlo.

—¿Quieres casarte conmigo?

Eddie puso su mano en la nuca de Thomas, acercando su boca hasta rozar sus labios.

—Creí que nunca me lo pedirías. —Suspiró—. ¡Sí! Por supuesto que sí. —Apretó un beso en los labios de Thomas, luego lo soltó tan rápido que Thomas ni siquiera pudo disfrutar de la sensación.

Cuando Eddie bajó la mirada, Thomas se dio cuenta de que aún sostenía el joyero en la mano.

—¡Oh! —dijo, dándose cuenta de repente de lo que Eddie estaba esperando. Thomas tomó su mano—. Perdona. Es la primera vez que hago esto. —Deslizó el anillo en el dedo de Eddie.

—Y será la única vez —prometió Eddie—. Nunca te dejaré ir.

Thomas atrajo a Eddie para abrazarlo y tumbarlo en la cama, mientras se liberaba de la toalla. Cubrió a Eddie con su cuerpo, el contacto piel con piel avivó su deseo.

—No tengo intención de dejarte nunca.

—Bien. —De repente, Eddie empujó contra él y puso a Thomas boca arriba. Montándolo, ahora se sentó sobre él—. Iba a hacer esto de rodillas, pero supongo que esta posición también funciona.

Thomas arqueó una ceja inquisitiva y miró la verga de Eddie.

—Contigo, cualquier postura me funciona.

Eddie negó con la cabeza, riéndose.

—¿Alguna vez piensas en otra cosa que no sea sexo?

Thomas apretó su erección contra Eddie.

—No te hagas el tímido ahora. Sé que lo deseas.

Eddie bajó su cuerpo sobre él, sus labios a escasos centímetros de los de Thomas.

—Sí, quiero esto. Quiero que me tomes, que me hagas tuyo. Quiero sentir cómo me cabalgas, largo y duro, y luego quiero sentir cómo te vienes dentro de mí.

Las palabras seductoras de Eddie lo hicieron gemir en voz alta.

—Carajo, Eddie, si no me dejas seguir ahora mismo, no voy a durar más de diez segundos.

—Paciencia, mi dulce amante. Antes quiero algo más de ti.

—¿Qué? —gruñó Thomas con impaciencia, ya agarrando las caderas de Eddie para frotarse contra él con más presión. Su verga se deslizó contra la de Eddie, haciendo que el fuego en su vientre ardiera con más fuerza.

—Quiero algo más que un matrimonio. Quiero un vínculo de sangre.

Las palabras de Eddie lo hicieron incorporarse de golpe, haciendo que ambos se sentaran, Eddie todavía montado sobre él.

—¡Eddie, es imposible! ¡No podemos!

—¿Intentas decirme que dos vampiros hombres no pueden vincularse? Thomas negó con la cabeza.

—¡No! En teoría, es posible. Pero tú y yo, no podemos.

Eddie se echó hacia atrás, con una expresión de dolor dibujándose en su rostro.

—¿Estás diciendo que no quieres?

Thomas lo detuvo antes de que pudiera levantarse de su regazo.

—Quiero, de verdad, pero no puedo. —Cuando Eddie se limitó a mirarle fijamente, continuó—: Pensé que entendías que nunca puedo hacer un vínculo de sangre con nadie. La sangre de Kasper es maligna. ¿Cómo puedo compartirla contigo? ¿Cómo puedo someterte a eso? Te amo, Eddie, te amo más que a mi vida. Por eso no puedo hacerte esto. El matrimonio tendrá que ser suficiente.

Lentamente, Eddie volvió a acomodarse sobre él, agarrando los hombros de Thomas. La comprensión iluminó su rostro. Luego movió lentamente la cabeza de un lado a otro.

—Así que por eso no querías que lamiera tus heridas. —Suspiró—. Oh, Thomas, ¿ya olvidaste qué pasó esta noche?

Sin comprender a qué se refería Eddie, Thomas respondió con una mirada interrogante.

—Pudiste luchar contra el poder oscuro con mi amor. Juntos somos más fuertes que el mal en la sangre de Kasper. Mucho más fuertes. Porque nos amamos.

La suave presión de Eddie contra sus hombros lo impulsó a recostarse de nuevo sobre las sábanas.

—No puedes estar seguro de eso.

—Estoy seguro. Nuestro amor nos protegerá a los dos. —Eddie balanceó las caderas contra la ingle de Thomas, provocando un suave gemido—. Ahora déjame que te lo pregunte otra vez. —Bajó la mirada hacia sus rodillas, que estaban apoyadas a ambos lados de las caderas de Thomas—. Supongo que estoy de rodillas después de todo, tal como lo había planeado. —Volviendo a mirar a Thomas, continuó—: ¿Quieres hacer un vínculo de sangre conmigo?

El amor y el afecto que brillaban en los ojos de Eddie invadieron todo el cuerpo de Thomas, capturando cada célula y difundiendo calidez y paz. Instintivamente, supo que Eddie tenía razón. Derrotarían juntos al poder oscuro, porque su amor era más fuerte.

—Sí, quiero hacer un vínculo de sangre contigo. —Y ahora que había tomado la decisión, no podía esperar ni un momento más—. Ahora.

—Sí, ahora —aceptó Eddie—. Con tu hermosa y enorme verga dentro de mí.

Thomas no podría haberlo imaginado más perfecto. Los volteó, colocando a Eddie debajo de él. Mirando fijamente a los ojos de su amante, separó las piernas de Eddie, haciendo espacio para sí mismo.

—He esperado esto por tanto tiempo.

Su mano descendió hasta la verga de Eddie, apretándola brevemente antes de deslizarse sobre sus bolas, acariciándolas con suavidad. Luego deslizó un dedo más atrás, y notó cómo Eddie levantaba las rodillas, colocando los pies planos sobre la cama.

Eddie siseó un gemido.

—Extrañaba tus caricias.

—No pasarás ni un día más sin mis caricias —respondió Thomas.

—¿Lo prometes?

Thomas sonrió.

—Me vas a suplicar que te dé un respiro, así de a menudo te acariciaré.

—No necesito un respiro —susurró Eddie—. Necesito tu verga. Ahora mismo.

Thomas se inclinó sobre él y acercó su boca a los labios de Eddie, capturándolos con un beso. Los labios de Eddie se separaron, y su lengua inmediatamente se encontró con la de Thomas, invitándolo a explorarlo. Thomas gimió de placer, deleitándose con el sabor masculino de Eddie, una mezcla de cuero y madera, de almizcle e inocencia. A medida que profundizaba el beso, sintió que los brazos de Eddie tiraban de él para acercarlo más, uno de ellos se deslizaba sobre su trasero, apretándolo, mientras Eddie frotaba su verga contra él al mismo ritmo que su lengua respondía a Thomas.

Incluso la noche en que Eddie se la había chupado, su beso no había sido tan apasionado como ahora. Era como si todas las barreras entre ellos finalmente se hubieran derrumbado, y fueran libres de mostrar su amor el uno por el otro.

Jadeando, Thomas separó su boca de la de Eddie y lo miró fijamente a sus ojos, drogados por la lujuria.

—No puedo esperar más. —Su verga ardía por liberarse. Y su corazón estaba impaciente por reclamar a su compañero.

—Entonces tómame. Hazme tuyo para siempre.

Thomas se levantó de encima de Eddie y alcanzó la mesa de noche. Abrió el cajón y sacó un tubo de lubricante. Cuando se volvió hacia Eddie, notó que se estaba dando la vuelta, colocándose boca abajo.

—No —lo detuvo Thomas, respondiendo a su mirada inquisitiva—. Quiero mirarte a los ojos cuando esté dentro de ti. Ponte boca arriba.

Eddie obedeció sin decir una palabra, estirándose sobre las sábanas, con las rodillas levantadas de nuevo y los muslos bien abiertos.

—¿Así? —preguntó, deslizando una mirada seductora sobre Thomas, antes de posar sus ojos en la erección de Thomas.

Thomas se acercó más y se puso un poco de lubricante en los dedos.

—Perfecto. —Mientras se acomodaba entre los muslos de Eddie y llevaba la mano a su raja, siguió mirando a Eddie a los ojos—. Seré suave. Solo relájate.

Thomas introdujo un dedo cubierto de lubricante por la hendidura de Eddie y se deslizó más hacia atrás. Automáticamente, Eddie acercó las rodillas a su torso, dándole más acceso, abriéndose. Thomas palpó el apretado anillo muscular que protegía el oscuro canal de Eddie y lo frotó con su dedo, lenta y suavemente.

Los párpados de Eddie se agitaron.

—¡Oh! —soltó en un suspiro.

—Sí, solo relájate —lo arrulló Thomas—. Déjame cuidarte. —Siguió frotando el punto hasta que Eddie apretó el dedo. Añadiendo más lubricante, Thomas empujó contra el músculo y lo penetró, deslizando el dedo en su interior hasta el primer nudillo.

Eddie gimió en voz alta.

—¿Te estoy lastimando?

—¡Dios, no! Dame más.

Malcriado por las palabras de Eddie, Thomas se deslizó más adentro, todavía lento y gentil, pero sin detenerse, hasta que todo su dedo quedó envuelto. Sentir cómo los músculos interiores de Eddie se apretaban a su alrededor le envió una descarga de deseo. Su verga no sobreviviría mucho tiempo en el culo virgen de Eddie; lo sabía instintivamente.

—Dios, qué apretado estás —dijo Thomas.

—Igual que tú cuando yo estaba dentro de ti —respondió Eddie, con lujuria ardiendo en sus ojos—. Ahora cógeme.

—Todavía no estás listo del todo —advirtió Thomas y retiró el dedo, solo para añadir más lubricante y volver a introducirlo un momento después.

Eddie se estremeció contra él, tomando su dedo hasta el fondo.

—Estoy listo.

La impaciencia de Eddie le calentó el corazón, pero no se dejó engañar. Su amante aún no estaba listo para recibir su verga. Pero pronto lo estaría.

—Te prepararé —prometió Thomas, e introdujo el dedo más profundo y con más fuerza, aumentando el ritmo. Observó con satisfacción cómo Eddie ponía los ojos en blanco y de sus labios entreabiertos brotaban gemidos incontrolables, mientras su cuerpo se movía en sincronía con las embestidas de Thomas.

—Pronto —susurró Thomas mientras añadía un segundo dedo al primero y se sumergía profundamente.

La espalda de Eddie se levantó del colchón y luego volvió a desplomarse, con un gemido saliendo de su pecho.

—¡Carajo, sí!

Mientras lo penetraba con los dos dedos, Thomas sintió cómo su propio cuerpo se calentaba con el deseo. Su verga ya liberaba líquido preseminal y, si no tenía cuidado, se vendría solo de ver cómo le daba placer a Eddie. Ver cómo el vampiro al que amaba le respondía con tanta libertad y pasión lo hacía enloquecer de lujuria.

—¡Oh, al carajo! —Thomas maldijo y sacó sus dedos del culo de Eddie, untó su propia verga con lubricante y se posicionó en la entrada de Eddie.

Cuando la punta de su verga rozó el agujero de Eddie, Thomas miró profundamente a los ojos de su amante.

—Te amo.

Los labios de Eddie repitieron las palabras en silencio, justo cuando Thomas empujó hacia delante y se hundió dentro, llegando hasta la empuñadura.

Eddie jadeó y un visible escalofrío recorrió su cuerpo.

—¿Estás bien? —La preocupación cundió en Thomas y se detuvo en sus movimientos.

—¡Carajo, qué grande estás!

Thomas se echó hacia atrás, pero las manos de Eddie en sus caderas le impidieron sacar la verga por completo.

—¡Ni se te ocurra parar! —Una sonrisa traviesa se dibujó en la cara de Eddie—. Creo que me gusta grande. —Thomas sintió que las manos de Eddie lo atraían hacia él, haciéndolo hundirse de nuevo en él.

Los ojos de Eddie brillaron en rojo, y desde sus labios entreabiertos, Thomas notó que ahora sus colmillos se extendían.

—Sí, me gusta grande, dura y profunda.

Thomas no pudo evitar que una sonrisa curvara sus labios.

—¿Qué tan dura?

—Soy un vampiro, Thomas. Puedo aguantar todo lo que me puedas dar.

—Un hombre como yo. —Antes de que la última palabra saliera de sus labios, Thomas se zambulló profundamente en Eddie, sus movimientos todavía lentos, pero con cada embestida y cada retirada, aumentaba el ritmo y, con cada gemido que salía de Eddie, cedía más control a su cuerpo, dejándose bañar por las sensaciones que su conexión con Eddie evocaba en él.

Los tensos músculos de Eddie lo apretaban con fuerza, pero la abundante lubricación hacía que cada embestida fuera un suave desliz hacia el cielo. El calor envolvió su erección y el canal de Eddie lo mantuvo prisionero en una cárcel de la que nunca querría escapar.

Ni siquiera en sus sueños había sido tan bueno. La realidad era más emocionante que cualquier sueño podría haber sido. Eran dos cuerpos masculinos, moviéndose en sincronía el uno con el otro, sus manos acariciándose, sus bocas fundidas en un beso apasionado. Thomas sintió el pulso de la dura verga de Eddie contra su vientre, su calor impulsando una lanza de deseo en él, añadiendo a la emoción de finalmente tomar al hombre que amaba y hacerlo suyo. De poseerlo, así como Eddie lo poseía a él. Su corazón, su alma.

Thomas despegó sus labios de los de Eddie, incapaz de contenerse por más tiempo.

—Ahora —susurró y sintió que su amante asentía.

Los colmillos de Thomas descendieron. Eddie inclinó su cuello hacia un lado en señal de invitación. Sin prisa, bajó la boca y raspó sus colmillos contra la tierna piel.

—Te amo, Thomas.

Cerrando los ojos, Thomas clavó los colmillos en la piel de Eddie y tomó de la vena hinchada. Al mismo tiempo, sintió que las afiladas puntas de los colmillos de Eddie perforaban su hombro.

Mientras su verga continuaba embistiendo dentro de Eddie, la rica sangre de Eddie se esparcía en la boca de Thomas, y su sabor estallaba en su lengua. La tragó, dejando que cubriera su garganta, y sintió que toda la tensión fluía fuera de su cuerpo. Todo a su alrededor pareció desaparecer.

El poder oscuro que había en él retrocedió cada vez más, hasta que ya no pudo sentirlo.

Al mismo tiempo, sintió que otra fuerza lo invadía. Esta invasión la recibió con gusto. El amor y la paz se extendieron por su mente mientras abría el muro que rodeaba su corazón. Ahora sentía más intensamente el tirón de los colmillos de Eddie en su vena, al igual que podía sentir el inminente orgasmo de Eddie.

Me voy a venir, oyó el pensamiento de Eddie en su mente con tanta claridad como si lo hubiera dicho en voz alta.

Allá voy contigo, respondió Thomas sin hablar.

Cuando los músculos de Eddie se convulsionaron alrededor de su verga un momento después, y el semen salió disparado de la verga de Eddie contra el estómago de Thomas, este sintió que su propia verga se sacudía, y sintió su semen correr a través de su erección y explotar por la punta, llenando a su amante de chorros calientes. Su cuerpo se estremeció con las olas de su orgasmo, extrayendo hasta la última pizca de energía, hasta que se desplomó encima de Eddie, incapaz de mover una sola extremidad. No pudo evitar que su cuerpo temblara, y se dio cuenta de que Eddie también temblaba.

Demasiado exhausto para hablar, Thomas extendió su mente.

Ahora eres mío.

Y tú eres mío, escuchó la respuesta de Eddie en su cabeza.

Entonces Eddie movió la cabeza, acercando sus labios a los de Thomas, rozándolos contra él.

—Puedes hacer esto cuando quieras.

Thomas levantó la cabeza.

—No deberías darme carta blanca así, porque tu dulce culo va a estar tan dolorido para el próximo siglo que me vas a maldecir.

—¿Solo para el próximo siglo? —se burló Eddie.

Thomas sintió una carcajada crecer en su pecho. Cuando la soltó y Eddie se unió a la risa, la felicidad lo envolvió como una manta gruesa. Entonces supo que el poder oscuro de su sangre no podría resurgir nunca más, pues el amor lo encerraría para siempre.

Orden de lectura de las series Vampiros de Scanguards y Guardianes Invisibles

Vampiros de Scanguards

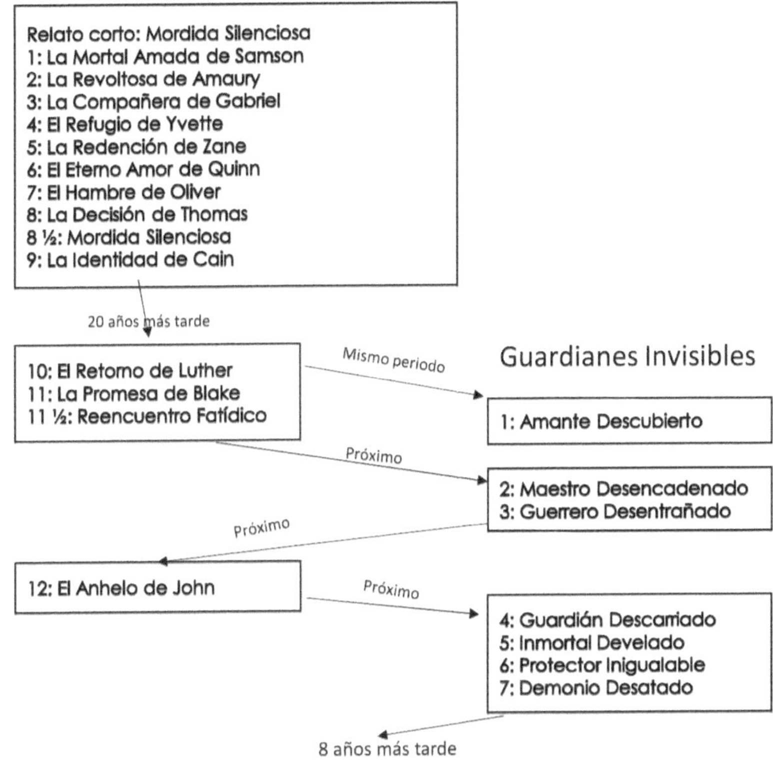

Híbridos Scanguards

Los Híbridos Scanguards también se numerarán dentro de la serie
Vampiros de Scanguards (SV 13 = SH 1) para preservar la continuidad.

SH 1 (SV 13): La Tempestad de Ryder
SH 2 (SV 14): La Conquista de Damian
SH 3 (SV 15): El Reto de Grayson
SH 4 (SV 16): El Amor Prohibido de Isabelle
SH 5 (SV 17): La Pasión de Cooper
SH 6 (SV 18): La Valentía de Vanessa
SH 7 (SV 19): La Seducción de Patrick

SOBRE EL AUTOR

Tina Folsom es miembro de la Asociación de Escritores de Romance de América y se especializa en escribir romance paranormal y erótico. Vive con su esposo en el norte de California, donde disfruta de la buena comida, el clima variado, y tolera los terremotos ocasionales.

Las ideas para sus libros vienen de varias experiencias profesionales: CPA/Contadora, Agente de Bienes Raíces, Chef, Secretaria, Au-pair, entre otras, así como los distintos países en los que ha vivido y la gente que ha conocido con el pasar de los años. ¿Y los vampiros? Bueno, eso se lo debe a su desbordante imaginación.

Para más información sobre Tina Folsom, por favor visita su sitio Web:

www.tinawritesromance.com

tina@tinawritesromance.com

facebook.com/TinaFolsomFans

instagram.com/authortinafolsom